答えは市役所3階に

2020心の相談室

辻堂ゆめ
Yume Tsujido

光文社

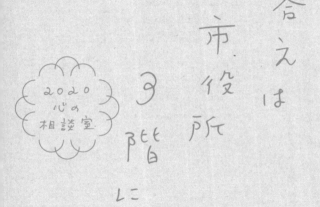

答えは市役所3階に

2020心の相談室

目次

装幀　鈴木久美
装画　夜久かおり

これは、二〇二〇年のどこかにいた、誰かの物語。

市民のみなさまへ

～『2020こころの相談室』開設のお知らせ～

新型コロナウイルス感染症流行の状況を受け、このたび市役所三階に、『2020こころの相談室』を開設することになりました。
コロナ禍における心の不調やお悩み事を、専門の心理カウンセラーに相談することができます。ぜひお気軽にご利用ください。

利用時間　平　日：九時～十二時、十三時～十七時
土曜日：九時～十二時
※祝日は除きます。

利用方法　予約が可能です（必須ではありません）。
お電話でお問い合わせください。

場所　立倉市役所三階　309・310会議室

相談員　晴川あかり（臨床心理士）、正木昭三（認定心理士）

＊新型コロナウイルス感染症拡大防止の取り組みとお願い

相談室の机には、アクリル板のパーテーションを設置しています。面談が終わるごとに、室内の換気と机や椅子の消毒を行います。相談員はマスクを着用しています。

ご来所の際には、必ず検温をしていただき、三十七度五分以上の熱がある場合は相談をお控えください。また、マスクの着用にご協力お願いいたします。

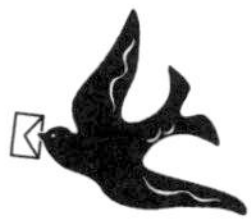

令和二年七月八日　立倉市役所　広聴相談課

お問い合わせ先：〇××—×××—××××

第一話

白戸ゆり（17）

白戸《しらと》ゆり、十七歳。

将来の夢を失った。

◇

たったの一枚。

目の前に置かれたA4用紙の枚数に、目の前が真っ暗になった。

「えっ……これだけですか？」

唇が勝手に動き、かすれた声が出る。そんなわけはない、お願いだから否定して——という懸命な祈りは、宮田《みやた》先生の短い返答に、あっさりと打ち砕かれた。

「そう。今年はこれだけ」

しかも、と先生は毛虫のように太い眉を寄せたまま続けた。

「実はこの求人も、白戸にはちょっとおすすめできないんだ」

「ど、どうしてですか」

「すでに希望してる子がいてね」

県内最大手のホテルチェーンの名前が記載された求人票を、先生がすっと机から取り上げた。

「うちのクラスの生徒なんだけど、先週ここに進路相談に来て、この求人に応募するって決めて帰っていったんだよ。これは指定校求人で、一名のみの限定応募だから——あ、意味は分かるよな？　先月の就職ガイダンスで説明したろ」

「それは、はい」

「申し訳ないけど、たとえ希望したとしても、白戸には校内選考での勝ち目がない。その生徒は評定平均が学年トップクラスで、出席日数や生活態度にもマイナス点が見当たらないからな」

その説明で、ピンときた。

「中橋花菜《なかはしかな》ちゃん……ですか？」

「お、知ってるのか」

「合唱部で、一緒だったので」

「ああ、そうだった、そうだった。だったら、あいつの成績はよく知ってるだろ？　中橋の第一志望の企業に申し込むのはやめたほうがいい。無意味だし、結果として自分の首を絞めることになる」

先生の言うことはもっともだった。花菜ちゃん本人からも、志望する業界の話はよく聞いていた。一番就職したいのがホテルで、二番目が企業の受付事務。合唱部の同期で就職コースを選んだのは花菜ちゃんとゆりの二人だけだったし、興味のある業界も一部かぶっていたから、お互いいい仕事に就けるといいね、運がよければ同じ企業に採《と》ってもらえたりしてね、だなんて、去年から何度も言葉を交わしていたのだった。

　彼女が応募するのなら、この求人票はあってないようなものだ。

　たったの一枚——ではなく、ゼロ。

　進路指導室の蛍光灯が、ゆりの動揺をいっそう煽《あお》るかのように、不穏に点滅した。

「去年は、求人票、もっとありましたよね？　確かに第一志望のブライダルはもともと少なめでしたけど、第二志望のホテルなら——」

「ああ、たくさん来てたよ。いつもはね。でも今年はわけが違う。そもそも求人票の総数自体が二割以上減ってるし、白戸や中橋が希望してるような接客業に至っては壊滅状態だ。うちの高校に例年どおり求人を出してくれてる企業はそこそこあるけど、募集職種が調理・製造に変わってたり、採用予定人数が大幅に絞られてたりする。ニュースを見てりゃ、状況が深刻なのは分かるだろ？　休業だの、時短営業だの、利用キャンセルだの、さ」

「それはそうですけど……でも」

　ゆりの煮え切らない反応が気に入らなかったのか、宮田先生は半袖のポロシャツから突き出た太い腕を胸の前で組み、白いマスクで下半分が隠れた顔を大きくしかめた。

「少し考えれば予想がついたはずだぞ？　企業にとって、人件費ってのはバカにならない。コロナで苦境に陥って、まず削減するのはそこだ。元から働いてる従業員すら首を切られかねない状況なんだから、新規採用なんてもってのほか。ましてブライダル業界は、こんな状況で高卒を採るメリットがない。人数を絞って採用するなら、即戦力の専門卒を選ぶのは当たり前の話だ。ホテル業界にだって、まだ内定のない大学生たちが殺到してるはずだし」

頭では分かる。まったく想定外、というわけでもなかった。今年の求人数は例年より減るだろうという話は宮田先生が就職ガイダンスでしていたし、試験や面接の倍率が高くなることを漠然と不安に思ってもいた。だけど、まさか、応募できる求人自体が、一つもないなんて。

「今年の就職活動は、どの業種や職種に就きたいだとか、条件は最低でもこれ以上だとか、そういう贅沢《ぜいたく》は言えない状況なんだ。まずはそれを理解するところから始めてほしい」

そんなことを言われたって、と涙が出そうになる。

私が今、この二〇二〇年に高校三年生である事実を変えることはできないのに。大学生と違って、就職留年なんて選択肢はないのに。来年の春には高校を卒業して、社会人になって、独り立ちしないといけないのに。

どうしても諦めきれずに、ゆりはテーブルの上の求人票ファイルを指差し、恐る恐る問いかけた。

「本当に……この一社しかないんですか？　指定校じゃなくても、公開求人とか。あとは、うちの学校の先輩がいない会社でも、私は全然――」

「いや、まあ、なくはないよ？」

ただでさえ野太くて威圧感のある宮田先生の声に、たちまち、苛立《いらだ》ったような響きが混じった。

ごつごつとした指で、ファイルのページをめくり始める。

「求人票の読み方はガイダンスで教えたよな？　だったら、自分の目で見てみればいい。先に言っておくが、今年はろくなのがないぞ。進路指導部としては、責任を持って薦められない求人ばかりだ。過去に就職実績がなくても、採用に力を入れている企業ってのは担当者が足繁《しげ》く通ってきたりするものだが、それどころかこちらがかけた問い合わせの電話さえ通じなかったりするし」

ほら、ほら、と宮田先生はいくつかの求人票を見せてきた。確かに、先生の言うとおりだった。名前を聞いたことがある会社はもちろん一つもなく、ざっと目を通しただけで、月給が低いだとか、非正規だとか、雇用条件がよくないことが見て取れる。

「こっちだって、意地悪で言ってるんじゃないんだ。今年就職するってのは、こういうことなんだよ。希望の業種や職種に就けるとは思わないほうがいいし、無理に自分の興味に合う求人を探そうとすれば、働き始めた後で何かしら苦労することになる。ちなみに、白戸の場合、今から進学に切り替える選択肢はないんだよな？　就職コースの生徒で、すでにそういう子もちらほら出てきてるけど」

「はい……進学は、ちょっと」

「じゃあ、厳しいことを言うようだが、この中から選んでいくしかないな。結婚式場のスタッフやホテルのフロント以外にも興味を持てる仕事がないか、親御さんとも相談の上、よく考えてみてくれ。言っておくが、調理や製造の仕事だって、別に悪いもんじゃないぞ。その世界で輝いてる先輩たちはたくさんいるんだから」

もちろん、意地悪なんかじゃないことは分かっている。化学担当の宮田先生は、見た目も喋《しゃべ》り方もまるで威圧的な体育教師みたいに怖いけれど、言っていることは全部正論だった。

すみません、ちょっと考えてみます、と進路指導室を後にした頃には、ゆりはすっかり萎縮《いしゅく》していた。

――どうしよう。

人気《ひとけ》のない放課後の廊下を歩く間、何度も何度も、同じ言葉が頭の中で鳴り響き続けた。

――ねえ、どうして、今年なの？

七月も半ばに差し掛かっているというのに、少しも暑さを感じないまま、気がつくと自宅アパートに帰りついていた。

宮田先生と面と向かって話しているときには、まだ実感がわいていなかった。それが今では、真っ黒い絶望が胸を覆い尽くしている。

幼い頃から憧れていた職業への道が、閉ざされた。

学校の先生と、二言三言会話をしただけで。

コロナのせいで。二〇二〇年現在、ちょうど高校三年生だったせいで。

――こんなことって。

準備不足だったわけではない、と思う。自分の通う高校に毎年どんな求人がどれくらい来ているかは、一年生の頃からチェックしていた。高卒で就職予定の合唱部の先輩たちにも話を聞いたし、進路指導担当の宮田先生に相談したのだって、今日が初めてではない。そうやって情報を集めた上で、決して成績がいいとは言えない自分でも、第一志望のブライダル業界には運がよければ、第二志望のホテル業界まで視野に入れればほぼ確実に、就職することができると見込んでいた。

でも、結果は違った。

挑戦することすら許されずに、ゆりの将来の夢は散った。

就職活動だけではなかった。三年間頑張ってきた部活動だって、コロナにめちゃくちゃにされた。高校生活の集大成に位置づけていたNHK全国学校音楽コンクールの中止が決まったのは、今から二か月前のことだ。ゆりたち三年生は、一生懸命練習してきた課題曲と自由曲を披露する最後の晴れ舞台を失い、宙ぶらりんの状態のまま、すっと消えるように合唱部を引退した。想定していたより、何か月も早く。

通学鞄《かばん》をダイニングチェアの背に引っ掛け、キッチンのシンクで手を洗う。そのついでにスポンジに食器用洗剤をつけ、溜《た》まった食器の片づけに取りかかった。

お母さんと二人でこの小さなアパートに住み始めた中学二年生の頃から、毎日の皿洗いはゆりの担当だ。当初は毎食後すぐに洗っていたのだけれど、だんだんと面倒になってしまい、学校から帰宅後に一日分の食器をまとめて洗うのが、今では習慣になっていた。

頭を空っぽにしたくて、お風呂掃除、トイレ掃除、掃除機がけと、担当の家事を手当たり次第にこなしていく。だけどどうしても、思考が巡ってしまう。

――お父さんとお母さんが離婚しなければ、うちにはもう少しお金があって、進学も許されたのかな。

――こうやって家事をする時間を勉強に充てられていれば、もっといい成績が取れたのかな。

考えても仕方がないことばかりが、次々と頭に浮かんだ。喧嘩《けんか》ばかりだった両親が離婚するのは時間の問題だったたし、それで家庭が平和になるのならと、ゆり自身、特に反対もしなかったのに。いくら養育費をもらったって、お母さんはお父さんより収入が低いから、生活が苦しくなることは分かりきっていたのに。そもそも、最初から高卒で就職すること前提で、お母さんについていこうと決めたのに。

後悔するなんて、今さらだ。

第一、いくら家事の負担が今より少なくたって、進学クラスの子たちを差し置いて定期テストで学年一位を何度も取ったことがあるという、あの花菜ちゃんの評定平均を上回れるわけがなかった。その上、ゆりは昔から風邪を引きやすく、生まれてこの方、皆勤賞ともまったく縁がない。

つまり、どうせ、結果は今と同じだったのだ。

お父さんもお母さんも悪くない。

花菜ちゃんも、宮田先生も悪くない。

悪いのは、全部――。

分かっているのに、悶々《もんもん》とした気持ちが拭えなかった。怒りをぶつけるべき相手が、目に見えないものだからだろうか。つけっぱなしだったマスクを外してテーブルに置き、お皿の片づいたシンクで念入りにうがいをする。感染予防のついでに、少しは気分がすっきりするかと思ったけれど、副次的な効果は大してないようだった。

ぼんやりとテレビを見て、スマートフォンをいじって、部屋のベッドに寝転んで、夜までの時間を無為に過ごした。途中でお母さんからメッセージが届いた。『今日も残業。先に食べてて』。冷凍のお弁当をレンジでチンして、一人きりの夕食を終える。

お母さんが帰ってきたのは、九時を回った頃だった。「おかえり。私、もうお風呂済ませたから」と伝えるついでに、何でもないふりをして付け加えた。

「今日、放課後に進路相談に行ってきたんだ。そしたらね、コロナの影響で、志望してたブライダルやホテルの求人、全然なくなってた」

「全然？　一つもないの？　ブライダルがダメでも、ホテルなら大丈夫そうって言ってたじゃない」

「一社だけあったんだけど、それは花菜ちゃんが希望してて……」

「ああ、せっかく頭がいいのにきょうだいが多くて就職希望って子？」

「そう」

「何人も同時に受けちゃいけない決まりでもあるんだっけ？」

お母さんは高卒だけれど、親戚の伝手《つて》で今の仕事に就いたそうだから、指定校求人や一人一社制といった、高校を通して行う一般的な就活の仕組みにはあまり詳しくない。

「うちの高校からだと、枠が一名なの。校内選考があって、基本的に成績順で決まるから、花菜ちゃん相手じゃ勝負にならないって。大学生の就活みたいにいっぺんに何社も受けられるならダメ元で書類を出してもいいんだけど、高校生は受けた企業の結果が出るまで、一社ずつしか――」

「ああ、応募するだけ無駄ってことね。どうせ玉砕するなら潔く諦めて、少しでも条件がましな求人を、他の生徒に取られる前に押さえたほうがいい、と。それなら仕方ないか」

そのあっさりとした口調に、ほんの少し傷つく。ゆり自身が平気なふりをしているのだから、お母さんから返ってくる反応が同じくらい軽くなるのは、そりゃ当然なのだろうけれど。

「とすると、違う業界で、先生がおすすめしてくれたところを受けることになるのかしらね」

「うーん、どうなのかなぁ。正社員にこだわらなければ、どこかのホテルには勤められるんじゃないかなと思うけど……」

「ちょっと、フリーターはやめてよ？　リーマンショックのとき、お母さんの知り合いが派遣切りに遭《あ》って苦労した話、前にしたでしょ。特に今はこういうご時世なんだから、非正規はすぐに首を切られるよ。就職するなら正社員。これは絶対」

お母さんは疲れた声で言い、「汗かいたから、先にお風呂入ってくるね」と、アコーディオンカーテンで仕切られた脱衣所に消えていった。じきに浴室のドアが閉まる音がして、シャワーの水音が聞こえてくる。

ため息がこぼれた。

無性に悲しくて、やりきれなくて、フローリングの床に崩れ落ちそうになる。

いつからだろう。お母さんの前で、弱い部分を見せられなくなった。二人きりの母子家庭を支えるため、こんな遅い時間まで身を粉にして働いてくれているお母さんに、自分のことで迷惑をかけたくなくて。

視界が一瞬白くなり、身体《からだ》がふわりと揺れた。軽い貧血を起こしたようだった。とっさにつかんだ椅子の背に、自室に持っていき忘れた通学鞄がかかったままになっているのに気づく。

鞄には、レモン色のフェルトのお守りがつけてあった。巾着型で、表には『御守』、裏には『N』と刺繍《ししゅう》がしてある。アルファベットは、NHK全国学校音楽コンクール、通称『Nコン』の頭文字。地区コンクールを勝ち抜いて初参加した関東甲信越ブロックで敗退し、来年こそは本気で全国出場を目指そうと合唱部員みんなで誓った去年の秋、不器用ながらに自力で縫い上げた、手作りのお守りだ。

小さな巾着に手を伸ばし、強く握りしめた。

よく考えたら、自分で勝手に作ったお守りに、ありがたい御利益なんてあるはずがない。こんなもの、このまま手の中でつぶれて、破れてしまえばいい――そう思って限界まで力を込めてみたけれど、中に詰めてある綿の弾力が柔らかいフェルト越しに伝わってきただけで、余計に虚《むな》しさが増した。

――ねえ、どうして。

頭の中の声は止《や》まない。

――どうして、よりによって、今年なの?

＊

『２０２０こころの相談室』と書かれた水色のチラシが目に留まったのは、最寄り駅まで歩いていく通学途中、市役所の門の前を通りかかったときだった。

――コロナ禍における心の不調やお悩み事を、専門の心理カウンセラーに相談することができます。ぜひお気軽にご利用ください。

お気軽に、というその文言に吸い寄せられ、いつの間にか、市役所の敷地内に足を踏み入れていた。時刻はすでに午前九時を回っているから、いずれにせよ遅刻は確定している。だったら、少しくらい寄り道したっていいだろう。

そんなやけっぱちの気分で、チラシにあった三階の会議室を目指した。

普段なら、布団から出るのが億劫《おっくう》だという理由で平日の朝にぐずぐずと家にとどまったりはしないし、学校に行きたくないからといって、まさか市役所で時間をつぶそうとなんかしない。今日の自分は、まるで自分じゃないみたいだった。

三階の廊下には、人がいなかった。各会議室の前に長椅子が置いてあるけれど、誰も座っていない。混雑していたら引き返そうと思っていたため、ちょっぴり拍子抜けしながら、年季の入った廊下を進んだ。３０９会議室、という白いプレートを頭上に見つけ、立ち止まる。

換気のためか、ドアは半分ほど開いていた。『空室です。どうぞお入りください』と書かれた案内板が、ドアノブに下げられている。裏には『満室です。椅子にかけてお待ちください』とでも書いてあるのかな、などと考えていると、会議室の中に動く人影が見えた。

「ご相談者の方ですか？　どうぞ、こちらへ」

ドアの隙間から顔を出したのは、うららかな笑みをたたえた小柄な女性だった。ゆりも身長は一五五センチしかないけれど、それよりもっと背が低い。年齢は、三十代半ばくらいだろうか。ゆったりとしたベージュのブラウスに白いストレッチパンツというシンプルな格好をしていて、艶のある黒髪がふわりと肩に触れている。首には、市役所の関係者であることを示す赤いストラップの名札がかかっていた。『カウンセラー　晴川あかり』と読める。

彼女に招き入れられ、恐る恐る、中に入った。

３０９会議室は、思ったよりも小さな部屋だった。収容人数は、せいぜい七、八人くらい。今は長机がＬ字形にくっつけられていて、二つあるパイプ椅子の間に感染予防用のアクリル板が斜めに設置されていた。余ったパイプ椅子は、畳んで窓際の壁に立てかけられている。

「おっ、初めてのお客さんだね」

てっきりカウンセラーの女性と二人きりだと思っていたら、不意に男性の声がして、ゆりは驚いて立ち止まった。入って右側の壁が一部取り払われていて、そこから白髪のおじいさんが顔を覗《のぞ》かせている。どうやら、ここは隣の３１０会議室と繫《つな》がっているようだった。可動式の壁をスライドさせて収納すれば、倍の広さの部屋として使用することができる仕組みだ。

女性カウンセラーと同じように、おじいさんもにこやかな笑みを浮かべていた。来客を歓迎してくれていることが、マスクの上からでもよく分かる。高齢者にしてはやや大柄で、声も低くて渋めだけれど、なんだか人が好《よ》さそう、という印象を抱いた。

「正木さん。急にそんなところから入ってきたら、驚かせちゃいますよ」

「いやぁ、ごめん、ごめん。昨日からずっと晴川さんと二人でここに待機しているのに、今日もまた朝から晩まで閑古鳥が鳴くことになったらどうしようって、心配していたからさ」

「まだ開設されたばかりなんだから、仕方ないですよ。これから市のSNS等で周知を図っていくって、担当の方もおっしゃっていたじゃないですか。その効果に期待しましょう」

朗らかな会話の内容に面食らい、「この相談室、昨日オープンしたばかりなんですか」と問いかける。こちらを振り向いた晴川さんが、「そうだよ」と思いのほか砕けた口調で言い、微笑《ほほえ》んだ。

「私が晴川で、彼が正木。二人でこの相談室を担当することになったの。どうぞよろしくね」

「では、あとは晴川さんに任せて、私は隣に引っ込むとするかな。次の相談者さんが来るかもしれないしね——って、可能性は低そうだけど」

もう一人のカウンセラーだと判明した正木さんが、のっそりと310会議室に戻っていく。可動式の壁が向こう側から閉まり、晴川さんと二人きりの空間ができあがった。奥の窓が換気のため開け放たれているからか、古くて狭い部屋のわりに、さほど閉塞感はない。

どうぞ、と促され、手前のパイプ椅子に腰かけた。スカートのひだを整えた拍子に、自分が制服姿だったと気がついてドキリとしたけれど、二人が特に何も言わないことからして、こんな時間に学校の外をうろついていることを咎《とが》められる心配はなさそうだった。

アクリル板の向こうに座った晴川さんが、苦笑しながら話しかけてくる。

「正木がごめんなさいね。昨日から相談者さんが一人も来なくて、やきもきしてたみたいなの」

「あ、いえいえ、全然」

「さっそくだけど、まずはその『相談シート』に記入してもらえるかな。私たちカウンセラーには守秘義務があって、情報が外に漏れることは絶対にないので、どうか安心して書いてね」

柔らかくて優しげな声に誘われるようにして、目の前に置かれたボールペンを手に取った。ピンク色のA5サイズの紙に印刷されている項目は、『名前』『年齢』『職業』『住所』『相談内容』の五つだけだった。

一つずつ、慎重に記入していく。白戸ゆり、十七歳、高校生、立倉市×××、コロナで求人がなくなって困っています——。

これでいいのかな、と不安に思いつつ、アクリル板の隙間から用紙を差し出した。晴川さんは記入内容にさっと目を通すと、両手の指を机の上で組み合わせた。

「高校生なんだね。就職活動中ってことは、三年生?」

「はい、そうです」

「丁寧に書いてくれて、どうもありがとう。お悩み事について、もう少し詳しく教えてもらってもいいかな。白戸さんなりの言葉で、ゆっくりで構わないから」

ゆっくりで構わない、と言ってもらえたことで、緊張がふっと解けた。昨日の進路指導室での出来事を、ぽつりぽつりと話していく。カウンセラーという仕事のイメージからして、途中でたくさん質問をしてきたり、アドバイスをくれたりするのかなと思っていたのだけれど、晴川さんはほとんど何も言わず、ゆりの話をじっくりと、頷《うなず》きながら聞いていた。

　すると、自分でも驚いたことに、正直な言葉が次から次へと出てきた。コロナのタイミングが悪くて悔しいだとか、求人がなくて悲しいだとか、将来の夢が潰《つい》えて泣きたいだとか。目の前にいるのが家族や友人だったら、たぶんこうはいかない。気を使わなくて済むのは、相手が自分の直接の知り合いではないからかもしれないし、何を話しても受け入れてくれそうな、晴川さんのおっとりとした雰囲気によるものかもしれなかった。

「それは大変だったね。大事な進路を、一から決め直さなきゃいけないなんて……誰のせいにもできないし、それでも前に進まないといけないし、つらいよね」

　ゆりがひとしきり話し終えると、晴川さんが目を伏せ、呟《つぶや》くように言った。共感してもらえたことにほっとして、「そうなんです」と椅子から身を乗り出す。

「部活だって、コロナのせいで台無しにされたんですよ。今年は全国大会出場を本気で目指して、そのために平日の朝練も休日の一日練も、家での自主練だって、一生懸命やってきたのに」

「全国大会？　何の部活？」

「合唱部です。Nコンって、分かりますか」

「ああ、NHKのあれね！　知ってるよ。テレビで見たことある」

　二年生だった去年は関東甲信越ブロックに進出し、最終学年の今年はそれ以上の成績を残すつもりで猛練習を重ねていたと話すと、晴川さんは感嘆したように息を漏らした。

「すごいんだね。もともと強豪校なの？」

「そんなことはないです。関東だとやっぱり、金賞を取るのはだいたい、実力のある先生が長く指導してる私立高校で……うちは、合唱部員もそんなに多いわけじゃないので」

ゆりが自分の通う県立高校の名を口にすると、あれ、と晴川さんが首を傾《かし》げた。

「もしかして、流行当初にクラスターが発生した高校じゃない？　確か、クルーズ船の感染爆発の直後くらいに……ニュースで名前を見た気がする」

「あっ、はい。その高校です。運よく、私はかかりませんでしたけど」

「それはよかった。お友達も大丈夫だった？」

「友達は……何人か。みんな無症状か、軽症でしたけど。でも、自宅療養もけっこうきつかったみたいです。部屋の前まで家族にご飯を持ってきてもらって、足音が遠ざかったのを確かめてから、ドアを開けてトレーを部屋に持ち込んだり……洗面所やトイレを使うたびに、蛇口の栓からドアノブまでいちいち全部消毒したり、あとは洗濯を別々にしたり……もちろん家の中でもマスクはつけっぱなしですし」

「大変だ。家族に陽性者が一人でも出ると、そういう対策をしなきゃいけないんだね」

晴川さんは顔をしかめ、「気をつけないと」と自分を戒めるように言った。

「白戸さんは感染しなかったとはいえ、影響は大きかったんじゃない？　確か、どこよりも早く休校になったでしょう」

「二月の終わりから五月までだったので、すごく長かったです。そのせいで夏休みも大幅に短縮されて、ほとんどなくなっちゃいましたし……六月になって久しぶりに外に出たとき、太陽の光ってこんなに眩《まぶ》しかったっけって、びっくりしました」

「そんなに？」

ふふ、と晴川さんがマスクの下で静かに笑う。太陽の光のくだりが、冗談だと思われたようだった。

「全然、大げさじゃないんですよ！　実は私、休校になってから引きこもりになっちゃって、学校が始まるまでの間、家から一歩も外に出なかったので」

「そうだったんだ」晴川さんが目を見張った。「確かに、自分の高校でクラスターが発生したとなるととても怖いし、四月から五月にかけては緊急事態宣言も発出されたものね。……うぅん、それとも」

思案顔でいったん言葉を切り、ゆりを気遣うような目を向けてくる。

「何か、他にも、気にかかることがあった？」

図星だった。

彼女の洞察力に驚いて、アクリル板越しに思わず見つめ返す。ゆりの表情や口調の微妙な変化を読み取ったのだろうか。カウンセラーさんってすごい、と素直に尊敬の気持ちがわくと同時に、胸が針で刺し貫かれたかのように痛んだ。

「三月の初めに……祖母が、亡くなったんです」

気丈に振る舞うつもりだったのに、やっぱり声が大きく震えてしまった。晴川さんの顔を見ていられなくなり、机に目を落とす。

「末期の肺癌《はいがん》で、年明けから立倉総合《たちくらそうごう》病院の緩和ケア病棟に入院していたんです。余命は一か月、どんなに長くても二か月だと言われてました。だから、覚悟はしてたんですけど……小さい頃からたくさん遊んでくれた、大好きなおばあちゃんだったので……コロナのせいで最後にちゃんと会えなかったのが、本当に悔しくて、すごく落ち込んじゃって……」

思い出したくない。

それくらい、つらかった。

Nコンの中止より、将来の夢が閉ざされたことより、ずっと。

だから今も、心の奥底に封じ込めようと、必死になっている。

「そっか。感染予防のため、病院はどこも面会禁止になっちゃったものね」

「……そう、ですね」

「大好きなおばあさんの死に目に会えず、部活の仲間たちと一緒に目指していたコンクールも中止になって、そのうえ将来の夢まで奪われて……それはね、白戸さん、落ち込んで当然だよ。聞いてる私まで心が痛くなるもの。泣いたっていいし、怒ったっていい。ここではどうか、我慢しないで」

晴川さんの真摯《しんし》な言葉が、心に沁《し》みた。つうと一筋、熱いものが頬を伝い、マスクの縁《ふち》を濡《ぬ》らす。止まらなくなるんじゃないかと焦ったけれど、こぼれた涙は一滴で済んだ。

「白戸さん、ご家族は？」

「母と……二人暮らしです」

「つらいとき、お母さんには相談できる？　例えば、今日私に話してくれた、就職活動のことなんかを。お母さんは、白戸さんの悩みに寄り添って、支えてくれるかな？」

「……分かりません。あんまり、迷惑かけられなくて。いつも忙しいから」

「もし面と向かって相談するのが難しかったら、ここに連れてきてくれてもいいんだよ。三人で一度、今後のことを話してみるのはどうかな」

「それは……たぶん、難しいと思います。平日は毎日、遅くまで仕事なので」

「会社にお勤めなの？」

「老人ホームの事務員です。もともとすごく人手不足なのに、ちょっと前にわりと長い休みをもらったことがあって、今はその借りを返さないといけないらしくて」

すみません、と頭を下げ、床に置いていた通学鞄を拾い上げた。予定よりも長居してしまった。さすがに三時間目が始まるまでには学校に着かないと、いくら自由な校風の県立高校とはいえ、担任からお母さんに連絡が行ってしまうかもしれない。

「用事があるので、そろそろ帰ります。ありがとうございました。就活のことは、もう少し自分で考えてみます。今日は晴川さんにいろいろ話して、心が軽くなりました」

「また、いつでもいらっしゃいね。私も正木も、ここで待ってるから」

もう一度、今度は丁寧にお礼を言ってから、相談室を後にした。廊下に出ると、隣の３１０会議室の前に正木さんが立っていて、嬉《うれ》しそうに手を振ってくれた。ゆりに続く、記念すべき二人目の相談者は、やっぱりまだ姿を現していないようだ。

心が軽くなったのは、本当だった。

だけど、ほんの少しだけだ。

高校卒業後のゆりの未来は、まだ、真っ暗なまま。

＊

「来週はいよいよ三者面談です。就職希望の人は、応募先を具体的に絞り込みますので、それまでにご両親とよく相談しておくようにしてください。進学希望に切り替えた皆さんも——」

担任の鹿野《しかの》先生が、手元のノートに目を落としながら、教壇に立って事務連絡をしている。

校舎の三階にある教室の窓の外には、真っ青な快晴の空が広がっていた。天気を司《つかさど》る神様に嘲笑《あざわら》われたような気分になり、唇を噛み締める。

ゆりの面談が予定されているのは、来週の火曜日だった。あと四日しか猶予がないのに、あれからお母さんとは就職の話をしていない。自分の気持ちもまだ定まっていないし、宮田先生と顔を合わせるのが気まずくて、進路指導室にも一度も足を運んでいなかった。

帰りのホームルームが終わり、日直が号令をかける。重い身体に鞭《むち》打って起立した。さようなら、とみんなと声を合わせる代わりに、小さなため息を吐き出す。

——今日の夜にでも、お母さんと、話してみないとなぁ。

それまでに、他の業種や職種について、自分でも調べてみなくてはならない。全然気が進まなくて、ここ数日は家のベッドでゴロゴロしてばかりいたけれど、さすがにもう時間がなかった。

通学鞄を肩にかけ、のろのろと教室を出る。階段を降りようとしたところで、後ろから軽やかな足音が聞こえてきた。

「ゆりりん！」

透き通るような声に、はっとして振り返る。思ったとおりの人物がそこに立っていた。進学コースの生徒たちを時に凌駕《りょうが》する秀才である上、合唱部の後輩たちからも天性の歌声の持ち主と憧れられている、隣のクラスの中橋花菜ちゃん。

レース生地の上品な布マスクをつけている、すらりと背の高い彼女の姿を認めた途端、醜い感情が心の奥底で噴き出しそうになった。慌ててスカートの上から自分の太腿《ふともも》をつねり、「あれ花菜ちゃん、どうしたの？」と、何でもないふうを装って首を傾げる。

ゆりを追いかけて廊下を走ってきた様子の花菜ちゃんは、息を整えてから、明るい笑顔を向けてきた。

「ちょっとね、ゆりりんに相談があって」

「相談？」

「合唱部の引退発表会、やらない？」

花菜ちゃんの喋る声は、いつもと変わらず美しくて、自信に満ちあふれていた。突然の提案にびっくりして、「え?」と訊き返す。

「発表会って……私たち、もう五月に部活は引退したでしょ」

「一応そういうことになったけど、やっぱり不完全燃焼じゃない? 私たちの三年間が、あんな形で終わっちゃうなんて。だから出場するはずだったNコンの代わりに、最後に三年生全員で歌を披露する機会を作りたいなって。練習してきた二曲だけじゃなく、もう何曲か追加して、コンサートみたいにしてさ」

「それは……許可が下りないと思うけど。だって今は、音楽室に集まって練習するのも禁止されてるんだよ」

「分かってる。だからね、ユーチューブでやるの。みんなが家で各自のパートを録音して、それを編集で一つにまとめれば、感染リスク一切なしで合唱動画が完成するでしょ? リアルタイムで歌うのはさすがに無理だけど、時間を告知して流せば、オンラインコンサートっぽくなるんじゃないかなって。去年のうちのNコンの動画、再生回数けっこういってるし、見てくれる人も多いはず。ねね、ゆりりんはどう思う? 進学組の受験が近づいてきちゃうから、やるなら来月か、もしくは再来月——」

計画を楽しそうに語る花菜ちゃんを見ていると、先ほど押しとどめたはずの嫉妬が、再び鎌首をもたげそうになった。

ああ、花菜ちゃんは、余裕なんだな。

三者面談が来週に迫る中、引退した部活の最後の思い出作りに、うつつを抜かせるくらいに。

そりゃそっか。

だって、校内選考はもう勝ち抜いたようなもので、唯一求人が出ている大手ホテルチェーンに、就職がほぼ決まっているんだから――。

「無理だよ！」

気がつくと、廊下に響きわたるような大声で叫んでいた。滔々《とうとう》と喋っていた花菜ちゃんが、にわかに目を見開き、驚いた顔でこちらを見る。

こんな状態で、花菜ちゃんたちと歌なんて歌えるはずがない。

楽しいなんて、思えるはずがない。もう二度と。

強い怒りが込み上げると同時に、激しい自己嫌悪にも襲われた。これは全部ゆり自身の問題で、花菜ちゃんには何一つ非がないのに、どうしてこんなふうに八つ当たりをしてしまうのだろう。

急にいたたまれなくなり、こちらを凝視している花菜ちゃんに向かって、早口で弁解した。

「ごめんね、今はちょっと切羽詰まってて。来週の三者面談までに、どんな業種のどんな仕事に応募するか、一から考えて決めなきゃいけないから」

「あれ？　ゆりりんって、ブライダル業界に進むんじゃなかったっけ」

「そのつもりだったけど、今年はコロナだから、求人が一つもないの」

「ええっ、そうなの？　もったいない！　ゆりりんってすごく愛嬌《あいきょう》があるし可愛《かわい》らしいから、結婚式場のスタッフ、超似合いそうって思ってたのに」

「こればっかりは、ね」

「同じホテルでさ、ゆりりんがブライダルプランナーで、私がフロントのスタッフとして働けたら最高だって、前に話してたのにね。うわぁ、ショック……」

嫌味なんかでないことは、もちろん分かっていた。裏表のない性格をした花菜ちゃんのことだから、ゆりのために、本気で悲しんでくれているのだろう。

でも、黒い感情がむくむくとわき上がるのを止められなかった。確かに以前、そんな話に花を咲かせたこともあったけれど。……ブライダルがダメならホテルを受けるつもりだということは、花菜ちゃんにきちんと伝えていなかったかもしれないけれど。

――この子がいなければ。

一瞬でもそんなことを考えた自分が恐ろしくなって、ゆりは一目散に階段を駆け降りた。「ごめん、今日は用事があるから帰るね！　また来週話そう！」と花菜ちゃんの顔も見ずに手を振り、逃げるようにその場を去る。

そのまま、昇降口へと走った。

自分で自分の首を絞めているような息苦しさは、家に帰りついた後も、しばらく続いていた。

天井の大きなシャンデリアから下がった、無数のクリスタル。

反射した金色の光が会場いっぱいに広がって、出席者の笑顔を引き立たせている。

七歳のゆりは、真新しいピンクのドレスを何度もこわごわと触りながら、丸テーブルの斜め向かいで談笑している両親の姿を眺めていた。

まるで魔法のようだった。

家ではいつも鬼のような顔をして怒鳴り合ってばかりいるお父さんとお母さんが、紺色のスーツ姿の爽やかな男性と、落ち着いたベージュのロングドレスを着た美しい女性に生まれ変わり、ナイフとフォークで優雅に食事をしている。料理についての感想を穏やかに言い合い、「ゆり、オレンジジュースのおかわり頼む?」だなんて、優しい声で気遣ってくれる。花嫁であるいとこのお姉さんと、そのお婿さんがテーブルに挨拶にきたときは、なんと夫婦で寄り添い合うようにして立ち上がり、終始満面の笑みを浮かべていた。

カッコいいお父さん。綺麗《きれい》なお母さん。

そして、アニメ映画に出てくるプリンセスのような、ふわふわしたドレス姿の私。

どこからどう見ても、絵に描いたような理想の家族だった。

普段なら親戚のお下がり服しか着せてもらえないのに、わざわざこの日のために、お姫様のようなドレスと、レースのタイツと、艶やかな黒いフォーマルシューズまで買ってもらえた。どうしてだろう、と不思議に思っていたのだけれど、ここに連れられてきてやっと分かった。

この煌《きら》びやかなホテルも、その中にある結婚式場も、特別な場所なんだ。主役の花婿さんと花嫁さんだけじゃなく、この空間にいる人全員が、心の底から笑顔になれる。日常から離れ、幸せを分かち合い、別人のように光り輝くことができる。

ここに、ずっといたい。

そうだ、私、大人になったら、ホテルの結婚式場で働く人になろう。

たくさんの人に、この素敵な魔法をかける側になろう――。

『夏の甲子園の中止が発表された、五月二十日。グラウンドで練習をしていた伊藤《いとう》さんたちは、突然監督に呼び集められ、その事実を知らされたのだという――』

重々しいナレーションが耳に飛び込んできて、ゆりははっと我に返った。

ダイニングチェアに腰かけて、ぼんやりとテレビを見ているうちに、思考が遠い過去をさまよっていたようだった。もう十年も前、生まれて初めて結婚式に参列した日のこと。

――あのとき夢見た未来が、実現できればよかったのだけれど。

虚しい気持ちになりながら、テレビのリモコンを手に取った。適当にボタンを押すと、男泣きをしている白いユニフォーム姿の球児たちが画面から消え、代わりにロボットアニメが映し出された。もともとは小さな子ども向けに制作されたものだけれど、中高生や大人にも隠れファンが多いという、幅広い年代を虜《とりこ》にしている最近の人気アニメだ。ゆり自身はあまり興味がないものの、作品についての知識が少しはあったため、しばらく眺めてからテレビを消した。

甲子園か、と天井を見上げる。

今年甲子園を目指していた球児たちの悲劇は、多くの野球ファンにとって関心がある出来事なだけに、ニュースやドキュメンタリーで頻繁に特集されていた。でも、彼らと同じような悔しさを味わった高校三年生は、その何百倍も、何千倍もいるのだ。彼らと比べてどうだという話ではなく、部活を最後までやれなかった悲しみは、やっぱり大きい。

ウイルスが流行《はや》る前と後とで、まるで、別の世界を生きているようだった。

自分が全力で取り組んできたから思い入れが強すぎるだけかもしれないけれど、合唱というのは、このコロナ禍において最もリスクが高い部活動なのではないだろうか。防音のため密閉された小部屋で、互いの歌声に耳を傾けながら密接にパート練習をし、部員みんなで密集して歌声を合わせる。都知事が言い出した『3つの密』なんて流行語をテレビで聞くたびに、合唱という行為そのものが全否定されたような心地がして、胸が締めつけられた。

実際、ゆりは、Nコンの中止が発表された五月のあの日から、一度も歌っていない。

口を大きく縦に開け、子音を強調するたびに飛沫《ひまつ》を飛ばす、自分たちの合唱。

中止発表のずいぶん前から、それが忌《い》まわしいもののように思え始めていた。ただ、Nコンが開催されるかもしれない以上、歌うのをやめるわけにはいかなかった。高校が休校になり、おばあちゃんが亡くなって気持ちがぐちゃぐちゃになりながらも、アパートの狭い部屋の中で、なるべく大きな声を出さないようにしながら、必死に自主練を続けた。

そして五月、中止が決まったことを知った。

その日から、鼻歌さえ口ずさめなくなった。

きっと花菜ちゃんは、違うのだろう。歌は素晴らしいものだと、今でも心から信じている。だから引退発表会をしたいなどと言い出したのだ。彼女の純粋な思いに応えられなくて申し訳ないと、家に帰ってきて気持ちが幾分落ち着いた今になって、そんなことを思う。

——ああ、そうだ、調べもの、調べもの。

ダイニングテーブルに投げ出していたスマートフォンを引き寄せ、さっきまで見ていたウェブページを再び読み始めた。『調理』『製造』『清掃』『事務』『介護』――自分の進む道を決めるため、調べなくてはならないことは山ほどあるのに、集中力が続かない。

調理や製造の仕事だって別に悪いもんじゃない、と宮田先生は言っていた。それはもちろん、そうなのだろう。その職種に誇りを持って働いている人たちはたくさんいるはずだし、ゆり自身、就職して時間が経《た》てば、案外自然に馴染《なじ》んでしまうのではないかとも思う。両親の離婚に伴って中学を転校したときや、土壇場になって合格の可能性が低いと分かり、志望する高校を急遽《きゅうきょ》変更して入学したときのように。

――でも。

また、視線が上滑りを始めた。画面に表示されている文章が、まったく頭に入ってこない。

仕方なく、スマートフォンを脇に置き、麦茶の入ったマグカップを手に取った。たくさん入れたはずの氷は、とっくに解けていた。

ややぬるい液体を喉に流し込み、ピーターラビットの絵がプリントされた側面を何気なく眺める。お母さんが最近、職場の老人ホームでもらってきたマグカップだ。なんでも、亡くなった入居者さんの私物の引き取りを家族が拒否し、処分するのはもったいないからと、まだ使えるものは職員同士で分配することにしたらしい。

この新品のマグカップの他にも、箱を開けていない電動歯ブラシなどがあって驚いた。認知症ではあるけれど、パソコンやスマートフォンの扱いには長《た》けていて、通販で雑多なものを購入しては、手元に溜め込む癖のあるおじいさんだったのだという。だから使い方のよく分からない遺品が大量にあり、家族が引き取りに難色を示したのだとか。

現実に向き合いたくなくて、思考があらゆる方向に逸《そ》れていく。

何度もため息をつきながら、ゆりは自分をなんとか奮《ふる》い立たせ、高卒就活についての調べものを続けた。

最初は真面目《まじめ》に、他の業種や職種のことを調べていた。だけどいつの間にか、検索ワードが変わってきていた。『ブライダルプランナー　高卒　求人』『ホテル　フロントスタッフ　高卒　求人』『ブライダル　ホテル　アルバイト』——。

この一週間、繰り返し入力している検索ワードだった。インターネット上でふらふらと自分探しをしていると、結局、ここに戻ってきてしまう。

こんな状況下でも求人が一つもないわけではない、というのが、調べてみた限りでの印象だった。もちろん指定校求人ではなく、すでに社会人経験のある転職組とも戦うことになるから、受かる確率は低いだろう。さらに言えば、正社員がいい、家から通える範囲がいいだなんて贅沢も言えそうにないし、高校の先生のお墨つきがないから変な会社に当たってしまう可能性もあるし、そもそも現役高校生の採用活動は高校を通すのがルールだと門前払いされるかもしれないし、最悪の場合は内定がないまま卒業することになって、ハローワークに登録して職探しを続けながら、何らかのアルバイトで食い繋がなきゃならなくなるかもしれないけれど——でも。

そんなリスクだらけの道を選ぼうとしたら、進路指導担当の宮田先生には、たぶんしこたま怒られるだろう。学校の薦めに従えば、間違いのない企業にほぼ必ず就職できるのだから、わがままを言うのはやめて、親を安心させてあげなさい、と。

だけど、もし、お母さんを説得できれば、話は別だ。

ゆりには一つ、勝算があった。三日ほど前に、ゆりが『ホテル』『アルバイト』といった検索ワードを入れたまま放置していたスマートフォンの画面を、仕事から帰ってきたお母さんがじっと見つめていたのだ。怒られるのではないかと焦ったけれど、お母さんはそのまま何も言わずに、浴室へと去っていった。

あの様子だと、もしかすると、きちんと話せば許してくれるのではないだろうか？

親が背中を押してくれるなら、先生だって、文句は言わないに違いない。

——よし、お母さんが帰ってきたら、自分の今の気持ちを正直に打ち明けてみよう！

そう決めた途端、これまでの重苦しさが嘘《うそ》のように気分がすっきりした。それから夜までの時間を、ゆりは幾分そわそわしながらも、テレビを見たり、好きな漫画を読んだりと自由気ままに過ごした。根拠はないけれど、きっと大丈夫、という予感があった。二人きりの親子だもん、お母さんは絶対に、私の思いを理解してくれる。

こんな日に限って、お母さんの帰宅はいつもより遅かった。九時を過ぎても、十時を回っても、一向に帰ってこない。本当は大事な話を終えてから寝る支度に取りかかりたかったのだけれど、仕方がないから、先にお風呂に入ってしまうことにした。

シャワーを浴び、湯船に浸《つ》かっていると、玄関の鍵が開く音がした。

急いで浴室から出て、脱衣所で身体を拭き、パジャマに着替える。一つ深呼吸して気持ちを整えてから、そろそろとアコーディオンカーテンを開けた。

お母さんは、手前のダイニングチェアに座っていた。部屋の奥にあるテレビがついていて、バラエティ番組が流れているけれど、見ているわけではなさそうだ。こちらに向けた背中を丸め、テーブルに頬杖《ほおづえ》をついている。

一瞬、迷いが生まれた。残業が長かったからか、お母さんはいつになく疲れているようだ。こういう大切な話は、もっとお母さんの体調がよさそうなときにしたほうがいいのではないか。

ただ、何時間も待ち続けていただけに、衝動を抑えられなかった。頭の中で何度もリハーサルした台詞《せりふ》が、自分でも驚くほど一気に、口からあふれ出る。

「あ、お母さん、おかえりなさい！　あのね、就活のことなんだけど。私やっぱり、どうしても結婚式場かホテルに勤めたいんだ。お客さんに直接笑顔を届けられる仕事をしたくて、その夢が諦めきれなくて。高校の先生に頼らずに就活することになるから、苦労するだろうし、いきなり正社員は無理かもしれないけど、どんな結果になってもお母さんには絶対に迷惑をかけないって約束するから――」

テーブルに垂れているお母さんの長い黒髪が、わずかに揺れた。

「……ふざけんなよ」

ぼそっと呟くように吐き出されたその言葉に、凍りつく。

怒りのにじんだ声だった。これまでの恨みつらみが、たった一言に凝縮されたような。

途端に混乱に襲われる。

なんで？　どうしてそんなに不機嫌なの？　仕事がこんな時間まで長引いたから？　学校から帰ったらすぐにするはずのお皿洗いがまだだったから？　すぐにお風呂に入りたかったのに、使用中だったから？　この一週間、進路のことを未練たっぷりにぐずぐず迷っていたのがバレてたから？　それとも――。

理由は分からない。ゆりに聞こえないように口の中で悪態をついたつもりが、老人ホームの入居者さんに大声で話しかけるのが癖になっていて、音量の調節に失敗しただけなのかもしれない。悪気はなかったのかもしれない。

何にせよ、一つ言えるのは、お母さんは反対だということだった。

夢を叶《かな》えるためにリスクを取るなんて論外。先生の薦めに従って、安定した仕事に就きなさい。そんな親の思いにも気づかず、身の程をわきまえずにふざけたことを言ってくるなんて、うちは余裕のない母子家庭なのに、まったくあんたはいつもいつも――。

うわあああああん、と、喉から叫び声がほとばしった。

全身の力が抜け、その場にうずくまる。とめどなく涙があふれてきて、フローリングの床に落ちた。そうだ。自分がすべて悪いのだ。家事も就活も、その他のことも、全部全部、お母さんに迷惑ばっかりかけて――。

もうダメだった。ゆりの心の中の堤防は、見る影もなく決壊していた。やり場のない感情が、ごうごうと音を立てて流れ出ていく。劣等感。罪悪感。絶望。自分へと矛先の向いた憤怒。

ごめんなさい、こんな娘でごめんなさいと、床に這《は》いつくばったまま、土下座のような体勢で謝り続けた。――お皿はすぐに洗います。掃除もサボらずにします。ちゃんと現実を見ます。もうバカなことは言いません。二度としません。

気がつくと、ストッキングをはいたお母さんの脚が目の前にあった。相変わらず不機嫌そうな声が、頭上から降ってくる。

「ちょっとやめてよ、なんで泣いてるの？　ったくもう……お皿洗いはお母さんがやっとくから、ゆりはもう寝なさい。そこ、どいてくれる？　お風呂入ってきちゃうから」

おやすみ、と刺々《とげとげ》しい口調で言い残し、お母さんはゆりの身体を跨《また》ぐようにして、アコーディオンカーテンの向こうに姿を消した。

やっとのことで身体を起こす。自室に駆け込み、ベッドに倒れ込んだ。

どのくらい時間が経っただろう。枕に顔を押しつけて泣きじゃくっているうちに、いつの間にか意識を手放していた。

三月に亡くなった、おばあちゃんの夢を見た。病院のベッドに横たわった祖母は、とても悲しそうな顔をして、ゆりを無言で見つめていた。

＊

３０９会議室のドアは、閉まっていた。

『満室です。隣の３１０会議室へどうぞ』の文字を、呆然《ぼうぜん》と見つめる。

自分の部屋に閉じこもっていた土日の間、ここに助けを求めようと思って過ごしていたから、動揺が隠せなかった。家も無理。学校も無理。それなら、この鬱屈《うっくつ》とした気持ちを、どこで吐き出せばいいのだろう。

「――ご相談希望?」

不意に横から話しかけられ、ゆりはびくりと肩を震わせた。「おや、君は」と白い両眉を上げたのは、このあいだ正木と名乗っていた高齢のカウンセラーさんだった。隣の310会議室のドアから、ひょっこりと顔を覗かせている。

「このあいだ来てくれた学生さんだね。この相談室の、第一号のお客さんだ」

「あの……晴川さんは?」

「今は別の方のカウンセリング中でね。開設当初はガラガラだったんだけど、市のホームページにもお知らせを掲載したりして、少しは予約が入るようになったんだ。三十分から一時間ほど待ってもらうか、もしくは私でよければ今すぐ始められるけど、どうする?」

正木さんの提案にためらい、309会議室のドアに貼ってある相談室の案内チラシに視線を向けた。『晴川あかり(臨床心理士)、正木昭三(認定心理士)』という一行に目が留まる。

「ああ、『認定心理士』って、聞いたことないでしょ? 大学で心理学の課程を修めたことを、とりあえず証明する資格なんだ。恥ずかしいから書かないでくれってお願いしたんだけど、チラシには何らかの肩書きを記載しておきたいって、ここの市役所の担当者に押し切られちゃってね」

わはは、と正木さんはバツが悪そうに笑った。

「私は学校教員を退職してから大学に入り直してカウンセリングの勉強をしたクチでね、晴川さんみたいな優秀な臨床心理士とは違うんだ。それでももちろん、福祉施設で何年か経験を積んできているし、相談シートやメモの内容は彼女と共有しているから、お力にはなれると思うよ」

わざわざそんな言い訳をしなくてもいいのに、とちょっとだけ頬が緩む。こちらは心理学系の資格についてちっとも詳しくないのだから、黙っていれば分からないものを。正直で、温かそうなカウンセラーさんだ。前回の晴川さんでなく、このおじいさんに話を聞いてもらってもいいかもしれない。

定年退職してから大学で学び直してカウンセラーになり、幾年もの活動実績があるということは、七十歳くらいだろうか——と考えたところで、七十七歳で亡くなったおばあちゃんのことを思い出してしまい、心臓がドクンと波打った。

「それ、可愛らしくていいね。『N』っていうのは、名前のイニシャルかな」

正木さんに話しかけられ、我に返った。彼の視線を追い、通学鞄に目を落とす。そこにあるのが当たり前になっていて、だからこそすっかり存在を忘れていた手作りのお守りが、鞄から下がっていた。

「えっと、これは……イニシャルじゃなくて、『Nコン』の……合唱コンクールの名前の、頭文字なんです」

「ほう、合唱？　素敵だねえ。私は昔から音痴でね、歌はからっきしなんだけど、聴くのは大好きだよ。ちなみにパートは？」

「ソプラノ……です」

「ということは、高い声が出せるのか。そりゃまたカッコいい——」

このまま会話を続けたら、ダメだ。

頭の中の危険信号に気づいたときには、すでに大声が出てしまっていた。

「もういいんです！　合唱なんて！」

感情が暴発した。

金曜の夜にお母さんに将来の夢を拒絶されてからというもの、誰とも喋らずに部屋に閉じこもっていたからかもしれない。自分で自分をコントロールできなくなり、あっという間に視界がぼやけ始めた。

その話をしてほしくない。

花菜ちゃんも、正木さんも。お願いだから。

「だってこれじゃ、私、何のために歌を——」

手探りでお守りをつかみ、思い切り引っ張ると、紐《ひも》が引きちぎれた。「どうした？」と正木さんが仰天した声を上げている。

このお守りは、御利益がないどころか、むしろ不運を呼び込んでいたんじゃないか。

だからおばあちゃんが亡くなって、Nコンも中止になって、就活も上手《うま》くいかなくて、お母さんにまで愛想を尽かされたんじゃないか。

こんなもの――。

柔らかいフェルトの巾着を、全力で床に投げつけた。レモン色のそれが、長椅子の下に滑り込み、視界の外に消える。

そのまま身を翻《ひるがえ》し、廊下を全速力で走り出した。後ろで正木さんが慌てて呼び止める声が聞こえてきたけれど、振り返ることはしなかった。

市役所の建物を出ると、太陽の強い光が照りつけた。

例年なら、もう夏休みに入っている時期だ。

空は相変わらず青々と、地面を這いずり回る人間たちの苦悩を鼻で笑うかのように、輝ける季節を謳歌《おうか》している。

その日の放課後、ゆりは狭い進路指導室の片隅で、両手を膝にのせたまま俯《うつむ》き、目の前に座る二人の男性教師の視線にじっと耐えていた。

「で、どうするの?」

クリアファイルの緑色の表紙をしきりに撫《な》でている宮田先生が、ぶっきらぼうに尋ねてくる。

「鹿野《しかの》先生も俺も二時から面談で、そんなに時間は取れないからね。さっさと終わらせてしまおう」

白戸さん、あとでちょっと話しましょうか、と担任の鹿野先生に声をかけられたのは、帰りのホームルームが始まる直前のことだった。

二時間目の途中に登校してからというもの、ゆりは授業中も休み時間もずっと、抜け殻のようになっていた。今朝の市役所での醜態を思い出すたび、あまりの後悔と罪悪感に胸を掻《か》きむしりたくなった。鹿野先生が担当する三時間目の英語で指名されたときには、質問を二度も訊き返した。短縮授業に浮かれているクラスメートたちと会話する気も起きなかった。

鹿野先生は、ゆりが今月に入って二度も無断遅刻をしたことを心配したようだった。「体調不良以外での欠席や遅刻は、これまでなかったのに……その後進路相談にも来ていないって、宮田先生も気にされていたよ」という若い担任教師の遠慮がちな言葉に、ゆりは黙って頭《こうべ》を垂れるしかなかった。

鹿野先生と宮田先生は、わざわざお昼休みを削って、ゆりのために時間を取ってくれたらしい。先々週に相談を受けてからというもの、志望業種の企業から新たに求人票が届かないかチェックしていたが、収穫はゼロ。やはり今年は相当に厳しい――と、宮田先生は進路指導室に入ってくるなり、苦虫を嚙みつぶしたような顔で言った。

「白戸の面談は明日だったよな。いよいよ応募先を絞り込まなきゃならないわけだが……親御さんとは話し合えたか？」

「いえ……あまり。フリーターはダメ、正社員になるのが絶対って、言われただけで」

お母さんとは、金曜の夜に会話したきりだった。会話したというか、ゆりが一方的に希望を伝え、一蹴され、泣き崩れて、呆《あき》れられただけ。代わりの応募先について話し合おうにも、土日はお母さんが一日中どこかに出かけていた。せっかくの休みの日に、陰気な娘と二人きりで家にいても息苦しいだけだと、避けられているのかもしれなかった。

それだけではない。昨夜、お母さんのスマートフォンに、伯母《おば》から電話がかかってきた。お母さんが入浴中だったため、代わりにゆりが出ると、お母さんの姉にあたる彼女は、「あっ……ゆりちゃん？」と気まずそうにし、あとでかけ直すと言って、逃げるように電話を切ってしまった。

たぶん、お母さんがゆりの悪口を言ったのだろう。娘が非正規でもいいから希望の業界に就職したいだなんて甘ったれたことを言っている、結局高校卒業後も私が養わないといけないかもしれない、最悪だ——とか。

ゆりとしては、どのような道に進んだとしても、お母さんに金銭的援助をしてもらうつもりはなかった。だけど、金曜の夜のことを思い返すと、社会を舐《な》めていると受け取られてもしょうがなかった。やりたくもない残業で明らかに疲れているお母さんの背中に向かって、あんなに軽々しく、お客さんに笑顔を届ける仕事をしたいなどと、夢見る少女のようなことを言って。

「白戸さんにも、進学という選択肢があったらよかったんだけどねえ」

ワイシャツ姿の鹿野先生が、ゆりに同情するように、机の向かいで顔を歪《ゆが》めた。

「そうしたら、何も今すぐに決めなくても、コロナが落ち着くまで、就職の時期を引き延ばせたのに。そうやって進路を変えることにした生徒はけっこう多いんだよ。白戸さんの場合、進学コースの子たちに比べて成績が極端に劣るわけでもないし——」

「ありがとうございます。でも、うちは無理なので」

小さな反発心が生まれ、はっきりと返す。見るからに育ちのよさそうな外見をしている鹿野先生は、申し訳なさそうに身を縮め、隣に座る宮田先生の顔をちらりと窺《うかが》った。

「無理だと分かってるなら、潔く諦めるしかないな」

腕組みをしている宮田先生が、やや苛立った調子で言った。

「白戸なぁ、お前、優柔不断にもほどがあるぞ。希望者向けの面接指導も先週の月曜から始まってるのに、まだ一回も来てないだろ？　そうやってうじうじ悩んでいるうちに、もう三者面談の前日だ。このままじゃ、他の生徒にあっという間に置いていかれるぞ。受かる企業にも、受からなくなる」

「まあまあ、宮田先生――」

「そんな白戸のために、今日はとっておきの求人を選んできてやった。悪いことは言わないから、この四つの中から決めなさい」

えっ、と声が漏れる。ゆりが動揺している間に、目の前に四枚のA４用紙が並べられた。

「運送会社の一般事務、建設会社の経理事務、カー用品店の営業販売、洋菓子工場の調理製造。いずれも正社員で、うちの高校からの採用実績あり。給料も福利厚生も高卒の求人にしちゃ上々だし、就職した先輩たちから悪い噂《うわさ》を聞いたこともない。ほら、どれにする？　営業販売なら一応接客業だし、この洋菓子メーカーはカフェも出店してるようだから、入社後に配置転換を希望すれば、いずれはそっちのスタッフになれるかもしれないぞ」

「この中から……ですか」

「お前、母子家庭で大変なんだろ？　卒業したら自立しなきゃいけないんだろ？　だったら、つらいとは思うが、今の自分に選択肢がないことを受け入れるしかない。それも人生だ。白戸を育ててきたお母さんだって、この四つのどれかにすれば喜ぶよ。全国に名を轟《とどろ》かせる有名企業ってわけじゃないけど、どれも地元じゃ定評のある会社だからさ。親御さんに心配かけずに済むように、今、潔く決めてしまおう。な？」

宮田先生が机に身を乗り出し、有無を言わさず迫ってくる。「宮田先生、四択はさすがに……」と鹿野先生が焦った表情を浮かべているけれど、本気で止めようとはしていないようだった。何せ、時間がないのだ。コロナの影響で就活スケジュールは例年より一か月後ろ倒しになっているものの、正式な出願の前には事業所訪問や校内選考があるし、面接練習もこれからだし、履歴書だって、おそらく何度も書き直さなくてはならない。

バケツで冷水を浴びせられたような気分だった。

そうだ。私には、選択肢なんてないのだ。

たった二人きりの家庭で、これ以上お母さんとの仲に亀裂を入れるわけにはいかない。女手一つで私を支えてくれているお母さんを裏切るような真似《まね》を、絶対にするわけにはいかない。

深く考えずに、左端に置かれた求人票に手を伸ばした。『正社員』という文字が、白い紙の上に燦然《さんぜん》と輝いている。

「……これに、します」

「お、案外早かったね。いいね？じゃあそういうことで、明日の面談では鹿野先生やお母さんとじっくり話すように。いいね？」

はい、と小さく頷く。宮田先生が満足げに椅子から立ち上がり、鹿野先生がほっとしたように息をついた。

マークシート方式の試験のように、四択で決まる人生。

夢って何だっけ。キャリアって何だっけ。

十七歳の自分から、コロナがすべてを奪っていく。

ゆっくりと――目の前の扉が閉まった。

＊

無力感とともに、朝を迎えた。

昨夜は結局、お母さんと顔を合わさずに寝た。ゆりが避けたわけではない。お母さんのほうが、日付を跨いで帰宅したのだ。老人ホームの事務の残業ってそんなに大変なんだろうか、不甲斐《ふがい》ない娘と同じ空間にいたくないだけなんじゃないだろうか、と勘繰りたくなる。お母さんはお酒が好きだ。五月末まで続いた緊急事態宣言が解除されてからというもの、居酒屋をはじめとする飲食店は、夜遅くまでの営業を再開しているという。

背中をベッドから無理やり引き剝がし、制服に着替えて自室を出た。二人掛けの小さなダイニングテーブルに、部屋着姿のお母さんが座っている。いつもならもう朝ご飯を食べ終わってバタバタと身支度をしている頃だけれど、今日は午後に三者面談があるから、丸一日お休みをもらっているようだ。本当に帰宅が零時を過ぎるほど仕事が忙しいなら、午前だけでも出勤しそうなものなのに——と、また疑念が膨らむ。

「おはよう。昨日は帰りが遅くてごめんね」

「……おはよう」

お母さんの声は、ゆりと違い、心なしか晴れやかだった。ああ、やっぱり残業じゃなかったんだ、と直感する。そうじゃなきゃ、疲労が溜まると機嫌が悪くなりやすいお母さんが、朝からこんなに楽しそうな声音を発するはずがない。

気晴らしに飲んでくるのはいいとして、もうちょっと娘に隠す努力をしてよ、と苛立ちを覚えながら、ダイニングを横切って浴室に向かった。このアパートに引っ越してきた当初は、独立洗面台のない生活にずいぶんと戸惑ったけれど、もうすっかり慣れた。蛇口から噴き出すぬるい水で顔を洗い、ダイニングに戻る。

テーブルの上には、トーストとサラダとスクランブルエッグが並んでいた。先に食べていればいいのに、今日は仕事が休みだからか、わざわざゆりが席につくのを待っていたようだ。うちにお金がないせいで私は夢を諦めようとしているのに、お母さんは、土日や平日夜に、外でお酒を飲んで遊んでいる。

文句を言える立場ではないのだけれど、やっぱり複雑だった。気まずくて、心の整理がつけられなくて、トーストを手に持ったまま、じっとテーブルに目を落とす。

「今日の三者面談、三時からだったよね？」

「うん」お母さんに話しかけられ、やっとの思いで返した。「あ、そうだ。昨日先生と話して、受ける企業、決めたから。正社員で、そこそこお給料がもらえて、高校の先輩が何人か入社して、私でも校内選考が通りそうなとこ。今まで迷惑ばかりかけてごめんね。私、卒業したら一人で頑張るから――」

「待って。そのことなんだけど」

お母さんが不意に背筋を伸ばし、改まった口調で言った。

「その必要はないの」

「え?」

「ゆり、大学に行こう」

たちの悪い冗談かと思い、顔を上げた。

向かいに座るお母さんの目は、至って真剣だった。

「……何言ってるの? うちにはお金がないんでしょ。大学になんて、行けるはずないじゃん」

「お母さんも、そう思ってたんだけどね」

「あ、奨学金を借りろってこと? 無理だよ、学費がどうにかなったとしても、生活費はバイトで稼げって言うんでしょ? 勉強しながら必死に働く体力なんてないし、成績がいいわけじゃないから利子だってつくだろうし、それで社会人になってから何十年もコツコツ借金を返さなきゃいけなくなるくらいなら、私は――」

「おじいちゃんと和美《かずみ》おばちゃんがね、援助してくれることになったの」

和美おばちゃんというのは、このあいだ電話をかけてきた伯母のことだ。

わけが分からずに目を瞬《またた》くゆりの前で、お母さんは早口で語った。

「おじいちゃんが、学費の半分を出してくれるって。もう半分は、和美おばちゃんのところから借りられる。もちろん返すのは母親の私だから、ゆりには一切借金を背負わせない。生活費は今までと同じようにやりくりすれば、あと四年くらいは頑張れるはず。遊ぶお金くらいはアルバイトで賄ってもらわなきゃいけないけど、とにかくゆりに負担はかけずに済むから――」

「どうして？　お母さん、私にとっとと自立してほしいんじゃなかったの？」

「そんなこといつ言った？」

「だって、フリーターはやめてって」

「だからこそ、よ」お母さんが細い眉を思い切り寄せた。「ムカつかない？　私がたまたま二〇〇二年にゆりを産んだから、ゆりが今年たまたま高三だったから、やりたいことが理想の形で実現できなくなるなんて。お母さんだって人生失敗してばかりだけど、今の職場への就職も、あの人との結婚や離婚も、全部自分で選び取ったことだよ。変な運命に弄《もてあそ》ばれたわけじゃない。私はね、ゆりにも同じように生きてほしいの。コロナだか何だか知らないけど、そんなよく分からないものに、娘の自由を奪われてなるもんですか」

激しさを増していくお母さんの口調に圧倒され、言葉が出てこなくなる。

「それでね、いろいろ考えてみたのよ。専門学校や短大もありだけど、ウイルスの流行が二年やそこらで落ち着くとは限らないし、どうせお金をかけて進路を切り替えるなら、いっそのこと大学がいいんじゃないかって。お母さんも高卒で、そのことを別に後悔したこともなかったから、自分の娘をどこかに進学させるなんて、今回初めて意識したんだけどね」

「なんで急に、そんな」

「ゆり、スマホでアルバイト募集のサイトを見てたでしょう？　さすがに気になって、こっそり学校に問い合わせたのよ。うちの娘が志望してる業界の求人、本当にないんですか、って。本当にないのね。思ってたより事態は深刻なんだって、やっと気づいたの。そこで親戚に頭を下げて、お金を掻き集め始めたってわけ」

調べ物の途中でダイニングテーブルの上に放置してしまったスマートフォンを、仕事から帰ってきたお母さんが、無言でじっと見下ろしていたのを思い出す。

呆れられていたわけではなかったのだ。あれがきっかけとなり、お母さんはゆりを大学に行かせることを視野に入れ、金策に走り始めた。

「もしかして、最近お母さんの帰りが毎日遅かったり、土日も出かけたりしてたのって——」

「ゆりを援助してくれそうな親戚のところに、何度も足を運んでたのよ。おじいちゃんは年金暮らしだし、和美おばちゃんも自分の子どもがいるから、なかなか首を縦に振ってくれなくてね。でも、毎日のように通って頭を下げ続けたら、二人ともなんとか承諾してくれた」

「和美おばちゃん、このあいだ私が電話を取ったら、すごく気まずそうにしてたけど……」

「あのときは、妹の私にお金を貸すかどうか、まだ迷ってる最中だったからね。最終的にオーケーをもらえたのは、昨日の夜だったの。帰宅が遅くなっちゃったのは、説得や話し合いに熱が入りすぎたせい」

　機嫌がよさそうにしていたのはそういうわけだったのか、とはっとする。おじいちゃんによる学費半額援助に加え、昨夜、和美おばちゃんが残りの金額の貸与を了承したことで、ゆりを大学に行かせられる目途がようやく立ったから。

「ごめんね、三者面談の直前になっちゃって。ゆりをぬか喜びさせたくなくて、お金が用意できることになったら言おうと思ってたんだ」

「でも――待ってよ」

　頭がひどく混乱した。一瞬閉じたまぶたの裏に、ダイニングチェアに腰かけて深くうなだれていた、お母さんの疲れ切った背中が蘇《よみがえ》る。

「お母さん、怒ってたよね？　私が夢を追いかけたいって話したとき、『ふざけんなよ』って」

「……何のこと？」

「とぼけないでよ。この間の金曜の夜。そこで泣いてた私に『どいてくれる？』って邪魔そうに言って、お風呂に入っちゃったじゃん」

　あのときのお母さんの声色は、ぞっとするほど恐ろしかった。怒りのにじんだ声。これまでの恨みつらみが、たった一言に凝縮されたような――。

　それで、愛想を尽かされたと確信したのだ。お母さんはあくまで娘が高校卒業後すぐに自立することを望んでいて、こちらの夢を応援する気など微塵《みじん》もないのだと。実はゆりを大学にやるために裏で奔走していたのなら、あの冷たすぎる態度は何だったというのか。

お母さんは、額にしわを寄せ、真剣に考え込んでいるようだった。ややあって、ああ、と目を大きく見開く。

「そういうことだったんだ。だからゆりは、あんなに突然……」

何やら合点した顔をした後、申し訳なさそうに眉を八の字にし、まっすぐにこちらを見つめてくる。

「ごめん。お母さんね、ゆりに後ろから話しかけられたの、まったく聞こえてなかった」

「……ふざけてるの？」

「違う、違う。これよ」

お母さんが席を立ち、ダイニングの隅にある棚の上から、つるりとした黒い楕円《だえん》形のケースを取り上げる。見た瞬間は何だか分からなかったけれど、お母さんが蓋《ふた》を開けた途端、その正体が分かった。

「……ブルートゥースイヤホン？」

「そうなのよ」お母さんが頷き、コードレスのイヤホンを二つ、両耳にはめてみせた。長い黒髪に隠れて、イヤホンが見えなくなる。「ノイズキャンセリングっていうんだっけ、その機能が案外しっかりしてるらしくて。音楽を聴いてると、周りの声が全然聞こえなくなるんだよね」

「そんなもの、いつ買ったの？」

「買ってない。もらったのよ。話したでしょ、ネット通販が大好きだった入居者さんのこと。ご親族が引き取りを拒否した、大量の遺品の中に紛れてたのよね。まだまだ使えそうだし、そこそこ値が張りそうなものだし、処分するのはさすがに忍びなくて」

ピーターラビットのマグカップや、新品の電動歯ブラシに加え、こんなものまでちゃっかりもらってきていたのか――と、驚くと同時に呆れ果てた。

「私が話しかけたとき、これで音楽を？」

「音楽というか……うん、動画をね」

「じゃあ、『ふざけんなよ』っていうのは、スマホで再生してた動画の内容に対する独り言だったんだ？」

ゆりの立ち位置からは、コードレスのイヤホンと、テーブルの上のスマートフォンが見えなかっただけ。

すべては、自分の勝手な早とちり。

ああ、なんだかバカみたいだ。

肩透かしを食った気分で尋ねると、お母さんはゆりの予想に反して、「いいえ」と首を横に振った。

「あのときはね、死ぬほど怒ってたのよ。お父さんに対して」

「……へ？」

思わず素っ頓狂な声が飛び出した。――お父さんって、あの？　四年前の離婚以来、一度も会っていない、私の父親のこと？

質問せずとも、お母さんの表情を見れば正解だと分かった。顔を極限までしかめ、口を思い切りへの字に曲げている。

お母さんの視線が、壁際の棚の上へと移った。お母さんと、ゆりと、もう一人。かつての家族三人で写った写真が、そこに飾られている。

「実はね、先週の金曜は、仕事帰りにお父さんに会いにいってたの」

「えっ、嘘、お父さんに？　なんで？」

「交渉よ。ゆりの学費を出してもらうための。おじいちゃんはすでに承諾してくれてたけど、和美おばちゃんはまだ迷ってるみたいだったから、あと半額を何としてでも調達しなきゃと思って。親権は手放したって、ゆりのたった一人の父親なんだし、事情を話せば理解してくれるんじゃないかと期待したんだけど……甘かったわ。『こっちも手一杯だから』の一言で拒否。取りつく島もなし。あんな男、頼ろうとしたのがバカだった——って、こんなこと、ゆりに愚痴っちゃいけないね」

「ううん……でも、だったら、動画って？」

「去年のNHKコンクールよ。あなたたちが関東甲信越ブロックに進出したときの合唱動画。合法だか違法だか知らないけど、ユーチューブに上がってて、課題曲も自由曲も視聴できるようになってるでしょ？」

「あ、花菜ちゃんがアップしたやつ……」

「たぶんそれかな。お父さんと壮絶な口喧嘩をして、疲れ切って帰ってくる途中の電車で、ふと聴きたくなってね。ゆりは今年、あんなに毎日練習を頑張って全国を目指してたのに、コロナのせいで全部台無しになったんだと思ったら、急に悔しさが込み上げてきて、再生が止められなくなって。家に帰ってきた後も、しばらくずっと見てたんだよね。ゆりたちの綺麗な歌声を繰り返し聴いているうちに、こんなに一生懸命な娘が就職のことでつらい思いをしているときに、あの男は手も差し伸べてやれないのかって――」

――ふざけんなよ。

それは、四年ぶりに会ってきたばかりの元夫への怒りが急激に再燃した結果、口からこぼれ出た悪態だったのだと、お母さんは神妙な顔で言った。

「その直後に、ちょうど動画の再生が終わって、ゆりが後ろで床に座って泣いているのに気づいてね。何事かとびっくりして声をかけたんだけど、お父さんとのバトルのせいで私も苛立ってて、フォローしてあげる余裕が全然なくて」

「そういうことだったの？　変だと感じたなら、泣いてる理由くらい訊いてくれれば、お母さんのことを誤解せずに済んだのに」

「だって、だいたい想像がつくんだもの。就活のことで悩んでるのは知ってたし、休校だった三か月の間も、部屋から頻繁に泣き声が聞こえてきてたし、唐突にすごい勢いで謝り出すこともあったし……」

そう指摘されると、言い返せなかった。この家から一歩も出なかった休校期間に、精神が不安定になって、しょっちゅう取り乱していたのは事実だ。お母さんは、引きこもり状態になった娘が発作のように泣き崩れるのに、いつの間にか慣れっこになっていたのだろう。

お母さんが、テーブルの隅に伏せてあったスマートフォンを手に取り、画面を操作した。しばらくして、静かな女声《じょせい》のハミングが聞こえてくる。

去年のNコンの、高校生の部の課題曲だ。

ハミングに、厳《おごそ》かな男声《だんせい》がかぶさる。柔らかな和音を奏でていた女声が、男声に代わって歌い始める。そこに突如加わる、芯のあるピアノの音。

金賞を夢見た大舞台で、当時の全力を出し切った自分たちの合唱が、お母さんのスマートフォンのスピーカーから流れている。

聴くのは久しぶりだった。長い間、避け続けていた。歌なんてもういい。一生決別していよう。そうとまで誓ったはずなのに、身体が曲に合わせて動き出しそうになる。突然エンジンがかかったかのように、心の奥底がぶるりと震える。

「Nコンは高校生までだけど、大学生が出られる合唱コンクールも、いろいろあるみたいだよ」

お母さんが、そっと目を細めて言った。

「進学して、コロナが今より落ち着いてきたら、ゆりの大好きな合唱がまたできるんじゃないかな。四年の間には、きっと。そういう意味でも、大学はゆりにとって、大切な場所になるんだと思う」

いつになく優しいその声が、厚みのある混声四部合唱の響きと重なり、ゆりの耳の中に着地する。

ふと、手元に目を落とした。握ったままだったトーストに、くっきりと指の跡がついているのを見て、笑ってしまいそうになる。

決して日当たりがいいとは言えない狭いダイニングが、不意に明るくなったような気がした。

それは、たぶん——もう二度と拝めないと思っていた、扉の向こうの光。

＊

ゆーりーりんっ、と後ろから肩を叩《たた》かれた。

「ねね、スマホ、見た？」

廊下を走ってきた様子の花菜ちゃんが、レース生地のマスクの向こうで息を弾ませながら、こちらの顔を覗き込んできた。

「見たよ！　進学コースのみんなも、意外と乗り気だったね」

「推薦の子はいいとして、受験、大丈夫なのかな？　って、ゆりりんもだけど」

「もともと秋まで部活を続けるつもりだったんだもん、今さら勉強優先なんて言わないよ。実はみんな、同じ気持ちだったんじゃないかな」

「嬉しいなぁ。俄然《がぜん》、やる気がわいてきた！」

花菜ちゃんが右手の拳を、廊下の天井に向かって突き上げる。

合唱部同期のグループに、引退記念のオンラインコンサート開催を提案するメッセージを二人して投稿したのは、今日のお昼休みのことだった。

想像をはるかに超える勢いで、全員の賛同が集まった。本当はいけないのだけれど、午後の授業の間も活発にやりとりが進み、瞬く間に八月中の開催が決定した。これから一か月間、言い出しっぺの花菜ちゃんとゆりが中心となって、企画を動かしていくことになる。

「まずは、プログラムを決めないとだね。みんなにも希望を募るけど、ゆりりんが歌いたいのがあれば絶対に採用するから、考えておいて」

「何それ、そんなことしていいの？」

「企画者特権！　だってほら、動画の編集だとか、配信だとか、お客さんへの告知だとか、運営にはめちゃくちゃ手間がかかるからさ。私たちも面接対策や受験勉強で忙しいんだし、それくらいのメリット、享受したっていいはずでしょ？」

花菜ちゃんが朗らかに笑い、ゆりも思わずつられる。

彼女との関係性は、この一週間で、確実に進化した。「ゆりりんが大学に行ったら、学園祭に遊びにいこうっと」「私もバイトでお金を貯めて、花菜ちゃんが働いてるホテルに泊まりにいくね」なんて、お互い気軽に言い合えるくらいに。

不思議なことに、大学に行けると分かったあの日以来、あれほど避けていた歌を、自然と口ずさめるようになっていた。

もしかしたら、今までだって、心の奥底では進学したかったのかもしれない。母子家庭で家計が大変だから、早く独り立ちしないとお母さんに迷惑がかかってしまうから、という理由で、その密《ひそ》かな思いを無意識のうちに殺していたのかもしれない。コロナのせい。コロナのおかげ。周りの人に助けられて、ゆり自身の時代との向き合い方までもが、百八十度変化しようとしている。

「私ね、あれ、やりたいな。一年生のときのクリスマスコンサートでやった――」

「クリスマスソング？　夏なのに？」

「ううん、そっちじゃなくて」

「ああ、ジブリか！」

花菜ちゃんがぽんと手を打った。そしてメロディラインのハミングを始める。ゆりも微笑みながら声を重ねる。途中で音が二つに分かれる。ソプラノのゆりが上昇し、アルトの花菜ちゃんが下降して、美しいハーモニーが生まれる。

一番を歌い終えると同時に、ゆりは口の中で、小さく呟いた。

「……またこうやって、歌える日が来るなんて、ね」

「ん、なあに？」

「なんでもないよ。オンラインコンサート、楽しみだね！」

これから進路指導室での集団模擬面接に参加するという花菜ちゃんと、階段の手前で手を振り合って別れた。

コンサートまでに練習する歌は全部、亡くなったおばあちゃんへの贈り物にしよう――と、心に決める。

先ほど花菜ちゃんと合唱した曲を、今度は一人で口ずさみながら、ゆりは昇降口へと向かった。

コロナなんかに負けない。
今、私の未来は、誰が何と言おうと、まばゆい光に満ちている。

立倉市役所　２０２０こころの相談室　～昼休みのひととき～

相談室の昼休みは、正午ちょうどに始まる。

もちろん、直前の相談が長引いた場合はその限りではない。しかしこの日は、３０９会議室の晴川あかり、３１０会議室の正木昭三ともに、十一時半過ぎには午前の仕事から解放されていた。

可動式の壁の端をスライドドアのように開け、正木が晴川に合流する。窓際に差し込む直射日光を避けるようにして、二人はアクリル板のパーテーションを挟んで座り、それぞれマスクを外して持参した弁当を食べ始めた。

「最近、予約が増えてきたね。あまりに仕事がなくて、すぐにお払い箱になったらどうしようと思っていたから、ほっとしたよ」

「私もです。市役所の公式アカウントで告知してもらったおかげですね」

「やっぱり今の時代は、掲示板にチラシを貼るだけじゃ限界があるよ。ＳＮＳの力というのはすごいんだね。あ、そうそう」

正木が弁当箱の上に箸《はし》を揃《そろ》えて置き、ポケットからシニア向けスマートフォンを取り出した。

「娘に電話でやり方を教えてもらって、私も昨日やっとこさアプリを入れて、市役所のアカウントをフォローしてみたんだけどね。相談室の告知の投稿に、こんな返信がくっついているのを見つけたんだ。匿名《とくめい》のアカウントだけど、プロフィールを見る限りでは、どうやら女子高校生のようでね。ほら、これこれ」

――この間は大変なことをしてしまい、すみませんでした。いろいろあって、これからは前向きに生きていけそうです。HさんとMさんに話を聞いてもらえたおかげだと思います。これからもお仕事がんばってください。

正木がアクリル板の下の隙間から差し出したスマートフォンの画面に、晴川がさっと目を滑らせる。

「たぶん、あの子じゃないかと思ってね」

「白戸ゆりさん、ですか？」

「そうそう。他の投稿を見てみたら、来月に合唱部のオンラインコンサートをやるとかで、可愛らしいチラシの画像を載せていたし」

「それならほぼ確定ですね。その後どうしているのかと気になっていたので、安心しました」

「この様子だと、もう大丈夫そうだね。でも、どうしよう。このあいだ彼女が投げ捨てていった手作りのお守り、次に会ったときに返そうと思って、私の手元で保管していたんだけれど。取りにきてくれるかな」

「うーん、どうでしょう。正木さんと最後に会ったときの経緯からすると、私たちと直接顔を合わせるのは、少し気まずく感じるかもしれませんね」

「じゃあ、廊下の壁にでも飾っておこうか。もしかしたら、本人がこっそり覗きにくるかもしれないし。もし来なくても、殺風景な待ち合いスペースが明るくなるし」

正木が立ち上がり、鞄の外ポケットからレモン色の小さな巾着を取り出して、さっそく廊下へと出ていった。「相談室のチラシの画鋲《がびょう》に引っかけておいたよ」と満足げな顔をして戻ってくる。

「いやぁ、よかったよ。あの子は若いのに、いろいろなものを背負っていたけど、全部乗り越えることができたんだね。おばあちゃんの死に、合唱コンクールの中止に、就職活動に」

「それと――自分の罪を」

晴川が小さく呟いた。箸に手を伸ばしかけていた正木が、「え？」と顔を上げる。

小柄な女性臨床心理士は、複雑そうな顔をしていた。やがて彼女も箸を置き、アクリル板越しに正木を見返した。

「これはどんなカウンセリングにおいてもそうですが……私たちのもとにやってくる相談者は、すべてを語ろうとしません。カウンセラーには守秘義務があり、ここでの話を外に持ち出すことはないと分かっていても、話したくないこと、隠していたいことは、人それぞれあります。カウンセリングの目的とは、相談者本人が自分の問題を明確にし、自力で道を見つけることです。私たちは対話や傾聴により、その手助けをしているだけ。だから私は常々、彼らの秘密を無理に引き出して、心を丸裸にすることは、カウンセラーの仕事ではないのだと、自分の肝に銘じています。……前置きが長くてすみません」

「いやいや、とても勉強になるよ。で――彼女の罪、って？」

「罪、という表現は適切ではなかったかもしれませんね」晴川は幾分反省したように言った。

「先に補足しておきますが、私はそれを罪だとは思いません。ただ、白戸さん自身は、やはりそう感じてしまっていたのではないでしょうか」

「というと——」

「新型コロナウイルスに感染し、入院中のおばあさんに移してしまったことです」

晴川が物憂げに言い切った。正木が両目を大きく見開く。「彼女がそんなことを言っていたのかい？　いつ？」という彼の慌てた問いに、晴川は静かに首を横に振った。

「ご自身から聞いたわけではありません。あくまで、私の推測です」

「そんな、どうして」

「白戸さんは休校の間、引きこもりのようになって、一歩も外に出なかったと言っていました。六月に久しぶりに外に出たとき、太陽の光が眩しく感じられてびっくりした、とも話していたので、徹底して家に閉じこもっていたのは事実なのでしょう。そうすると、ちょっとおかしいんです。彼女のおばあさんは、この休校期間中に亡くなっています。いくら家の外に出ることに抵抗があったとしても、大好きだったおばあさんの通夜や告別式に一切参列しない、ということが果たしてありえるでしょうか？」

あ、と正木が声を漏らす。「それって、もしかして……」と彼が眉を寄せると、晴川が深く頷いた。

「このご時世なら、残念ながらありえます。コロナ死だった場合です。今後はどうなっていくか分かりませんが、亡くなる際に家族が病院で立ち会いもできず、火葬されて遺骨になった状態で初めて対面する、というようなことが、現時点では往々にして起きているようです。白戸さんは、おばあさんと『コロナのせいで最後にちゃんと会えなかった』と言って、そのことをひどく悔やんでいました。あれは『面会制限のためお見舞いに行けなかった』だけでなく、『亡くなった後に葬儀ができず、顔すら見られなかった』という意味も含んでいたのではないでしょうか」

「そういえば」と正木が表情を翳《かげ》らせる。「彼女が通っている高校では、二月の流行当初、だいぶ早い段階で、クラスターが発生したんだったね」

「はい。二月の終わりから、どこよりも早く休校に突入したそうです。白戸さんのおばあさんが亡くなったのは、それからほどなくした、三月の初めです」

「でも、白戸さんは、自分は感染しなかったと言っていたんじゃなかったかな?」

「それが、彼女の嘘であり、秘密だったのだと思います。……世間の非難から自分の身を守り、心が傷つかないようにするための」

その話をしたときの白戸ゆりの態度には、都合の悪いことを隠そうとするときの人間の心理が如実に表れていた、と晴川は説明した。こちらがクラスターのことを尋ねただけで、自分は運よくかからなかったと先手を打つように発言したり、あくまで友人から聞いた話だとしながらも、コロナ陽性時の自宅療養の様子を必要以上に詳細に描写してしまったり。

「おばあさんの死について言及したときも、彼女はひどく取り乱していました。末期の肺癌で、医師に余命宣告も受けていたため覚悟はしていたと口では言うわりに、声が大きく震えたり、涙を流したりと、とても平静ではいられない様子で」

「その背景に罪の意識があったのではないかと、晴川さんは推測したんだね。休校前、最後におお見舞いに行ったときに、病気のおばあちゃんにウイルスを移してしまった、という」

「そうです。加えて彼女は、お母さんに対しても負い目を感じているようでした。老人ホームでの仕事について、『もともとすごく人手不足なのに、ちょっと前にわりと長い休みをもらったことがあって』と話していましたが、この『長い休み』というのは、濃厚接触者もしくは感染者となったお母さんが、仕事を休んで自宅待機を強いられたことを指していたのだと思います。介護職ではないとはいえ、老人ホームという職場の特性上、復帰には時間がかかったはずですし、同僚や利用者から白い目で見られたかもしれません。だから白戸さんは、お母さんをここに連れてきてはどうかと私が提案した際に、迷惑をかけたくないと拒否したのでしょう」

「これ以上はさすがに――、というわけか」

「カウンセリングをしていて、最初から違和感はあったんです。家庭の事情で進学を選ぶことができず、今年絶対に就職しなければならないという状況に陥ったら、離婚した親を恨む気持ちが少しくらい生まれてもおかしくないはず。それなのに、白戸さんはお母さんに対して過度に遠慮していました。きっと、罪悪感でがんじがらめになっていたのでしょう。職場復帰後にお母さんを忙しくさせてしまったのも、そのお母さんの実の母親であるおばあさんを殺してしまったのも自分なのだから、と。大切な人の死を悔やむあまり、自分を責めすぎていたんです」

「殺して……しまった……」

正木が声に苦悶《くもん》をにじませた。晴川がはっと口元に手を当て、「すみません、言葉が過ぎました」と俯く。

「白戸さん自身も、コロナ感染がおばあさんを直接死に至らしめたとは考えていなかったと思います。『年明けから立倉総合病院の緩和ケア病棟に入院していた』といった具体的な説明が自然に出てきていたことからして、末期の肺癌で余命が長くないというのは本当だったのでしょうから。おばあさんが亡くなるのは時間の問題で、コロナはせいぜい、死期をわずかに早めただけ。それでも、自分が病室にウィルスを持ち込まなければもう数日長く生きられたかもしれない、死の直前に余計に苦しませてしまったかもしれない、少なくともお葬式くらいはちゃんとしてあげられたのに――そんな思いが、彼女を苦しめた」

「それは……仕方がないことじゃないか。今ならともかく、二月だよ。まだ多くの日本人に、コロナに対する危機意識がほとんどなかった頃だよ。そんな時期に、自分の身の周りで集団感染が起きるなんて、まさか自分が陽性者だなんて、思うわけがない。白戸さんは悪くない。悪くないよ……」

二人の間に、沈黙が流れた。正木の言葉に深く同意するように、晴川も目をつむっている。

しばらくして、ああそうか、と正木が重々しく呟いた。

「だから彼女は、歌えなくなったんだ」

「でしょうね」と晴川が相槌《あいづち》を打つ。「当時の新聞記事を見返してみると、彼女の高校で発生したクラスターは、部活動が発端だったとありました。生徒の個人情報保護のためか、どの部活かということまでは、書かれていませんでしたけど」

「合唱部、だったのかもしれないね」

「活動の特性上、感染リスクが高いのも頷けますしね。今年は部員が一丸となって全国大会進出を目指していたそうですから、クルーズ船での感染爆発や国内感染者増加の報道があった後も、簡単には練習を中止しなかったでしょうし」

正木が天を仰ぎ、広い額に手を当てた。

「晴川さんにも、聞こえていたかな。彼女、そこの廊下で私と話したとき、手作りのお守りを投げ捨てる直前に、こう叫んだんだよ。『だってこれじゃ、私、何のために歌を――』って」

これじゃ私、おばあちゃんを死なせるためだけに、歌ってたみたいじゃないか。

つらかったろうなぁ、と正木が語尾を大きく震わせる。――大好きな合唱のせいで、大好きだったおばあちゃんを。当たり前だよ。そりゃ歌えなくもなるよ。

その脇で、晴川もじっと目をつむっていた。まだ十七歳の白戸ゆりが、相談の裏で抱えていたものの大きさに、二人して思いを馳《は》せる。

しばらくして、正木がしみじみと言った。

「それなら余計に、立ち直れてよかったね。彼女は今、大きな悲しみを乗り越えて、次の一歩を踏み出そうとしているわけだ」

「そうですね。ここではあまり多くのことをしてあげられませんでしたけど……これから強く生きていってほしいなと、心から思います」

「いやぁ、いろいろと考えさせられるよ。実は私も、三月に生まれたばかりの初孫に、まだ一度も会えていなくてね。『万が一私たちが感染していて、高齢のお父さんに移しちゃったら怖いから』というのが娘の口癖で、『この歳になればいつ死んだって同じだよ』なんて冗談で返し続けていたんだが、万が一のことがあったときに苦しむのは、何も死ぬ当人だけじゃないということだね。娘や孫の顔を見られないのは寂しいけど、改めて、我慢しなければならないと思ったよ」

正木が机の上のスマートフォンに視線を落とし、「オンラインコンサート、私も視聴してみようかな」と声を明るくした。

「音楽って、いいものだよね。才能はまったくなくて、聴く専門だけど、好きなんだ」

「私もです。白戸さんのコンサート、いつですか？」

「八月最後の土曜夜だよ」

「よかった。それならゆっくり見られそう」

相談室内に、和やかな空気が戻ってくる。

開け放した窓から、蝉《せみ》の鳴き声が聞こえてきた。

第二話

諸田真之介（29）

諸田真之介《もろたしんのすけ》、二十九歳。

婚約者を失った。

◇

キラリと光る小さな銀色の物体が、宙を舞った。

その正体が分かったのは、ベージュ色のカーテンに行く手を遮《さえぎ》られたそれが、厚手の布の上をゆっくりと滑り落ちるようにして、床に転がってからのことだった。

「もういいよ！　真ちゃんにとっての私は、その程度だったってわけ！」

甲高い叫び声を浴びせられ、視線を元に戻す。膝を崩してカーペットに座っている愛花《あいか》は、小刻みに肩を震わせ、両手で顔を覆っていた。

その左手の薬指に、先ほどまでつけていた婚約指輪は、ない。

怒りが再燃しかけたけれど、咎めるのはやめておくことにした。ほとぼりが冷めるまで待とう。

本来の彼女は、こんなにヒステリックな人間ではない。今は感情が昂《たかぶ》るあまり、我を失っているだけだ。

真之介が聞こえよがしにため息をついてベッドから立ち上がると、愛花のほっそりした指の隙間から、涙に濡れた恨めしげな目が覗いた。

「どこに行くの？」

「ちょっと外に」

「逃げないでよ……」

「これ以上話し合っても無駄だって。いったん頭を冷やそう」

わざと足音を大きく立て、部屋を後にする。もし自分がいない間に彼女が家に帰ることにしたとしても、合鍵を持たせてあるから問題はない。いくら真之介に腹を立てているとはいえ、几《き》帳《ちょう》面《めん》な彼女のことだ、ドアの施錠くらいはしていってくれるだろう。

活気があるともないとも言いがたい街を一時間ほどうろつき、自宅マンションに戻った。

予想どおり、ドアには鍵がかかっていた。電気の消えた部屋の中に愛花の姿はなく、春の陽光が降り注いでいた屋外よりも、心なしかひんやりとした空気が漂っていた。

ここ二週間ほど片づけをサボり続けているこたつテーブルの上に、白い紙を見つけた。

書き置きだった。マンションの排水管点検のお知らせのチラシの裏に、ボールペンで綴《つづ》られた、丁寧で丸っこい文字が並んでいる。

『今までありがとう。真ちゃんと別々の道を歩むことになるのはつらいけど、お互い、これからもがんばろうね』

大事なことはスマートフォンのメッセージではなく、かといって直接言うのは恥ずかしいから対面や電話でもなく、いつも手紙にしたためてくれていた、どこか古風なところのある愛花。

婚約が破棄されたのだと、そのとき初めて知った。

＊

――暑い。

先ほどから、虫取り網に捕らえられたトンボのように、その言葉ばかりが脳内を激しく飛び回っている。

窓が全開にしてあるとは思えないほど、室内の空気は重苦しく滞留していた。時たま吹き込んでくる風は、隣の部屋の室外機から排出される熱を運んでくる。真之介はベッドにぐったりと寝転びながら、電源コードの繋がっていない頭上のエアコン本体に幾度も視線を送っていた。

――さすがにそろそろつけようか。

――いや、でも。

心の中で、二人の自分がせめぎ合っている。どちらかというと浪費家の部類に入る真之介にとって、七月下旬に突入してもまだ自室の冷房を使っていないなど、過去に類を見ないことだった。

いつもなら、どんなに遅くとも六月半ばまでには蒸し暑さに音を上げて、エアコンの電源を入れてしまう。

それくらい、今年の懐事情は切羽詰まっていた。

よりによってなぜこのタイミングで車なんか買ってしまったんだ、と幾度となく後悔した。ラッシュアワーのバスの混雑や遅延を避けられるとはいえ、せいぜい往復四十分間の通勤が多少快適になっただけで、定期代のほうがよっぽど安かったのに。高いローンを組まされた上、月々の駐車場代や保険料も削り取られ、ガソリン代だってバカにならないのに。

五年ローンを組んでコンパクトカーの新型モデルを購入したのは、今年の一月のことだった。正月に車の初売りのCMを見て、そろそろいい大人なのだからマイカー通勤でもしようと突如思い立ち、年始の浮かれた気分を引きずったまま販売店を訪れて契約を終えた。まさかその月に未知のウイルスが日本に上陸し、コロナ不況が始まるとは夢にも思わずに。

夏のボーナスは、例年の三割減だった。六月と十二月の返済金額が極端に多いボーナス併用払いのローンを選択していたため、足りない金額をなけなしの貯金から補塡《ほてん》しなければならなくなり、銀行口座の残高が限りなくゼロに近づいた。

おかげでここ最近は、苦手な節約生活をする羽目に陥っている。仕事以外は誰にも会わずにずっと家に引きこもっているため、金を使う機会はあまりないものの、この先の生活を考えると、悠長に構えてはいられなかった。冬のボーナスもあてにできない。新型コロナウイルスがいつまで猛威を振るい続けるかも分からない。このままだと心身の健康が損なわれるかもしれない。そんな中、あと四年半、通勤以外にろくに乗りもしない車のローンを毎月払っていかなければならない。

人生が、突然リセットされたかのような感覚。

三か月半前に愛花と別れてからは、特にそうだった。もともと感染を恐れて家族にも友人にも会っていなかったのが、恋人までそばを離れていき、いよいよ一人きりになった。

仕事、テレビ、仕事、スマートフォン、仕事、ゲーム、仕事――。

彼女がいない日常は、空っぽで、灰色で、価値など一つも感じられなかった。ベッドから起き上がれない朝、ぼんやりと時を過ごす昼、思いつめてなかなか寝つけない夜。常に眠りが浅く、悪夢ばかり見た。いつまで続くかも分からない孤独。何でもない瞬間に、大声で叫び出したくなる。

心療内科に行くべきか、と悩んだ日もあったものの、結局はやめることにした。待合室での感染リスクが怖い。通院歴があるばかりに、医療保険に入れなくなるのも困る。確か、住宅ローンなども組むのが難しくなるのではなかったか。といっても、誰かと一緒に家を買うような予定は、もうないのだけれど。

コロナに台無しにされた無為な人生の、無為な一日が、今日も過ぎていく。

エアコンを見上げ、また呻《うめ》いた。まだ朝の十時前だ。これから暑くなる一方なのだから、さすがにそろそろつけないと、熱中症になりかねない。

よし、つけよう。――いや、でも。

かつての愛花の顔が、閉じたまぶたの裏に蘇る。

――ええっ、設定温度低すぎ！　どうりで寒いと思ったぁ……ダメだよ真ちゃん、私と結婚したら、もっといろいろ節約してもらうからね。お店で物を買うときはどれが安いかちゃんと比べること、水道やシャワーは出しっぱなしにしないこと、トイレの電気はちゃんと消すこと、給料日後に衝動買いをしないこと、お正月のノリで新車をぽんと買ったりしないこと。

口を尖《とが》らせて、可愛らしく注意してくる顔。

――そのくせさ、真ちゃんって、変なところだけ細かいよねぇ。洗濯機の水道の元栓は使うたびにちゃんと開け閉めしたり、丸一日以上家を留守にするときはブレーカーを落としたり、シーズンが終わるとエアコンの電源コードを引っこ抜いたり……あ、知ってる？　お風呂のお湯って、前の日のを追い焚《だ》きするよりも、新しく給湯したほうが安いんだよ。

呆れた様子で、形の整った眉を八の字にしている顔。

この部屋には、愛花との思い出が多すぎた。室内を何気なく眺めているだけで、彼女の残り香を感じてしまう。

エアコンをつけるのは、今日も我慢することにした。

浪費家だなぁ、と苦笑しながら話しかけてくる記憶の中の愛花に、節約家になることで対抗してみようとする。

せめて体感温度を下げようと、ベッドから這い出るようにして下り、フローリングの床に直接横たわった。両手を後頭部にやろうとした拍子に、指先が掃き出し窓のカーテンに触れ、部屋の中の光が揺れる。ふと、愛花に会った最後の日のことを思い出し、ベージュ色のカーテンをめくって窓際の床を探ってみた。

「……あるわけないか」

独り言が漏れる。そうだ、今さら見つかるはずがない。

あの日、彼女がカーテンに向かって投げつけた婚約指輪は、その後いくら探しても、部屋の中から出てこなかった。

月給の三倍というわけにはいかなかったけれど、真之介が貯金をはたき、精一杯見栄《みえ》を張った記念の品だった。グレードの高いダイヤモンドが嵌《は》め込まれたプラチナの指輪だから、売ればそこそこの値がついたはずだ。もし手元にあれば、いざというときへの備えとして、多少は金銭的な不安を減らせたことだろう。

愛花も、そのことに気づいたのに違いない。

だから、真之介の目の前で指輪を外して投げ捨てておきながら、わざわざ拾い上げて、持って帰った。

さすがにひどい、と憤りたくなる。今貯金が底をつきかけているのは、もとはと言えば、昨年末に婚約指輪を購入したからだ。今年はコロナの影響で勤め先の業績が赤字になる見込みだからボーナスがカットされそうだと、愛花の前で愚痴ったこともあったのに。指輪のお返しに買ってもらうはずだった時計を、こちらはついぞ手に入れられないまま、別れの日を迎えたというのに。

就いている業種が業種だから、愛花も金には困っていたのだろう。それは理解できる。でも、危機に瀕しているのはこちらも一緒だ。何も真之介だけではない。世の中の多くの人が、仕事を失ったり、長期間休まざるをえなくなったり、給料を減らされたりして、まだ見ぬ明日に怯《おび》えている。

返してもらえなかった婚約指輪のことを考えると、頭蓋骨の内部がいっそう火照《ほて》ってきた。どこか涼しいところに行きたい、とぼんやり考える。自分で電気代を負担せずとも、冷房の恩恵にあずかれて、なおかつ感染リスクを抑えられる場所。

果たして、そんな都合のいい施設があるだろうか。皆がマスクを外す飲食店はもってのほか。人が多いショッピングセンターや駅は避けたい。カラオケやパチンコの趣味はないし、そもそも電気代の節約のために娯楽に金を落とすのは本末転倒になる。図書館？　昔から、活字は嫌いだ。やっぱり自宅にいよう、とすぐに諦めた。ベッドの上に手を伸ばして、置きっぱなしになっていたスマートフォンを手繰り寄せる。

たった一人で寝転んだまま、サイトでおすすめされた動画を漫然と再生し、SNSのタイムラインを意味もなくスクロールし、ニュースアプリ内に表示された見出しをぼんやりと眺める、いつもの休日。

画面を操作していた指がふと止まったのは、SNSのアプリを何回目かに開いたときだった。

《『2020こころの相談室』を市役所内に開設しました。コロナ禍で心の悩みを抱えている方のご来訪をお待ちしております》

投稿者は、『立倉市役所広報』の公式アカウントだった。こんなのいつフォローしたんだっけ、としばらく考え込んでから、市内の陽性者の人数を毎日知らせてくれるから感染状況を把握するのにちょうどいいと、去る五月の緊急事態宣言中に何気なくフォローボタンを押したことをかろうじて思い出す。

投稿には、詳しい案内チラシの画像が添付されていた。予約は必須ではないらしい。その末尾に記載されている『新型コロナウイルス感染症拡大防止の取り組みとお願い』を読み、相談室内にアクリル板のパーテーションが設置されていることや、換気や消毒などの対策を入念に行っていることを知る。

自分で電気代を負担せずとも、冷房の恩恵にあずかれて、なおかつ感染リスクを抑えられる場所。

その上、精神科や心療内科への通院歴がつくことなく、この殺伐とした気持ちや漠然とした不安を少しでも吐き出せそうな場所。

「……あった」

思わず身を起こしていた。部屋の蒸し暑さに、頭がくらりとする。

まずはまともな服に着替えなくては――と、真之介は重い腰を上げ、クローゼットを漁《あさ》り始めた。

長らくプライベートでの外出をしていなかったせいか、市役所に着くまでに何度か道を間違えてしまった。初めて来るわけでもないのに情けない、と背中を丸めながら入り口の自動ドアを抜け、壁に大きく掲示されているフロア案内の表を眺める。

戸籍課、の文字が目に留まり、胸がつぶれそうになった。もしこんな世の中にならなければ――愛花とのすれ違いが起こらなければ、今月末にここで彼女と籍を入れるはずだったのだ。七月三十一日、自分たちが付き合い始めた記念日に。

もう当面は用がないと思っていた市役所に、まさかこんな形で足を運ぶことになるとは。ますます惨めな気分になりながら、フロア案内に従って三階を目指した。チラシの画像に記載されていた309会議室と310会議室は、だだっ広い廊下の一番奥にある隣同士の部屋だった。各種窓口のある一階や二階と違って、会議室ばかりが並ぶこのフロアはしんとしていた。本当に相談室など開設されているのか、と不安になるくらいだ。しかし手前の309会議室のドアは閉まっていて、『満室です。隣の310会議室へどうぞ』と丸い字体で印刷された案内板がかかっていた。中に相談者がいるようだ。案内板の横には、SNSで見た例のチラシも貼られている。

耳を澄ますと、中から女性の声がかすかに聞こえてきた。古い建物のわりに防音性が高いらしく、話の内容までは分からない。話し声が周りに筒抜けになるような場所だったらとっとと引き返そうと思っていたのだけれど、これなら安心して相談できそうだ。

と、改めてチラシの注意書きを読みながら考えていると、横から声をかけられた。

「こんにちは。初めての方かな?」

見ると、奥の310会議室のドアから、体格のいい白髪の老人男性が顔を覗かせていた。好々《こうこう》爺《や》然とした、穏やかな笑みを浮かべている。

真之介が慌てて「はい」と頷くと、老人は廊下の長椅子を指し示した。

「そこに座って、待っていてもらえるかな。今、こっちの部屋は空いているんだけど、あと五分ほどすれば隣の相談が終わるからね。せっかくだから、ベテランと二人でお話を聞かせてもらおうかと」

「……ベテラン？」

「私はまだまだ修業中の身でね。よろしければ、そうさせてもらえないかな。彼女のほうが相談者さんの心を見通す能力に長《た》けているから、君にとっても悪い話じゃないと思うよ」

人好きのする顔立ちの老人は、正木昭三と名乗った。目の前のチラシに載っているカウンセラーの名前だ。もう一人の晴川あかりというのが、今309会議室で来訪者の相談に乗っている臨床心理士で、正木の先輩格であるらしい。最近は予約でいっぱいになりつつある彼女のスケジュールが、今日の十一時からは珍しく空いている。だからぜひ同席して勉強させてもらいたいのだと、正木は心から嬉しそうに話した。

真之介が戸惑いつつも承諾すると、正木は丁寧に礼を言い、「では、また呼ぶからね」と会議室に顔を引っ込めた。あの老人よりさらに経験年数の長いベテランというと、どれほど高齢のおばあさんが出てくるのだろう。戦々恐々としながら、ところどころ座面の破れた長椅子に腰を下ろして待った。

正木はあと五分と言ったものの、309会議室のドアはその後なかなか開かなかった。手持ち無沙汰になり、辺りをぐるりと見回すと、背後の壁が掲示板になっていることに気がついた。市役所の改修工事やボランティアのメンバー募集のお知らせに交じって、相談室の案内チラシがここにも貼ってある。
その画鋲に、レモン色の小さな巾着が引っかけられているのを見つけた。
誰かの忘れ物だろうか。縦に刺繍されている『御守』という二文字に相当な苦労の跡が窺える
あたり、素人が手作りしたもののようだ。
柔らかそうなフェルトの布に、吸い寄せられるように手を伸ばした。裏を返すと、表の複雑な
漢字よりはるかに出来のいい、『N』の文字があった。
――野口《のぐち》愛花。
とっさに思い出すのは、こんなときでも彼女のイニシャルだった。未練がむくむくと頭をもた
げ、真之介の思考を三か月半前のあの日に連れていこうとする。
『N』を目の前から消し去りたい、それでいて離したくない――そんな衝動に流されるがまま、
綿で膨らんだレモン色のお守りを画鋲からひょいと外し、ジーンズのポケットに突っ込んだ。こ
んなところに放置されているのを見るに、どうせ女子中高生が趣味か何かで作ったもので、本人
も失《な》くしたことに気づいていないのだろう。持ち去って何か御利益があるとも思えないけれど、
少なくとも罰は当たらないはずだ。
不意に、309会議室の扉が開いた。
背中の曲がったおばあさんが、杖をつきながらゆっくりと廊下に出てくる。この人が噂のベテ
ランカウンセラーか、と思いきや、その後ろから三十代半ばほどの小柄な女性が出てきた。落ち
着いた深緑色のブラウスに、淡いベージュのスキニーパンツ、黒のフラットパンプス。正木と同

じ赤いストラップを首から下げていることから、この若い女性が晴川あかりだと分かった。

なんだ、ベテランというからどんな人なのかと思ったら、俺とそう歳《とし》が変わらないじゃないか——と安堵《あんど》する。相談者のおばあさんを見送る優しげな笑顔を見る限り、口下手《くちべた》な真之介でも話しやすそうな雰囲気をまとった女性だ。てっきり正木の経験年数が長いのだと思い込んでいたけれど、彼は意外にもまだ新人カウンセラーだったのかもしれない。

その正木が、晴川に続いて３０９会議室のドアから顔を出した。二つの会議室は、廊下に出ずとも直接行き来ができる造りになっているようだ。

「晴川さん、次の枠は一緒にお願いしていいかな。ほら、ちょうど今、新規の相談者さんがいらっしゃったところでね」

「もちろんです。同席する許可はいただけてますよね」

正木を振り返った晴川が柔らかく微笑み、こちらに視線を向けてくる。真之介が慌てて首肯すると、晴川は去っていくおばあさんに丁寧に一礼したのち、どうぞ、と真之介を中に招き入れた。

大きすぎも小さすぎもしない会議室に、長机がＬ字形に並べられ、その上に分厚いアクリル板が立てられている。半年近く続いている品薄状態の中、これほど作りのしっかりしたパーテーションがよく手に入ったものだと驚いた。役所に勤める友人はいないから詳しくは知らないけれど、自治体には民間とは別の入手経路があるのかもしれない。

手前の机の上には、アルコール消毒液が置いてあった。反射的に手を伸ばし、噴霧された液体を素早く手に揉《も》み込む。ここに来る道すがら、やはり外出はやめておいたほうがいいのではと何度も迷ったけれど、パーテーションといい室内に設置された消毒液といい、この徹底ぶりはさすが市役所だ。相談室を訪れた市民からクレームが出るのを避けるため、念には念を入れて感染対策をしているのだろう。

ここなら安心できそうだ――と、二重につけた不織布マスクの形を整えながら、パイプ椅子に腰かけた。

パーテーションのすぐ向こうに晴川、その奥に正木という席順になる。カウンセラー二名に対して相談者が一名という、一見圧迫感を覚えそうな構図ではあるものの、小柄で華奢《きゃしゃ》な晴川とクマのぬいぐるみのような体型の正木という組み合わせだからか、不思議と緊張はしなかった。

目の前の机には、薄ピンク色のA5サイズの用紙が置かれていた。『相談シート』という文字が上部に印刷されている。これに記入すればいいのかと問うと、アクリル板の向こうで晴川が笑顔で頷いた。

ペンを取ろうと左胸に手をやり、空振りする。今日はTシャツ一枚で、胸ポケットなどついていないのに、つい仕事中の癖が出てしまった。何やってんだ、と自分に呆れながら机の上に視線を滑らせ、『相談シート』に添えられていた安っぽいボールペンを手に取る。

用紙の薄ピンク色が、遠い記憶を想起させた。あの小さな掌《てのひら》に包み隠すようにして、別れ際にそっと渡されたメモ用紙。丸みを帯びた字で記された、『野口愛花』という氏名と携帯電話番号。平成がそろそろラストに差し掛かっていたにもかかわらず、昭和かよ、とツッコミを入れたくなるような始まりの日。

見た目によらずアナログ人間なんだよな、何せ終わりの日だって書き置きだったしな――と感傷的になりながら、シートの項目を埋めていく。

名前、年齢、職業、住所、相談内容。どれだけ細かく書くべきか測りかねたため、最後の項目には、『ここ最近の抑うつ気分について』とだけ記入した。ちびた鉛筆を机に置いてアクリル板の下の隙間から用紙を差し出し、消毒液を手に噴射する。

晴川が記載内容に素早く目を通し、正木に回した。「諸田真之介くん、か」とのんびりした声で氏名を読み上げた正木が、「気分が落ち込みがちなんだね。詳しくお聞かせ願えるかな」と続けて尋ねてきた。

一つ深呼吸して、目の前のアクリル板に向かって話し始める。

「実は僕、立倉総合病院の、救急と発熱外来の看護師――」

奥に座る正木が、驚いたように目を見開く。切り出し方がまずかったことに気づき、真之介は思わず苦笑した。

「――をしている彼女がいて。そのことで、相談しにきました。すみません、僕自身は普通の会社員です」

やっぱり世間の人にはこういう反応をされるよな、と改めて実感しながら説明すると、正木は「ああ」と胸を撫で下ろすように言った。

「早とちりだったね、失礼失礼。ああ、よく見たらここ、職業の欄に『会社員』って書いてくれているじゃないか！　まったく、私としたことが」

「ちゃんと読まなきゃダメですよ、お話を聞き始める前に」年老いた父親に向かい合う娘のように、晴川が悪戯《いたずら》っぽく指摘する。「貴重なお時間をいただいて、せっかく書いてもらったんですから」

「すまないね、どうも最近、老眼がひどくて」

「それなら早く新調しましょう、老眼鏡」

正木が弁解し、晴川が呆れたような目を向ける。その視線があくまで温かみにあふれているのを見るに、この二人は本物の親子さながら、普段から仲がいいのだろう。

「まあ、そりゃそうか。看護師さんだとしたら、こんなところに来られるはずがないものな。職場から禁止命令が出ているだろうから」

「意外と、厳しく制限されているわけではないみたいですけどね。二週間ごとに必ずＰＣＲ検査をさせられて、陽性になったスタッフはまだ誰もいないって言ってましたし。でも暗黙の了解で、それぞれが自主的に、病院と家とを往復する生活を続けているらしいです。万が一自分が感染してクラスターでも発生したら、戦犯扱いされてしまうので……」

「本当に立派で、ご苦労の多い仕事だね。頭が下がるよ。そういえば、この市役所でも今、医療従事者への応援メッセージを募集しているらしいね。一階に投函《とうかん》ボックスがあるのを見かけたよ」

応援メッセージか、と複雑な気分になる。確かに、戦場で働く兵士たちに部外者がしてやれることは、それくらいしかないのだろうけれど。

「立倉総合病院か。あそこはコロナ患者の受け入れ病院だったね」

「あ、はい。新型コロナ専用病棟があります。三月の初めに七十代のおばあさんが亡くなって以来、幾人か死亡者も出たそうで……」

「そこの救急や発熱外来というと、最前線のようなものか。彼女さんもさぞご不安なことだろうね」

「ピリピリしてるみたいですね。コロナが感染拡大し始めてからずっと」

「その彼女さんとのことで、お悩みなんだね」

正木がさりげなく、本題に入るよう促してくる。

もう一度深呼吸をした。そしてもう一度。

話さないとここに来た意味がないと分かっているのに、いざ核心に触れようとすると、生来の口下手をここぞとばかりに発動してしまう。「あの……」「実は……」と荒れて赤くなった手の甲を爪の先で引っかいていると、それまでじっと黙っていた晴川が『相談シート』を覗き込み、助け舟を出してくれた。

「会社員って書いてくれたけど、どんなお仕事なの？」

「事務職です。食品会社の」

「食品会社というと――」

「スーパーです。ほら、駅前にもある、あの」

「え、あそこ？　じゃあお店に行けば会えるの？」

晴川が、幼い子どものように目を輝かせる。正木に対しては敬語なのに、真之介には砕けた言葉で話しかけてくるのは、先ほど『相談シート』に書いた二十九歳という数字を見て、自分のほうが年上だと知ったからなのだろう。実の姉と会話しているかのような錯覚に陥りながら、真之介は首を左右に振って答えた。

「いえ、僕は裏方なので」

「どんなお仕事なの？」

「書類整理とか、備品の購入とか……まあ、そんな感じです」

「実際に売り場を歩き回って、在庫確認をしたり？」

「それは担当外ですね。一日中、机に向かってます。つまらない仕事ですよ」

腰をさすり、痛みに顔をしかめる。「まだ若いのに腰痛持ちか」と正木が同情するように声をかけてきた。「座りっぱなしは身体に悪いからね」「立ちっぱなしも負担がかかりますけどね」「バランスが一番だね」「そうですね」と、正木と晴川が息の合ったやりとりをする。

店頭に顔を出すことはないのだと話すと、晴川は残念がった。「あそこのスーパーはよく行くんだ。紅茶のティーバッグが百個入り三百円で売られてるの。安いよね？」と意外にも庶民らしさを漂わせたのち、アクリル板越しに穏やかな眼差《まなざ》しを向けてくる。

「諸田さんは今日、どうしてここに来ようと思ったの？」

ストレートでありながら、胸にじんわりと染み込んでくるような質問だった。その包容力にあふれた声色のせいもあるかもしれない。何気ない雑談で心を解きほぐしてくれた晴川に導かれるようにして、真之介はようやく打ち明けた。

「すみません……さっき彼女と言いましたけど、正しくは元カノです。元婚約者、といったほうがいいのかな。四月に別れました。指輪も渡していたのに、突然、婚約を破棄されて」

「それはつらかったね……何か、きっかけが？」

「コロナですよ」一瞬迷ってから、覚悟を決めて言葉を押し出す。「仕事を辞めろと迫ったら、拒否されたんです」

「看護師の仕事を、かい？」

正木が目を丸くする。一方の晴川は、静かな瞳でこちらを見つめていた。

「そうです。病院を退職しろ、じゃなきゃ予定どおりに籍を入れるのは無理だと伝えました。だって、危険すぎるじゃないですか。コロナ患者を受け入れてる総合病院の、救急と発熱外来担当の看護師ですよ？　やっと入手できた防護服や手袋は優先的にコロナ病棟に回されて、他の現場は十分な感染対策ができていないことを考えると、むしろ一番感染リスクが高いかもしれない。このご時世で、妻がそんな仕事をしてるだなんて、人にも言いにくいし……そう話したら、結婚のために看護師を辞めるなんてありえないと突っぱねられて、振られました」

「彼女さんは」と晴川が思案げに言う。「それくらい、お仕事を大切にされていた、ということ？」

「何も家庭に入れ、一生医療現場に戻るなと言ったわけじゃないんですよ？　今は非常事態なんだから、病院という危険な場所からはいったん離れて、別の仕事をしてほしい。いつかコロナが終息して、安全に働けるようになったら復帰すればいい。そのための国家資格だろ、って。それなのに、あいつは……僕、何か間違ったこと言ってます？　言ってないですよね？」

半ば投げやりに、体内に堆積した鬱憤を吐き出した。話すのは苦手だったはずなのに、一度スイッチが入ると、自分でもびっくりするほど大量の言葉が喉からあふれ出してくる。

それは違うよ。もっと彼女さんの気持ちを考えてあげないと。本人が熱意を持って取り組んでいる仕事を無理やり辞めさせる資格なんて、誰にもない――。そんな綺麗事のような反論が返ってくるかと予期していたのだけれど、目の前のカウンセラー二人は何も言わなかった。正木はかすかに眉をひそめて、晴川は柔和な表情を崩さないまま、相談者である真之介に寄り添うように頷いている。

ごく消極的な姿勢で話に耳を傾ける二人を前に、これまで誰にも話せなかった不満がさらに流れ出た。

「僕だけの意見というわけじゃないんです。顔合わせの日程の話を進めようとしたら、田舎の家族にも嫌な顔をされました。奥さんがそんなところで働いてるのはまずいだろう、お前まで感染するかもしれないじゃないか、せっかくの長男の結婚なのに式だってできやしない、って。話を聞きつけた親戚が、『看護師と交際しているなら盆も正月も絶対にこっちに帰ってくるな』とわざわざ電話をかけてきたこともありましたよ。たとえＰＣＲ検査をしょっちゅう受けて陰性が確認されていても、医療従事者はそうやって差別されるんです。彼女の周りにもたくさんいるみたいですよ。五月末に緊急事態宣言が明けた後も引き続き子どもを自宅待機させるよう保育園や学校から命じられたスタッフや、仕事中に弁当を買いに出ただけで『コロナを運ぶな！』って道行く人に罵られた同僚が」

晴川の目が大きくなる。話の内容が想像を超えていたのか、正木は呆気《あっけ》に取られたように口を半開きにしていた。

「会社でも上司に言われましたよ。『お前の婚約者、看護師だったよな？　まさか会ってないだろうな。もしお前が感染してクラスターが発生したら、店は閉めなきゃいけないしイメージは悪くなるし、うちみたいな食品会社は大損害だぞ』って。つまり医療従事者だけじゃなくて、その恋人や家族も後ろ指をさされるんです。しかも、もし結婚して同居するようになったら、彼女が病院にウイルスを持ち込まないよう、生活のすべてを彼女に合わせなくちゃならない。医療従事者と同じように厳重な感染対策をして生活するなんて、いくらなんでも耐えられませんよ。こっちは人と会いたいし、話したいんですから。妻が看護師というだけで、何も身動きが取れなくなる上、いざ感染したときの責任が重くなりすぎるんです」

「諸田さんの言うとおり、医療従事者やその家族を取り巻く状況は、目に余るものがあるね」晴川が悲しそうに目を伏せた。「そのことについて、彼女さん自身は、どう感じていたのかな」

「理不尽だと怒ってましたよ。でも、それでも看護の仕事は続けたい、こういうときにこそ自分たちが患者さんを救わなきゃならない、と強情に主張するんです」

一方的な愚痴は、とどまるところを知らなかった。

差別や偏見だけではない。医療従事者の労働環境の悪化も、看過しがたいものがある。同僚の看護師の離職や休職、子どもを託児所に預けられないことなどによる自宅待機などで慢性的な人手不足に陥り、特に独身のスタッフがしわ寄せを受けている。夜勤明けからの残業などはざら、週に一日休みが取れれば御の字。その上、新型コロナ患者を受け入れている病院は、物品の運送業者やリネン類のクリーニング業者に取引を拒否されたり、他院からの医師派遣や患者の転院を断られたりするケースもあるのだという。

「そこまでいくと、もはやいじめじゃないですか。そんな場所からは、一刻も早く逃げ出すべきなんです。崇高な使命感なんかじゃ割に合わないんです。だって、そのぶん給料が多くもらえるならともかく、現実はその逆ですよ。コロナ対応って、費用がかかるばかりで儲《もう》からないんですから。そんな状況で命を懸けて働く必要がどこにあるんです？　結婚や妊娠出産といったプライベートを犠牲にしてまで？　コロナが今後何年流行し続けるかも分からないのに？」

「諸田さん――」

「僕の人生は、コロナに台無しにされたんですよ。コロナさえなければ、愛花が看護師の仕事を続けていても、何の問題もなく結婚できたのに。僕はコロナが憎いです。こんな世の中を恨みたい気持ちでいっぱいです！」

八つ当たりのような口調に、自分自身の心がささくれ立ち、血を流す。それでも、感情の発散を止めることはできなかった。

一枠三十分の相談時間は、みるみるうちに過ぎていった。

アクリル板の向こうで、晴川が綺麗な形の眉を寄せ、長机に視線を落とす。

「難しい問題だね。健康、人の命、恋人や家族との生活――どれもみんな、大切なことなのに」

「僕の言ってること、おかしくないですよね？」

先ほど投げかけた問いを、性懲りもなく繰り返す。姉のような女性カウンセラーの、その慈愛に満ちた眼差しが、ゆっくりとこちらに向けられた。

「諸田さんがそう思うなら、それが正しいんだよ。もっと胸を張って、自分を信じてあげましょう」

肯定でも否定でもない、曖昧な言い方だった。奥の席で、正木も同意するように首を縦に振っている。

それを見て、やっと気づいた。

カウンセラーとは、答えを出さないプロなのだ。

自分の意見を決して言わない。世間の常識や、多数派の見解、物事の真理を教えてくれるわけではない。真之介と愛花、どちらが正しかったのかを示してはくれない。悩んだ末にここにやってきた、ありのままの相談者を受け入れ、そばに寄り添おうとする。だから、強い口調でたしなめたり、考え方を無理やり正そうと叱ったりすることもない。

これでは、暖簾《のれん》に腕押しだ。

何の解決にもならないのに、どうしてこんなところに来てしまったのだろう。

そう後悔したけれど、どうやら自分の心は、ここに来る前より幾分元気を取り戻しているようだった。久しぶりに、職場以外で人と喋ったからかもしれない。これがカウンセリングの効果か、と内心驚く。

最後に晴川が発した質問は、別れた彼女との関係をどうにかしたいのか、というものだった。

いいえ、と答えた。去る者は追わず。愛花の気持ちが離れてしまったのなら、もう終わりでいい。一方的に婚約破棄を伝えてきた上、一度は投げ捨てた高価な指輪を持ち去ってしまうような、そんな見下げた人間性の持ち主とよりを戻すなど、こちらからもお断りだ。

——というのは、ただの強がりなのかもしれないけれど。

「次回の予約もしていくかい？」

正木に問われ、目を瞬いた。聞くと、カウンセリングというのは一回きりのものではなく、病気の治療と同じで、幾度も通いながら経過を見ていくことが多いのだという。勧められるがまま、一週間後を目安に二回目の予約を取ることにした。

「今日は火曜日だけど、来週も同じ曜日がいいのかな？　事務職ということだったけど、土日休みじゃないいんだね」

「ああいえ、今日はたまたま……代休っていうんですかね。このあいだ土日に出勤したので、その代わりに」

「そうだったのか。お疲れ様。じゃあ、次は土曜日にしようか」

「休日もやってるんですか？」

「土曜の午前中だけね。市役所の開庁時間に合わせて」

四日後の土曜日だと近すぎるような気がして、そのまた翌週の午前十一時に予約を取った。本当は日曜のほうがよかったのだけれど、相談室が開いていないのなら仕方がない。

メモでもしようとTシャツの左胸にやった右手が、また空を切った。最近は仕事でしか外に出ていなかったから、引きこもり生活に慣れ切った脳が混乱しているようだ。

一人苦笑いしながら、ジーンズのポケットからスマートフォンを取り出し、カレンダーアプリに予定を登録した。

「では、来週の土曜日に。お待ちしているよ」

「今日はありがとうございました。どうぞお大事に……カウンセラーさんも、一日中いろいろな人と話して、感染リスクが高いでしょうから」

「おや、私たちの心配までありがとう。諸田さんもお気をつけて。いくら事務職とはいえ、スーパーには日々たくさんのお客さんが来るだろうからね。仕事も忙しいだろうし、ゆっくり休むんだよ」

正木と晴川は、会議室の外まで真之介を見送ってくれた。窓口の呼び出し音や話し声で騒がしい二階と一階のフロアを横目に、市役所の外に出る。

空は曇っているというのに、うだるような暑さだ。溶けそうになりながら駅のバスターミナルへと歩き、ちょうど停車していたバスに乗り込んだ。

窓から見える景色の異変に気がついたのは、バスが動き始めて十分ほど経ってからだった。

——次は、立倉総合病院前、立倉総合病院前……。

慌てて降車ボタンを押したときには、すでにアナウンスがかかっていた。自宅に帰るつもりが、無意識のうちにこちらの方面に引き寄せられていたようだ。

バスを乗り間違えたことに愕然《がくぜん》とする。いったい何のつもりで、こんなところにやってきてしまったのか。そもそも市役所に向かうときは、運賃やガソリン代を節約したいがために四十分の道のりをわざわざ歩いたというのに、なぜ帰りはそのことを失念してしまったのか。

病院の真向かいの停留所で下車し、道を渡った。駅へと引き返すバスが来るのは十五分後だと知り、落ち着かない気持ちで待つ。

背後にそびえたつ十階建ての建物を、幾度か振り返った。正面玄関前の広いロータリーには、ひっきりなしに車やタクシーが出入りしている。幸い、職員の姿は見えなかった。

ロータリーでタクシーの順番待ちをしている女性に、目が引き寄せられた。

抱っこ紐に入れた赤ちゃんの頭を、どことなく神経質そうな手つきで撫でている。後ろに並んだおばあさんに話しかけられ、応対はしているものの、笑顔がないのが気になった。赤ちゃんは、生後半年くらいの男の子だろうか。抱っこ紐から突き出た足をバタバタと元気よく動かしているところを見るに、病気というわけではなく、小児科で乳児健診か予防接種を受けた帰りなのかもしれない。

母親は疲れているようだった。だからバスではなくタクシーで帰宅しようとしているのだろう。どのような事情があるにせよ、今は妊産婦も大変だ。感染対策のため立ち会い出産が制限されていて、入院中も誰にも会いにきてもらえず、退院後だって、幼い子どもを外に連れ出すたびにウイルスを恐れなくてはならないのだから。

――お疲れ様、お母さん。

――お疲れ様、バスを乗り間違えてしまうくらい、身も心も疲れ果てている自分。

別れ際の正木の言葉に従い、今日の午後はゆっくり身体を休めることにしよう――サウナに閉じ込められたかのような蒸し暑さに朦朧《もうろう》としながらも、それだけは心に決め、やがて停留所にやってきたバスに乗り込んだ。

＊

おかしな天気だった。

午前中は雨粒が凄《すさ》まじい勢いで窓ガラスを叩いていたのに、今はカーテンのわずかな隙間から差し込む日光にも目をつむりたくなるほど外が明るい。もう梅雨明けかと錯覚するような夏らしい快晴が、オリンピックのための祝日移動でできた四連休の最終日を彩ろうとしていた。

東京オリンピックは来年に延期されて幻と消えたものの、世間は別の理由で浮かれているようだった。この四連休から『Ｇｏ Ｔｏ トラベル』の施策が始まり、ホテルや旅館の宿泊料金が割引になるというのだ。愛花との交際が続いていれば利用することもあっただろうか、と一瞬考え、すぐに無理だと気づいた。看護師が、よりによって旅行など。

暇を持て余して朝からテレビをつけていたけれど、コロナなど忘れ去ったかのように旅行関連の話題ばかり垂れ流すワイドショーに苛立ちが募り、三十分ほど前に消してしまった。これで心の平穏を取り戻せるかと思いきや、散らかった六畳間から音がなくなると、今度は底知れない孤独と過去の記憶が押し寄せてくる。

二人でぴったり寄り添って眠ったシングルベッド。愛花が化粧直しをするとき、いつも前屈《まえかが》みになって覗き込んでいた洗面台の鏡。料理の腕は確かな彼女が、炒め物が作りにくいと口を尖らせていたＩＨのコンロ。

ワックスがすっかり剝げているフローリングの床に目をやって、突如、あの日のことを思い出した。――カーテンに行く手を遮られた婚約指輪が、小さな音を立てて床に落ちる。真之介はベッドに腰かけ、愛花はカーペットの上に力なく座っている。

「カーペット……」

口から言葉がこぼれ落ちた。

冬用の、毛足が長いそれは、今は押し入れにしまってある。あのときはまだ片づけていなかったこたつ布団も同様だ。

もしかすると――。

重い身体をベッドから引き剝がし、押し入れを開けた。カーペットとこたつ布団を引っ張り出す。無造作に丸められたそれらを次々と広げ、高く掲げ持って前後に振った。あの日彼女が投げた指輪が、ぽろりと転がり出てくるのではないかという期待を胸に。

埃《ほこり》が激しく舞った。

それだけだった。

諦めきれずに、押し入れの中を引っかき回した。あの日床に落ちた指輪は、自分の見ていない隙に転がって、カーペットかこたつ布団の下に入り込んだのかもしれない。間に挟まっていることに気がつかないまま、畳んで片づけてしまったのかもしれない。だとしたら、押し入れの中に落ちているのではないか――。

どんなに探しても、見当たらなかった。はじめはデパートのガラスケースの中、次に布の小箱の中、最終的には彼女の薬指の付け根で輝きを放っていたそれは、影も形もない。

やはり、愛花が持って帰ったのだ。売り払って、少しばかりの金銭に換えるために。向こうから婚約破棄を言い出したにもかかわらず、彼女がそんな薄情な真似をしたとは思いたくないけれど、指輪がこの部屋のどこにも残されていないという事実が、すべてを物語っていた。

――俺との結婚を取りやめるなら、指輪も返すのが筋じゃないか？　愛花。

捜索が終わった頃には、もともと汗ばんでいた身体が、バケツの水をかぶったようになっていた。冷房をつけないのはもはや意地だった。自分を浪費家呼ばわりして笑っていた愛花への、ささやかな抵抗。

今日の最高気温は三十一度だと、スマートフォンの天気アプリが告げていた。

そうだ、と思いつく。

昼飯くらい、外で食べよう。どうせ世間は四連休で浮かれているのだ。皆が羽を伸ばす中、頑《かたく》なに自粛と節約を心がけ、狭く蒸し暑い部屋で愛花との思い出に埋もれながら過ごすのには、もう耐えられない。注文はメニューを指差して伝え、終始無言で食べて帰ってくればいい。滞在時間が短ければ短いほど、感染のリスクは減る。

そう決めた途端、身体がふわりと軽くなった。

急いで冷水のシャワーを浴び、なるべくしわの少ない服を選んで着替える。スマートフォンと財布をポケットに入れるついでに、ローテーブルに放置してあったレモン色のお守りも一緒に突っ込んだ。持ち運んでいれば、何かいいことに巡り会うのではないかという気がして。

いつになくさっぱりとした気持ちで、陽光の降り注ぐ屋外へと踏み出した。

行き先は決まっていた。今から二年前に愛花と出会った、思い出の飲食店だ。未練があるから行くわけではない、と心の中で繰り返し自分に言い聞かせる。どうせなけなしの金を使うなら、あの絶品のパスタを味わいたいというだけだ。本当に、それだけ。

確かランチ営業は午後二時までだったな、と足を速める。カウンター席が四つとテーブル席が二つしかない小さな店で、店主一人で切り盛りしているから、仕込みのためにいったん店を閉めてしまうのだ。

昼はカフェレストラン、夜はダイニングバー。木の香りのする内装がお洒落《しゃれ》な、アットホームな店だった。駅から遠い上に駐車場もないため、お客さんは真之介のような近所に住む人間ばかりだけれど、店主の人柄もあってか、いつでも賑《にぎ》わっていた。外で行列を作って待つほどではなく、行けば一席か二席くらいの空きが必ずあるような、ちょうどいい賑わい方。

久しぶりの外食に、心が浮き立った。徒歩十分ほどの道のりを早歩きで進み、最後に狭い路地に入る。

その途端、嫌な予感を覚えた。

営業中であれば、店頭に手書きの立て看板が出ているはずだ。黒板に綺麗な字で本日のランチメニューがAからCまで記されていて、客は店に入る際にそれを見て注文を決める。その看板が、行く手に見えない。

定休日は水曜と木曜だったはずだ。今日は日曜。もしや臨時休業か——と落胆しながら近づいていくと、案の定、シャッターが閉まっていた。

中央に、白い紙が貼ってある。


『六月末で営業を終了しました。《カフェ&ダイニングバー　フィオーレ》を応援いただきありがとうございました』


貼り紙の手書き文字を見つめたまま、長い間、その場に立ち尽くした。

自分の身体の奥深い部分で、何かが音を立てて崩れていく。愛花との日々がいよいよ遠のいていく。コロナ前の何気ない日常は、すべて夢だったのではないかという気さえしてくる。

ショックを受ける一方で、自虐気味に納得している自分もいた。

——そりゃそうか。

この店を訪れるのは、およそ半年ぶりだ。新型コロナウイルスの流行が始まって以来、一度も足を運んでいなかった。

何も、引きこもっていたのは真之介だけではない。四月から五月にかけての未曽有《みぞう》の緊急事態宣言中、飲食店は営業時間短縮を迫られたはずだ。そんな中、いったいどれだけのお客さんが、このこぢんまりとした店を訪れただろう。閑古鳥が鳴き、毎日のように寒々しい風が吹いていたのではないだろうか。

もし休業していたとしても、家賃は発生する。あらかじめ仕入れていた食材も無駄になる。国や自治体からもらえる支援金は、急激に傾いた経営を立て直すのには到底足りない。資金を借りようと奔走する間にも、赤字は膨らみ続ける。

ニュースでさんざん目にしていたはずだった。遠のく客足。売上ゼロ。倒産危機。それなのになぜ、愛花との思い出のこの場所だけは、永遠にあり続けると思ってしまったのか。

「……バカだな、俺」

ポケットから、例のレモン色のお守りを取り出した。路地に誰もいないのをいいことに、誰が作ったのかも分からない小さな巾着に八つ当たりする。

「お前、全然御利益ないじゃん。フィオーレ、閉店しちゃってるよ。もう一生食えないよ。あのアラビアータも……看板メニューのボロネーゼも……コロナのせいで……」

現実を突きつけられ、不覚にも涙が出そうになる。

いっそのこと投げ捨てていってやろうかと、お守りを持った右手を振りかぶった。けれど、不格好な刺繍の文字に罪悪感を掻き立てられ、すんでのところで思いとどまる。

このお守りを作った人物は、どんな願いを込めていたのだろう――と、レモン色のフェルト生地を指先で撫でながら考えた。

『N』——野口愛花。

彼女に会いたい。せめて、彼女のことを信じたい。婚約を反故《ほご》にして指輪だけ売り払うような女性ではないはずだと。復縁を望むつもりはないけれど、ともに過ごした二年間の日々を、綺麗な思い出として取っておくくらいのことはさせてほしい。

虚しい願いを胸に、シャッターを背にして空を見上げる。

腹が立つくらい眩しく、ため息をつきたくなるくらい明るい太陽の光が、真之介の両目に容赦なく突き刺さった。

*

まさか、というように、アクリル板の向こうに座る正木の目が見開かれた。

「フィオーレって、あのフィオーレかい？　閉店だなんて、そんな……」

「知ってるんですか？」と、思わず訊き返す。「てっきり、近所の人しか知らない店なのかと」

「高校時代の友人が、あの近くに住んでいてね。ミートソースのパスタが美味《おい》しい店があるからと、前に何度か連れていってくれたんだよ。コロナが落ち着いたらまた一緒に行こうと、つい先週も電話で話していたんだけどね」

正木が残念そうに眉尻を下げたとき、可動式の壁が不意に動き、「遅れてすみません」と晴川が隣の309会議室から姿を現した。このあいだ予約した際に、次回は正木一人で相談を担当すると聞かされていたため、少々驚く。

「あれ、晴川さん、どうしたの？」

「担当の相談が早く終わったんです。諸田さんのその後の様子も気になったので、こちらに合流してみました」

晴川がにっこりと微笑み、「どうぞ、続けてください」と正木の向こうのパイプ椅子に腰を下ろした。

「ええと、何だったかな……ああそうだ、フィオーレだ。本当に悲しいことだね。美味しい料理を提供してくれるお店が、コロナで次々と立ちゆかなくなっていくのは。ドリンクの種類も豊富で、お酒が進んで楽しかったのに」

「カウンターの向こうにリキュールのボトルがいっぱい並んでて、案外本格的でしたよね」

「あれ、そうだったかな。友人とは毎回テーブル席を利用していたから、きちんと見ていなかったかもしれない」

「逆に僕は、テーブル席に座ったことがないですね。なんとなく、バーの雰囲気を感じられるほうが好きで」

「お、さては諸田さん、ロマンチストだね？　真面目そうな見た目によらず、意外にも――」

「ちょっと待ってください、何の話ですか？」

晴川が面食らったように口を挟む。真之介と元婚約者が出会った思い出の飲食店なのだと正木が説明すると、彼女は合点したように頷いた。

「飲食店は、このコロナ禍で大打撃を受けてるものね。中小企業や個人事業主への持続化給付金だとか、夜間営業短縮に協力してくれたお店への単発の支援金だとか、そういう施策に申し込んだとしても、十万や百万じゃ焼け石に水だって聞いたよ。先週発表されたばかりの『Ｇｏ Ｔｏ イート』も十月開始みたいだし、そこまで持ちこたえられずに廃業するお店は多いんだろうね」

「恥ずかしながら、僕、閉店の貼り紙を見るまで何も知らなくて……こんなことになるなら、自粛中だろうが緊急事態宣言中だろうが、食べにいって応援すればよかったって反省しました。もう後の祭りなんですけど」

フィオーレを知る正木が「あそこの店主、まだ若いのに頑張っていたよなぁ。今頃どうしているんだろう」と顔を曇らせる。その流れを引き継ぐように俯いた晴川が、「そっか」と呟くように言った。

「彼女さんと出会った記念の場所が、閉店……それは寂しいね」

「本当ですよ。コロナが憎いです。愛花とは上手くいかなくなるし、あの店もつぶれるし……」

「差し支えなければ、私にも聞かせてくれる？　そのお店での、愛花さんとの思い出のこと。もう正木に話したのかもしれないけど」

「ああいや、私もまだ聞いていないよ。彼女さんとよく通ったお店に久しぶりに行こうとしたら、閉店していてショックだった、ということしか」

「それならよかったです。諸田さん、どうかな。話したいことを、ここで話したいだけ話して、すっきりしてみない？」

なぜ愛花との馴《な》れ初めをカウンセラーに話さねばならないのか、と内心戸惑いつつも、その提案は不思議と魅力的に聞こえた。交際している間は、こういう話を人にすると惚気《のろけ》だとからかわれる。別れた今は、未練がましいとバカにされかねない。自分自身が大切にしている思い出の話を、中立的な態度でいくらでも受け入れてもらえる機会というのは、案外そのへんに転がっていないものなのかもしれなかった。

晴川の柔らかいトーンの声に導かれるようにして、いつの間にか、真之介は語り始めていた。

「あのお店に通い始めたのは、今から二年くらい前です。散歩中に見かけて、気になって入ってみたらパスタがすごく美味しかったので、定休日以外で都合がつくときは、ほぼ毎日昼ご飯か夜ご飯を食べにいくようになりました。そんなある日、彼女がお店にやってきて、たまたま僕の隣に座ったんです――」

野口愛花は、真之介の職場にはいそうにないタイプの女性だった。明るめの茶髪を二つに分け、耳の下で結んでいる。化粧も派手で、特にアイメイクが濃い。正直なところ、自分が理想としていた女性のタイプからは外れていた。

しかし、注文時に彼女の声を聞き、イメージと違うことに驚いた。想像していたより低めの、落ち着いた声。ちゃらついた印象が払拭されるばかりか、スプーンを置くときの仕草などに、どことなく清楚《せいそ》な雰囲気すら感じるようになった。行動の端々に外見とのギャップを覗かせる彼女に、気がつくと視線が吸い寄せられていた。

「後々分かったんですけど、彼女はほら——家計簿とかを普段からちゃんとつけてることもあって、すごくしっかりした性格だったんです。無駄遣いなんか絶対にしませんでしたし、僕が給料日前に金欠だと嘆いてると、『お金は計画的に使わなきゃ』って説教を始めたりして。そういう地に足がついたところがいいなって……結婚するならこういう人だなって、ずっと思ってました。つまり、最初に声を聞いたときの印象は正しかったんです」

「ということは、アプローチは諸田さんから？」

正木が声に、隠しきれない好奇心を漂わせる。真之介は苦笑して首を横に振り、「どちらからともなく……ですけど、どちらかというと、彼女です」と照れながら言った。

「『なんでこっち見てるの？』って、突然冗談っぽく訊かれたんです。後から聞いたところによると、向こうも向こうで僕の顔がタイプだったとかで、話しかけるきっかけをずっと探してたらしいんですけど……まさかそんなふうに指摘されるとは思わず、こっちはびっくりしちゃって。なんとなく惹《ひ》かれたなんて言えないので、慌てて指差したんです。『そのピアス、変わってますね』って」

その日愛花がつけていたのは、右耳と左耳で色の違うピアスだった。薄ピンクとエメラルドグリーンのストーンが、三つ編み状になった同色の糸にそれぞれ吊《つ》られているという、他所《よそ》ではあまり見たことのないデザイン。

実は手作りなのだと、彼女は嬉しそうに明かした。ダイビングが趣味で、大好きな沖縄の海とサンゴ礁をイメージしたのだという。真之介も学生時代に沖縄でダイビング体験をしたことがあったため、話はすぐに盛り上がった。

「とはいっても、今思うと緊張してたんでしょうね、僕がお酒を頼みすぎちゃって、途中からは彼女にも勧めたりして……気がついたら、二人して盛大に酔っ払ってました。彼女が僕のことを『小学生のときに本気で好きだった音楽の先生に似てる』なんてしきりに観察し始めて、ちょっと横を向いてと言われてそのとおりにしたら、『音楽の先生はもっと睫毛《まつげ》が長くてカッコよかった』と切り捨てられたり……僕が手を滑らせて落としかけたグラスを、彼女が思い切り身を乗り出してキャッチしてくれて、至近距離で見つめ合う羽目になったり」

「聞いていると、すでに恋人なんじゃないかと錯覚しそうになるね。諸田さんは、そのときいくつ？」

「二年前なので、二十七です」

「愛花さんは？」

「二十六ですね」

「いいねえ、若さは宝だよ」

優に六十は超えているであろう正木が、羨ましげに目を細めた。晴川は相変わらずうららかな微笑みをたたえ、時に頷きながら真之介の話を聞いている。

「その日の別れ際に、名前と電話番号が書いてあるメモ用紙を渡されました」

「今どき？」と、正木が嬉しそうに言う。「まるで私の若い頃みたいだ」

「愛花はそういうところがあるんです。家に帰ってから電話してみたら、さっそく翌日デートしようという話になりました。それからはもう、毎週のように……動物園とか、ピクニックとか、遊園地とか。正式に交際が始まったのは、『私たち、付き合ってるってことでいいんだよね？』って、観覧車のてっぺんで彼女に訊かれてからです。情けない話ですけど」

晴川に促されて話し始めたときは、雑談の延長線上のつもりだった。

それが次第に、どっとあふれ出しそうになってくる。胸の奥底に押しとどめようとしていた、愛花への正直な気持ちが。

やっぱり、彼女と結婚したかった。

自分で言うのもおかしな話だけれど、絶対に、相性のいい夫婦になれたと思う。

しっかりしていて、底抜けに明るい愛花。

お金には多少ルーズな部分があるものの、根は真面目な真之介。

一方は医療現場の最前線で人の命を救う手助けをし、もう一方は、食を通じてお客さんの生活を彩り豊かにするために日々働いている。

自分たちは正反対で、だからこそ尊敬しあえて、互いの凹凸が上手く組み合わさっていた。

——そう感じていたのは、自分だけだったのだろうか。

もう、きっと、彼女には二度と会うことがない。

「ああ、僕はいったい何を……」

一気に話してしまってから、急に我に返り、赤面した。涙腺が緩んでいるのを敏感に感じ取り、先手を打って天井を見上げる。

地球の重力を利用して涙を目の奥へと逆流させながら、わざと声を荒らげて言い放った。

「全部、コロナのせいなんです。愛花とのことがなくたって、勤め先が赤字になって夏のボーナスは大幅カットだし、ただでさえ自粛生活は気を使うことが多くて疲れるし。つらすぎますよ。耐えられませんよ！　どうしてもうすぐ結婚ってときに、ウイルスなんかがやってくるんですか。僕が何をしたって言うんですか」

「そのとおり。全部コロナのせいだよ。諸田さんは何も悪くない」

それまでじっと黙って話を聞いていた晴川が、真之介を励ますように言った。有能なカウンセラーだという彼女の力強い言葉に、救われた気持ちになる。

でもね——と、アクリル板の向こうで、晴川が毅然《きぜん》とした口調で続けた。

「一つだけ言わせてください。諸田さんの考えも、正直、偏《かたよ》っています。確かにコロナから身を守るのは大事なことだけど、愛花さんが胸に抱いていた、看護師という仕事への強い思いや熱意も尊重してあげるべきでした。このコロナ禍において、私たちがウイルスを恐れながらもある程度安心して日々を過ごせるのは、彼女のような人たちが医療に身を捧《ささ》げてくれているおかげです。だから、そんな愛花さんに看護師を辞めろと迫ったのは、とても酷なことだったと私は思います」

晴川は真剣な顔をして、まっすぐに真之介を見つめていた。

数秒ののち、はい、と噛みしめるように答える。初めて厳しい言葉を吐いた晴川に向かって、ゆっくりと頭を下げた。

しばらくして顔を上げると、晴川の双眸《そうぼう》には元の温かい光が宿っていた。

「そろそろ時間だね。家に帰ったら、今日もしっかり寝るんだよ。諸田さん、なんだか眠そうだし、顔色も悪いから」

「言われてみれば、目の下に隈《くま》もできているな。眠れない夜には、手足を温めてみるといいよ。夏とはいえ、エアコンの効いた部屋で寝ると、かえって冷えるから」

晴川と正木に口々に指摘される。忘れていた眠気が急激に戻ってきて、真之介は二人に分からないように欠伸《あくび》を嚙み殺した。

辞去しようと腰を上げかけたとき、ポケットのスマートフォンが振動し始めた。引っ張り出して画面の表示を確かめ、目の前のカウンセラー二人に向かって慌てて事情を説明する。

「すみません、職場から着信が……次回の予約は、必要そうだったらご連絡します」

せっかく相談に乗ってくれた彼らにきちんと挨拶もしないのは失礼だと分かっていたものの、今すぐに電話を取らないわけにもいかなかった。

お気をつけて、とドアの外まで見送りに出ようとする晴川と正木を振り切るようにして、真之介は廊下へと飛び出し、スマートフォンを耳に当てながら、階段を一段飛ばしに駆け下りた。

その可能性に思い当たったのは、職場からの確認の電話に応対した後、相談室での会話を頭の中で何気なく反芻《はんすう》しながら、家へと歩いている最中だった。

婚約指輪。

ボーナスカット。
お金を計画的に使えない真之介とは性格が正反対の、時に可愛らしく説教をかましてくること
もあった愛花──。
はっと息を呑《の》む。
気がつくと、走り出していた。
一日で最も気温が高くなる真っ昼間に、真上から照りつける太陽を撥《は》ね除《の》けんばかりの勢いで、
徒歩四十分の道のりを駆け抜ける。車道が閑散としている交差点では赤信号を無視した。何ブロ
ックにもわたって電動アシスト自転車と競走した。身体中の毛穴から汗が噴き出しても、やわな
呼吸器が悲鳴を上げても、速度はほとんど緩めなかった。
頭の中に突如浮かび上がってきた可能性を、早く確かめたくて仕方がない。
その一心で走り続け、十五分後にはマンションに辿《たど》りついた。ドアの鍵を開けて中に飛び込み、
サウナのように蒸された部屋の、天井の隅を見上げる。
今シーズンはまだ一度も電源を入れていない、エアコン。
その白いボディを凝視したまま、ゆっくりと近づき、ベッドに足をかけた。マットレスの上に
立つと、ちょうどエアコン本体と目線の高さが同じになる。
そこからぶら下がっている短い電源コードに、恐る恐る手を伸ばした。
──そのくせさ、真ちゃんって、変なところだけ細かいよねぇ。洗濯機の水道の元栓は使うた
びにちゃんと開け閉めしたり、丸一日以上家を留守にするときはブレーカーを落としたり、シー

ズンが終わるとエアコンの電源コードを引っこ抜いたり。

呆れた様子で言いながら、形の整った眉を八の字にしている愛花の懐かしい顔が、まぶたの裏に蘇る。

平たい形状の電源プラグを、指先で包み込むようにして持つ。その裏側に、つるりとした感触の、小さな隆起があった。

プラグをひっくり返す。何か月もの間、壁に接していた側面が、いざ真之介の眼前にさらされる。

思わず目を見開いた。

セロテープで貼りつけられた、銀色に輝くダイヤモンドの指輪——。

「まじ、かよ」

震える指先で、埃のついたセロテープを剝がした。

喧嘩別れをした、あの最後の日のことを思い出す。

言い争いの末、真之介は家を出た。あてもなく街を歩き回り、帰宅したときには彼女はもういなかった。真之介との喧嘩で昂った気持ちを落ち着け、別れを告げる決心をし、書き置きのメモを残し、床に転がった指輪を拾い上げて簡単な細工を施す——一時間もあれば、十分だったはずだ。

ベッドの上に立ち尽くしたまま、掌にのせた立て爪の婚約指輪を見つめた。

恋人だった愛花は、当然知っていた。真之介が今年一月にボーナス併用払いのローンを組んで新車を買ったばかりだったことも、新型コロナウイルスの流行拡大直後からすでに夏のボーナスの減額を予期していたことも。

だから、ここに隠した。

金銭的価値のある、ダイヤモンドのプラチナリングを。

夏のボーナスが支払われる六月頃に、今年初めて冷房を入れようとした真之介が、エアコンの電源プラグを手にするのを見越して。

先に返してしまうと、指輪を売って得たお金を真之介が見境なく使ってしまい、本当に必要なタイミングで困窮《こんきゅう》するであろうことを見抜いていたのだ。二年間の時をともに過ごした、互いの性格を深く知る恋人同士だったからこそ——。

「俺へのささやかなボーナスだった、ってわけか」

情けないような、誇らしいような気持ちで、掌の指輪をそっと握り込む。

愛花らしい、趣向を凝らした置き土産だ。喧嘩の直後で少なからず気が立っていただろうから、一時的に指輪の行方をうやむやにすることで、真之介に仕返しをする狙いもあったに違いない。

ただし、彼女の唯一の誤算は、浪費家であるはずの当の真之介が、真夏を迎えるまで暑さに耐え続けたことだった。愛花の前ではついぞ露《あら》わにすることがなかった節約家根性を、自分を振った彼女への当てつけのようにして、破局してから発揮してしまったのだ。いざ追い詰められたときの真之介の意志の強さを、愛花は見くびっていたということになる。

「やるときは、ちゃんとやるんだからな。……俺だって」

寂しく笑いながら、自分の左手の薬指には小さすぎる婚約指輪を、小指の先にはめてみた。

さようなら、愛花。——どうかお元気で。

未知のウィルスに翻弄されるうちに、いつの間にか六月が過ぎ、七月も矢のように飛び去り、二〇二〇年の夏は後半に差し掛かっている。

今日は八月の初日だ。

ちょっとした行き違いで遅れてやってきた、少なかった夏のボーナスの、第二の支給日。

＊

とある平日の昼下がり、真之介は《カフェ＆ダイニングバー　フィオーレ》の前に立っていた。

シャッターの中央には、風雨にさらされて端のほうがよれている営業終了のお知らせの紙が、相変わらず貼られている。閉店したことを知らずにやってきたのか、驚いたように足を止め、残念そうな足取りで去っていく老人の姿を見た。やはり近所の住人に愛されているお店だったのだ、と改めて実感する。

貼り紙が剝がされていないということは、まだ退去前だろうか。

そうであることを祈りながら、真之介はコンクリートの地面に屈み込み、持ってきた封筒をシャッターの隙間から差し入れた。『どこかで営業再開したら教えてください。食べにいきます』と書いた手紙と、婚約指輪を売って得たお金の一部が中に入っている。微々たるものだけれど、お店を立て直す資金の足しにしてもらえればいい。

そろそろ帰ろうと立ち上がったとき、「あの」と後ろから話しかけられた。

店内の片づけにでも来ていたのだろうか。見覚えのある赤いエプロンをつけた女性と目が合った。相手が真之介だと気づいた彼女が、あっ、と小さく声を漏らす。

「あ……ご無沙汰、してます」

封筒を押し込んでいる現場を見られたことに羞恥心を覚えながら、かつての常連客の一人として、ぎこちなく挨拶をする。

初めてこの店を訪れたときから、二年もの月日が経過し、真之介の内面も変化を遂げたからだろうか。

久しぶりに見るこの店の主《あるじ》は、なぜだか、第一印象よりもずいぶんと魅力的に見えた。

そのままじっと見つめ合う。

彼女が横を向き、はにかんだように微笑んだ。

その瞬間、恋の新たな一ページを予感する。

恥ずかしくなって両手をジーンズのポケットにやった拍子に、柔らかな膨らみに気がついた。例のフェルトのお守りだ。入れっぱなしのまま洗濯してしまったようだった。

――そうだ、これ、相談室に返さなきゃ。

誰が作ったものかは知らないけれど、レモン色の小さな巾着はちゃんと、真之介に福を運んできてくれた。

頭上で夏の太陽が煌《きら》めく。こちらを眩しそうに見上げる彼女の茶色い瞳は、空いっぱいに広がる明るい光と同じくらい、真之介の目に美しく映った。

立倉市役所　２０２０こころの相談室　～退庁前のひととき～

時刻が午後五時を回る。市役所三階の一角にある相談室では、一日の業務を終えた二人のカウンセラーが、和気藹々《あいあい》と雑談をしていた。

「晴川さん、ほらこれ。孫が寝返りをするようになったらしいんだよ。ああ、ほっぺがぷくぷくだなぁ」

「いい動画ですね。正木さん、表情がとろけてますよ」

「早く会いたくて仕方がない。もちろん、今は我慢しているけどね」

「お孫さんもきっと、おじいちゃんに遊んでもらいたがってますよ」

ふふ、と晴川あかりが可笑《おか》しそうに笑う。スマートフォンを手にした正木昭三は、ふっくらとした生後四か月の乳児が映っている十秒ほどの動画を、頬を緩めながら何度も繰り返し再生した。

「そういえば」と晴川が人差し指の先を顎に当てる。「チラシのところに吊るしてあったあのお守り、戻ってきたんですね」

「ああ、今日のお昼休みの終わり頃に、諸田さんが返しにきてくれたんだよ。『勝手に持ち出してすみません』と。そうか、晴川さんはすでに次の相談に入っていて、会えなかったんだったたね」

「諸田さんだったんですね。あのお守りを持っていったの」

「彼、どこか吹っ切れた様子だったよ。次の相談予約は取らなくても大丈夫そうだと、爽やかな顔で言っていた。いいことでもあったんだろうかね」

　正木がスマートフォンを長机に置き、パイプ椅子の背に寄りかかって大きく伸びをした。

「それにしても、意外な相談だったねえ。諸田さんは一見優男《やさおとこ》で、医療従事者の恋人に無理やり離職を迫るような人間には思えなかったんだが。晴川さんが、そんな彼の偏った考えを厳しく否定したのにも驚かされたよ。相談者を受容し、自分たちとの会話を通じてひとりでに立ち直っていくのを辛抱強く待つ――そんなカウンセリングの方法論から、逸脱しているようにも感じられたから。おかしいことはおかしいと明言することも、時には必要なんだね。非常に勉強になったよ」

「あの場合、そういうわけではなくて」晴川が物思わしげに言い、俯いた。「諸田さんは、否定してほしかったんですよ。そのために相談室にやってきたんです。カウンセラーという立場上、私もどうするか悩みましたけど……そのほうが彼の心の回復を早められるかもしれないと思って、結局言ってしまいました」

「否定してほしかった？　なぜ？」

「諸田さん自身が、医療従事者だからです」

　その言葉に、正木が目を見開いた。「それはいったい……」と続く台詞を見失ったように口ごもり、唖然とした表情で晴川を見返す。

「白戸ゆりさんのときも言いましたけど……カウンセラーに相談にくる方々が、心の内側のすべてをさらけ出しているとは限らないんです。自分を守るために、仕方なく、嘘を重ねることだってある」

晴川は静かな口調で、ゆっくりと言葉を押し出した。思いを馳せるように沈黙した後、背筋を伸ばし、一転して歯切れよく喋り始める。

「正木さん——彼がここに来たとき、まめに感染対策をしていたことは覚えていますか？　入室の際はもちろん、ボールペンなどを触るたびに、必ず消毒液を使っていましたよね。手に揉み込む動作も自然で、ずいぶんと慣れている様子でした」

「まあ、確かに、極度に感染を恐れている印象はあったよ。緊急事態宣言が明けてからは夜な夜な飲みに出かける若者も多いらしいのに、効果の高い不織布マスクをわざわざ二重につけたりして、高齢者の私以上にきちんと対策しているのだな、と。でも、単に神経質な性格をしていたというだけの話じゃないのかい？」

「それだと矛盾が生じるんです」晴川があっさりと反論した。「諸田さんは、家族や友人にも会わない自粛生活を続けていて、手の甲が赤く荒れてしまうほど頻繁にアルコール消毒をしていました。そうして日常的に感染対策を徹底していたにもかかわらず、私たちへの相談の中では、生活のすべてを彼女さんに合わせるのは無理だと、なぜだか憤っていましたよね」

——医療従事者と同じように厳重な感染対策をして生活するなんて、いくらなんでも耐えられませんよ。こっちは人と会いたいし、話したいんですから。

晴川が諸田真之介の言葉を繰り返す。正木が目を瞬き、「言われてみれば変だな」と困ったように腕組みをした。

「誰かと会って遊びたいという願望があるのなら、今はある意味、絶好のチャンスだよね。緊急事態宣言も解除されて、感染者数の爆発もなく、旅行業界を盛り上げる施策なんかがどんどん始まっているんだから」

「そのとおりです。愛花さんともすでに別れているわけですし、自分さえよければそれができる状況のはずですよね。それなのに諸田さんが頑なに自粛を続けているのは、そうしなければならない明確な理由があったからではないか――そう考えました」

最初に気になったのは彼の癖でした、と晴川は白いブラウスの左胸にそっと手を当てた。

『相談シート』に記入するときや、次回の予約日時のメモを残そうとしたとき、胸ポケットからペンを取り出そうとする仕草をしていましたよね」

「ああ、そうだったかな」

「それが普段の癖なのだとすると、彼の仕事は少なくともデスクワークではないはずです。店舗のスタッフや外回りの営業のように、一つの場所にとどまらず、あちこち歩き回らなければならないからこそ、服のポケットにペンやメモ帳を入れるわけですからね。だから訊いたんです。食品会社の事務職といっても、実際に売り場を歩き回って、在庫確認をしたりするのか、と」

「一日中机に向かうつまらない仕事だ……と、彼は答えていたな」

「それなら、ペンやメモ帳は机の上や引き出しの中に置いておけますよね」

「座りっぱなしで腰痛持ちだという話もした気がするが……」

「腰痛は、立ち仕事の職業病でもあります」

正木が腕組みをしたまま唸《うな》る。晴川は表情を変えずに、違和感の指摘を続けた。――仕事の内容を尋ねたとき、彼は口ごもりつつ、書類整理や備品の購入といった当たり障りのない答えを返してきた。それは彼自身が一般の企業で働いたことがなく、事務職の具体的な業務をイメージできなかったからだったのではないか。

「スーパーを経営する会社の社員なのに、勤め先が赤字になって夏のボーナスが大幅に減額されたというのもおかしな話です。つい先日、今年上半期のスーパーの売上は例年より増加したという報道がありました」

「そうか、三月以降の巣ごもり需要で……」正木がはっと顔を上げる。「確かにスーパーはいつ行っても混雑していて、入場制限をしていたなぁ。同じ生活必需品でいうと、みんなが買い占めに走ったせいで、トイレットペーパーや紙おむつのコーナーはすっからかんになっていたし。米やパスタ、インスタントラーメンなんかも」

「となると、たとえボーナスカットが行われたのだとしても、コロナとは無関係の要因のはずですよね」

一瞬の静寂が、相談者のいない３０９会議室に訪れる。

負けを認めるように、正木が首を左右に振り、額に手を当てた。

「いったいどういうことなんだ。諸田さんは……食品会社の社員ではなかったのか」

「彼こそが、看護師だったのだと思います。おそらく勤務先は立倉総合病院で、救急と発熱外来の担当をしているのでしょう」

他にもヒントはいろいろありました——と、晴川は天井を見上げながら、事もなげに続けた。

初回の相談に来たのが平日だったこと。二回目はこちらの勧めに流されるようにして土曜の午前十一時に予約を取ったが、明らかに顔色が悪く、眠そうにしていた。あれは、救急外来の夜勤明けだったのではないか。前の日の夕方から朝の九時か十時頃まで働き、満足に仮眠も取れないままその足で相談室にやってきたのだとすれば、あのような様子になるのも無理はない。会社員の代休制度について心なしか説明しづらそうにしていたのも、本当はシフト勤務の看護師だったからだ。

職場からの着信に慌てて応対していたこと。土日休みの事務職だとしたら、通常、土曜午前に職場から連絡が来るとは考えにくい。一方、夜勤明けの看護師なら、担当している患者の処置漏れなどについて、仕事を引き継いだ日勤の看護師から確認の電話がかかってくるのは頷ける話だ。

去り際に「どうぞお大事に……」と言いかけたこと。カウンセラーは一日中いろいろな人と話して感染リスクが高いでしょうから、などと後から付け加えて取り繕ってはいたが、まだ体調を崩しているわけでもない相手にかける言葉としてはやはり少々不自然だ。病院の外来に勤務する看護師にとって、「お大事にしてください」は「さようなら」の挨拶のようなもの。その言葉が、つい口を衝《つ》いて出たのではなかったか。

「あとはこれです」

と、晴川が手元のクリアファイルから諸田真之介の『相談シート』を探し出し、軽く振ってみせた。

「相談内容の欄に、『ここ最近の抑うつ気分について』とあります。抑うつ——私たちのような心理学の専門家も使うので気になりませんでしたけど、基本的には精神医学用語ですよね」

「なるほどなぁ」

正木が嘆息し、晴川の差し出した『相談シート』に視線を落とした。

「全部、諸田さんが看護師であれば辻褄《つじつま》が合う、というわけか」

「はい。つまり、仕事を辞めてほしいと婚約者に迫ったのは、愛花さんのほうだったんです。諸田さんが言っていたように、家族や親戚からのプレッシャーがあったのかもしれませんね。医療の最前線で働く看護師であることに誇りを抱いていた彼は、婚約者からの提案を突っぱねました。そのせいで、愛花さんに振られてしまった」

「だから『否定してほしかった』んだね」

節くれだった大きな手を、正木が『相談シート』の上に滑らせる。

「諸田さんは、本当は彼女に言われたことを、自分の意見のふりをしてここでぶちまけた。晴川さんはその真意を察し、その内容を真っ向から否定することで、看護師という仕事に懸ける彼の思いを肯定した」

「そうです」

「でもどうして、そんな回りくどいことを……」

その疑問に、晴川は顔を翳らせた。「白戸ゆりさんの相談のときも感じましたし、諸田さん自身も話していましたけど」と前置きし、机の上で両手の指を組み合わせる。

「コロナに感染した患者や、その患者に接する医療従事者を差別する風潮は、残念ながら、今のこの国には確実にあります。身の回りから遠ざけようとしたり、お子さんが保育園や学校に通うのをやめさせようとしたり。相談の中で身分を明かせば、ここでもそうした扱いを受けるのではないかと恐れたんでしょう」

「ああ」と、正木が頭を抱える。「それなのに私は彼にひどいことを言ってしまった。もし看護師だったらこんなところに来られるはずがない、だなんて……私の態度を見て、諸田さんはどんなに傷ついたことだろう」

「あの相談は、諸田さん自身の、心の叫びだったのだと思います。独身のスタッフにしわ寄せがきて、日々激務に追われていることも――」

「――二週間ごとに必ずＰＣＲ検査をしていて、陽性になったスタッフはまだ誰もいないのだから、世間の人たちに病原菌扱いされる筋合いはない、ということも」

晴川の言葉を、正木が途切れ途切れに継いだ。その顔には、後悔が色濃くにじみ出ている。無意識のうちに差別の一端を担っていたという事実が、ひどくこたえているようだった。

今日会ったときに謝ればよかった、と正木が肩を落とす。知らなかったのだから仕方がないですよ、と晴川がそっと慰める。

しばらくして、正木が気を取り直したように顔を上げた。「もし彼がもう一度ここに来てくれたら、そのときは必ず」と決意のこもった声で言い、ふと首を傾げる。

「ということは、愛花さんは看護師じゃなかったんだね。諸田さんが二人の立場を入れ替えて話していたのだとすると、食品会社の事務職というのが、彼女の仕事のことだったのかな」

「いいえ。愛花さんは、諸田さんが常連として通っていた飲食店の店主です」

晴川がそう口にした直後、正木の目がこれ以上ないほど丸くなった。唇を開閉した拍子にずれたマスクを、顔に焦りを浮かべながらつけ直す。

「飲食店って、もしや、フィオーレの？　あの溌剌《はつらつ》とした、いつも一人でお店を回して頑張っていた店主の女の子が……愛花さん？」

「はい」

「どうして分かる？」

驚きを隠せず、息せき切って問いかけてきた正木を前に、「おそらく、ですよ」と晴川が首をすくめた。

「諸田さんは、フィオーレではいつもカウンター席に座っていた、と言っていましたよね」

「ああ。あそこはテーブル席が二つしかない小さな店だったからね」

「その話が本当なら、愛花さんと店内で仲を深めることになった日に、二人は横並びに腰かけていたことになります。隣に座った、という諸田さんの発言からして、空席を間に挟んでいたわけでもないでしょう」

「そうだろうねえ。私も同じ光景を想像していたが……」

「だとすると、やっぱり変です」晴川がはっきりと言い切った。「例えば正木さんがどなたか初対面の方と、狭い店内で、カウンター席の隣同士に座っているとします。そのとき、果たして相手の両耳が同時に見えるでしょうか？」

短い間があり、正木が天を仰いだ。「初めて会話をしたとき、愛花さんは右耳と左耳で色の違うピアスをつけていたんだったね。薄ピンクと、エメラルドグリーンの」という彼の悟ったような言葉に、晴川が小さく頷く。

「その他のエピソードも、同様におかしな部分がありました。愛花さんは諸田さんの顔立ちが小学生の頃に憧れていた音楽の先生に似ていると話し、『ちょっと横を向いて』と促した結果、睫毛の長さという相違点を見つけたのでしたよね。あとは、諸田さんが酔っ払ってグラスを落としかけたとき、愛花さんが思い切り身を乗り出してキャッチしてくれた、とも言っていました」

「二人がもし横並びに座っていたのだとすれば――」正木が天井を見つめたまま言った。「わざわざ横を向いてもらわなくても睫毛の長さは分かるし、カウンターに対して同じ側、しかも至近距離に座っているのだから、思い切り身を乗り出さずともグラスをキャッチできる」

「そしてこの矛盾は」

と、晴川がいったん言葉を切る。

「愛花さんがカウンターの向こう側にいたと考えれば、綺麗に解消されます」

「だから彼女が店主、か」

正木が呟いた言葉が、空中でぽんと弾《はじ》けた。

「二人は意気投合したその日の夜にデートの約束をし、毎週のように動物園や遊園地に出かけたと話していましたよね。近所の住人に親しまれていたフィオーレの定休日は、おそらく――」

「平日だよ。確か水曜と木曜だったな」

「シフト勤務の看護師である諸田さんだからこそ、彼女の少ない休みに合わせることができたんだと思います」

「そうか……そういうことだったんだな」

「ちなみに正木さん」

「ん？」

「そのお店の看板メニューって、何でしたか」

「ミートソースのパスタだよ。ええと、正式にはボロネーゼというんだったかな」

「『フィオーレ』は、イタリア語で『花』という意味です」

正木が沈黙した。ふと目を細め、「まったく、晴川さんには恐れ入るよ」と降参したように笑う。

「あの店主の女の子が、愛花さんか。ということは、食品会社でクラスターが発生したら大損害だと上司に嫌味を言われた、なんて諸田さんが話していたのは、もちろん嘘ではあったんだろうけど、愛花さんの本当の職業のことを意識していたのかもしれないね」

「飲食店でコロナ感染者が出ると、一時的にお店を閉めないといけなくなる上、嫌がらせを受けたり、風評被害でお客さんが減ったりするケースもあるみたいですものね。中には、事実無根のデマまで」

「マイナスイメージがつくとなると、個人経営の飲食店にとっては特に死活問題だよ。自分のお店を切り盛りしている愛花さんが、コロナ禍でも看護師を続けようとする婚約者の諸田さんを責めてしまった気持ちは……なんだか、分からなくもない気がするね」

正木が寂しそうに俯いた。晴川がゆっくりと首を縦に振り、「結局、愛花さんのお店は閉店を余儀なくされてしまったわけですけど」と瞳に憂いの感情を浮かべる。

「帳簿をまめにつけるなどお金の管理が得意で、計画的に先を見通す能力があったからこそ、赤字がこれ以上膨らむ前に、いち早くお店を閉める決断をしたのかもしれませんね」

「ああ……やるせないね。運命に翻弄される若者たちの姿を見るのは、なかなかつらいものがあるよ。彼女が飲食店経営者でなくなった今、二人が関係を修復してやり直せるといいんだが……どうだろう、そうもいかないのかな」

「祈りましょう。せめて、私たちは」

晴川の言葉に、正木が力強く頷いた。

そろそろ出ましょうか——と、晴川がパイプ椅子から立ち上がる。時計を見て、普段の退庁時間をずいぶんとオーバーしていたことに気づいた正木が、手元の『相談シート』を慌ててクリアファイルに戻し始めた。

アクリル板のパーテーションや長机、ドアノブ、鉛筆、その他ありとあらゆる備品を隅々まで消毒し、明日の予約状況を確認してから、二人して会議室を出る。

鍵を手にしている晴川が、ふと思い出したように言った。

「諸田さんが話していましたよね。仕事中にお弁当を買いに出ただけで、『コロナを運ぶな！』って道行く人に罵られた看護師さんがいたって。あれは、もしかすると、ご自身の体験談だったのかもしれませんね」

「よくないよな……本当に」

やりきれない思いを抱えた二人が、しばし薄暗い廊下に立ち尽くす。

「彼にきちんと伝えたかったたな。ありがとう、って。感謝の言葉くらいじゃ全然足りないのは分かっているけど、それでもまずは」

「またどこかで会えるといいですね」

晴川がしみじみと言い、会議室のドアを施錠した。

階段を下りる二人の足音が、徐々に遠ざかっていく。

人気のなくなった市役所三階の廊下の端には、大きくもなく小さくもないガラス窓がある。その向こうに広がる夏の夕方の空は、まだまだ明るい。

第三話

秋吉三千穂(38)

秋吉《あきよし》三千穂《みちほ》、三十八歳。

幸せな未来を失った。

◇

診察室の壁にかけられた時計の針は、午前零時過ぎを指していた。

——ということは、誕生日は二月十七日になるのか。

薄暗い天井を見上げながらそんなことを考えていると、助産師さんが戻ってくる気配がした。ドアの向こうから、スニーカーのゴム底が床をこする音が近づいてくる。

診察台に横たわった三千穂の頭の横では、画面付きのプリンターのような小さな機械が、紙に波形を記録し続けている。助産師さんはその長い紙を切り取って一瞥《いちべつ》すると、モニターをつけている三千穂の膨らんだお腹《なか》にもう片方の手をそっと当てた。

「痛み、どんな感じです？」

「波がきてるときはけっこう痛いです。生理痛よりはだいぶ」

「じゃ、このまま入院しましょうか」

助産師さんはあっさりと言った。自然と顔がほころぶ。この二週間、痛みの波が不規則な前駆《ぜんく》陣痛に悩まされ続けていたから、いよいよ本陣痛がきたのだと思うと気持ちが浮き立った。

「あれ、秋吉さん、嬉しそうですね。不安は特にないですか？」

「ただでさえ予定日から一週間遅れたので。これ以上焦《じ》らされるのは御免です」

「頼もしい！　その意気で、今日中に産めるといいですね」

「……まだ零時を過ぎたばかりですけど、日を跨ぐ可能性もあるんですか？」

「ない、とは言えません。まだ陣痛も十分間隔ですし、この先どう縮まるか次第ですね。経産婦さんは大抵早いんですけど、初産《ういざん》は時間がかかる方も多いので」

その言葉に一瞬、気が遠くなりそうになる。せっかく二〇二〇年に生まれるのだから、少し早まって二月二日に産めたら同じ数字が並んで面白いかも、なんて考えて二月一日の夜からスクワットを始めたのが、振り返るとバカみたいだった。陣痛が始まるタイミングはそんなことじゃコントロールできないし、いざ本陣痛がきてからも、お産がスムーズに進むかどうかは神のみぞ知る。

助産師さんに案内されて、診察室からLDR室と呼ばれる部屋に移った。Labor（陣痛）、Delivery（分娩《ぶんべん》）、Recovery（回復）――陣痛室と分娩室が一緒になった個室のことだ。したがって、カーテン越しに他の妊婦の苦しむ声を聞いたりすることなく、立ち会いをするパートナーとともに、自分たちのお産に専念できる。

その仕組みが気に入って、立倉総合病院を選んだ。万が一のときに新生児の緊急治療ができるNICUがあるのも安心材料だった。三十八歳での初産は、高齢出産の部類に入るからだ。

それが——こんなことになるなんて。

『どう？　始まっちゃいそうかな』

LDR室に移動して、だぼっとしたシャツワンピースのようなお産用の服に着替えてからスマートフォンを見ると、健司《けんじ》からメッセージが届いていた。長丁場に備えてコンセントに充電器を繋ぎ、『今、入院したところ』と返信する。すぐに既読がつき、メッセージが返ってきた。

『おお！　ごめん、客先での中間報告前で、どうしても会社を抜けられなくて……今夜も泊まり込みになりそうなんだけど、スマホはいつでも見られるようにしておくし、終わったらすぐにそっちに向かうから！』

『いいよ、急がなくて。家に帰ってきても、うちの母と二人きりじゃ息が詰まるでしょ？　生まれた直後にビデオ通話ができればそれでいいから、今のうちに仕事片付けちゃって』

『ありがとう……助かるよ』

『その代わり、退院後はしっかりサポートしてね』

『もちろん！　新生児の世話は二人で協力してやろう。おむつ替えや沐浴《もくよく》のやり方は、事前に調べて頭に叩き込んでおく』

健司がそう言うからには、心配なさそうだ。大手コンサルティングファームに勤める彼は、顧客の業務に関するリサーチや分析を生業《なりわい》にしている。子どものお世話の方法くらい、インターネット上の記事や動画を見ただけで瞬時にマスターし、難なく実践してみせることだろう。

『ああ、いよいよか。ドキドキするな。ってことは、誕生日は二月十七日？』

『私もそのつもりでいたんだけど、二十四時間以上かかる人も珍しくはないみたい』

『そうなったら十八日？　やばいな。順調に進むことを祈ってるよ』

『うん、余裕があるうちはこまめに連絡入れるね』

既読はついたが、メッセージは返ってこなかった。仕事に戻ったのだろう。

立ち会い出産を全面中止することになった、という衝撃的な説明を病院で受けたのは、今から三日前の妊婦健診のときだった。入院中の面会も一切不可になるのだという。

ちょうどこの一週間で、国内の新型コロナウイルス感染者が増え始めたことを受けての判断らしかった。本当にすみません、と健診を担当した助産師さんには謝られたが、簡単に割り切ることはできなかった。生まれてくる子の父親である健司が、出産というかけがえのない瞬間に立ち会えない。陣痛の間に、彼に腰をさすってもらうこともできない。たった一人で、未知の痛みと闘わなければならないのだ。

クルーズ船内で数百人規模の集団感染が発生し、乗客全員が海上で隔離されているダイヤモンド・プリンセス号の例を除くと、国内の感染者はまだ全部で三十数人しかいない。日本国民の、実に四百万人に一人だ。それなのに、立ち会い出産を一律で禁止することはないじゃないか。何のために、保健所が濃厚接触者を個人単位で把握しているというのか——。

厳しすぎる、と内心怒り狂った。予定日どおりに生まれていれば、と臍《ほぞ》を嚙んだりもした。大きな総合病院を選んだのが、裏目に出たようだった。

ただ、都内の会社やホテルに一か月近く泊まり込んでいる健司にこのことを電話で連絡すると、ほっとしたような反応が返ってきた。担当しているプロジェクトがちょうど山場で、三千穂が産気づいたときに周りにどう言って仕事を抜けようかと、連日頭を悩ませていたらしい。

すごく残念だけど、三千穂が赤ちゃんと退院するときには必ず駆けつけるから――という彼の安堵混じりの声に、複雑な気分にならなかったと言ったら嘘になる。正直に言うと、自分が陣痛に耐えている間、健司にも同じように我が子の誕生を心待ちにしていてほしかった。痛みは感じないにしろ、家で、一人きりで、パソコンは開かず、テレビもつけずに、ひたすら祈りながら。

だが、超がつくほどの激務に日々追われている健司に、わがままを言うことはできない。仕事の合間を縫って、新生児期に必要になるベビー用品を漏れなく調べ上げ、通販で注文してくれただけでも感謝しなければいけないのだ。人手が要るのは退院後なのだから、理性的に考えれば、今は少しでも仕事に集中してもらったほうがいい。

「パパもねぇ、一年中こんなに忙しいわけじゃないんだよ」

はち切れそうなお腹をさすり、三千穂はまだ見ぬ我が子にそっと話しかけた。

「一つのプロジェクトが終わると、次のプロジェクトにアサインされるまでの間に、まとまった休みが取れるの。一週間くらい旅行に出かけたこともあるんだよ」

だから安心してね――と呟きながら、ふと我に返って苦笑した。プロジェクトもアサインも、胎児に語りかける言葉のチョイスとしてどうなのか。

しばらくして、助産師さんが様子を見にきた。「今のうちになるべく寝ておいてくださいね」とアドバイスを受けたが、十分おきに痛みがやってくる上、神経も昂っていて、一向に寝られない。そのうちに、窓の外に陽《ひ》が昇り、LDR室にもブラインド越しに朝の光が差し込み始めた。

悠長に構えていられたのも、朝食を食べ終わった午前八時頃までだった。

最初は腹部に感じていた痛みが、腰やお尻にも広がっていった。

初めは部屋の中を歩き回って痛みを誤魔化していたのが、徐々にそれでも耐えられなくなり、分娩台から動けなくなった。

助産師さんはたまにテニスボールで腰やお尻をさすってくれるが、つきっきりでそばにいてくれるわけではない。耐えがたい痛みに襲われるたび、喉の奥で悲鳴を押し殺し、海老《えび》のように背中を反らした。

出産を舐めていた、と途中でひどく後悔した。痛みと痛みの間に休みがあるから我慢していられた、その間隔が容赦なく縮まっていく。掌に爪が食い込むまで拳を握り、足先を必死に動かして紛らそうとしても、痛みの程度はすでに想像をはるかに超えていて、なす術《すべ》がない。波が引いていくと同時に意識が途切れ、次の波の予感に無理やり覚醒させられる。

永遠とも思える、その繰り返し。

時間の感覚はとっくに失われていた。昼食も夕食も一切手つかずのまま、トレーが下げられていく。いつになったら終わるのだろう。助産師さんが教えてくれる気配はない。

途中で発熱したらしく、抗生物質の点滴を打たれた。朦朧とする中、陣痛のピークにお腹の下のほうで何かが弾ける感覚があり、大量の温かい水が流れ出た。破水しました、とかすれた声で助産師さんに告げると、にわかに周りが慌ただしくなった。透明な籠のような新生児ベッドが運びこまれてきたのが視界の端に映り、なくなりかけていた気力を絞り出す。

痛みに合わせておへそを見ていきんでください、と指示された。しかしもう体力が限界に達していて、力が一向に入らない。陣痛と陣痛の境目が分からなくなった。助産師さんたちの声が、どこか遠くで聞こえる。もう嫌だ、もうやめたい、と幼い子どものように泣きじゃくりながら、三千穂は分娩台の上でのたうち回り続けた。

——もう力抜いていいよ、出てくるよ、いきまないで、リラックスして！

助産師さんに声をかけられたが、もはや力の抜き方が分からなくなっていた。極限の痛みの中、硬直する筋肉を必死に緩めようとしていると、ずるりと何かが抜け落ちる感覚があった。

その瞬間、魔法のように痛みが消える。

そして聞こえた。新生児の産声が。

くしゃくしゃに丸まった赤ちゃんが、血のついたタオルにくるまれているのが見えた。

「スマホ！　スマホを取ってください！」

気がつくと叫んでいた。助産師さんから手渡されるや否や、健司に電話をかける。

健司はすぐに出た。ビデオ通話モードにすると、助産師さんがスマートフォンを受け取り、体重計に乗せられている赤ちゃんを映してくれた。

『うわあ、すごい！　男の子だ！　ギリギリ十七日中に生まれたんだね！』

その言葉で、エコー検査で言われていたとおりに男児が生まれたことと、出生時刻が午後十一時台だったことを知る。

疲労もすっかり忘れ、出産直後の興奮状態で十五分ほど喋り続けただろうか。赤ちゃんを裸の胸の上に抱いて温めることになり、後ろ髪を引かれるようにして通話を終えた。

「すごく爽やかでかっこいいパパですね！」

ビデオ通話をサポートしてくれていた若い助産師さんが、にこやかに笑いかけてきた。気恥ずかしく思いながら、「そうですか？　職場のトイレで電話に出たみたいで、困っちゃいますよね」と返す。

「確かに、背景がそんな感じでしたね。こんな時間まで会社にいらっしゃるなんて、お忙しいんですね」

「そうなんですよ。残業が平気で二百時間いくような職場みたいで、会社に何日も泊まり込むことも多くて。どう考えても過労死レベルですよね――」

答えながら、急に涙があふれだした。わけの分からないタイミングでの涙腺決壊に、三千穂は慌てふためいて目元を押さえた。

「すみません、私、どうしたんだろう」

「いくらでも泣いていいんですよ」助産師さんが、優しく肩に手をかけてきた。「秋吉さんの人生の中で、間違いなく最も尊い瞬間の一つですもの。一生懸命お腹から出てきた赤ちゃんと、本当によく頑張ったママ自身のために、いっぱい泣いて、いっぱい喜んであげてください」

その後ろから、別の助産師さんが近づいてくる。その手に抱いた小さな生き物を、慎重に、三千穂の胸の上に乗せてくれる。

号泣しながら抱いた息子は、とても温かくて、とても柔らかかった。


入院中の日々は、目まぐるしく過ぎていった。

生まれた息子が大人しく寝続けていたのは、最初の二十四時間だけだった。ひっきりなしの授乳とおむつ替えをこなしているうちに、夜が朝になり、朝が夜になっていった。

身体中に出産の後遺症が残っていて、立つのも座るのも一苦労だったが、新生児ベッドに寝ている息子の小さな顔を見れば癒された。入院前は不満に思っていた面会制限も、鏡に映る自分の顔色の悪さを見て、誰にも会わなくて正解だと考え直した。息子の世話から解放されている時間は、少しでも睡眠不足の解消に努めたい。

それでも、時には寂しさを覚えた。こんなに厳重に隔離されて、まるでこっちがコロナ感染者みたいじゃないか、と人知れず憤ったりもした。助産師さんが部屋に様子を見にくるたびにマスクをつけるのは面倒だったし、テレビを点《つ》けるたびに、話題がコロナ一色のワイドショーにうんざりした。

三千穂が出産した翌々日には、ダイヤモンド・プリンセス号の乗客の下船が始まったというニュースが流れた。陰性が確認された約五百名が横浜港に降り立ち、解散したのだという。たまたま病室に様子を見にきていた助産師さんと、「陰性の人だけとはいえ怖いですね」「感染者が一人でも紛れてたら……」などとテレビを見ながら言葉を交わした。

入院期間の後半になると、立倉市内でも感染者が出たという情報が、助産師さん経由で入ってきた。どこぞの高校の部活でクラスターが発生したのだという。そこで陽性になった患者の受け入れ病院がまさにここだと聞き、気軽に病院内の売店にも行けなくなった。悔しいが、いち早く立ち会い出産を禁じた病院の対応は正しかったようだった。

神経を尖らせつつも、母乳がよく出るようになって息子の体重が上昇に転じたこともあり、晴れ晴れとした気持ちで退院の日の朝を迎えた。

一週間ぶりに返ってきた母子手帳には、息子の身長や体重、検査結果等が山ほど記入されていた。健司と話し合ってあらかじめ決めてあった名前を、表紙の『子の名前』欄に書き込む。

秋吉三千穂。

秋吉修吾《しゅうご》。

縦に並んだ二つの氏名を、微笑ましい気持ちで眺めた。病院が発行してくれた出生証明書にも、同じように息子の名前を書いた。その隣の出生届も完成させてしまおうか迷ったが、記入方法にいささか自信がなかったため、これは健司と相談しながらにしようと決めてバッグにしまった。

それが、三千穂が最後に幸せを感じた瞬間となった。

『ごめん、急遽新しいプロジェクトにアサインされることになった。キックオフミーティングがかぶっちゃって、退院に間に合いそうにない。こんな大事な日に、本当に申し訳ない』

退院間際になって、健司からメッセージが届いた。ひどく動揺したものの、正面玄関前のタクシー乗り場まで一緒に荷物を運んでくれた助産師さんのおかげで、なんとか自宅マンションまで辿りつくことはできた。盛岡の実家から手伝いにきてくれていた母は、新生児を抱えた三千穂が一人でタクシーから降りてきたことに仰天し、「信じられない。健司さんが忙しくて盛岡までは通えそうにないって話だったから、里帰りせずにこっちで産むことを勧めたのに」と怒りを露わにしていた。

次の日も、その次の日も、健司は帰ってこなかった。

留守を預かっていた母によると、三千穂が入院している間も、健司は一度も姿を見せなかったらしい。出産直後にビデオ通話をした際は、『あと二日くらいで仕事が片付くから、そしたらいったんお義母《かあ》さんに顔を見せに帰るよ』と嬉しそうに話していたのに。そもそも出産前だって、関西への出張が入ったと言って一か月近く家を空けていたのに。

スマートフォンのメッセージだけは、数日おきに届いていた。『ごめん、役員の指示で資料を一から作り直すことになっちゃって』『あと三日は帰れないかも』『中間報告が近づいてきちゃったから』――。

いくら激務でも、都心から電車で一時間半の立倉に、一度も帰ってこられないなどということがあるだろうか。私だって、産休に入るまでは、ここから都内の会社まで毎日通ってたのに。ノートパソコンを持ち帰れば、資料作りくらいは家でもできるだろうに。私たちの子どもが生まれたのに。たった一人の父親なのに。

新生児育児で極度の睡眠不足に悩まされる中、さすがに苛立って何度も問い詰めたが、健司は

『都内は感染者数が多いみたいだし、今は様子を見たほうが』などとさらに言い訳を繰り返した。

「健司さんには父親の自覚がまるでない」と母は頭から湯気が立ち上りそうな勢いで憤り、それを目の当たりにした三千穂は逆に冷静になった。静かな不安が押し寄せ、産後の疲れた身体を蝕《むしば》んでいった。

三月に入ると、立倉市内でもコロナによる死亡者が出た。外出自粛ムードが高まり始めたのを察し、今のうちに移動しないと関東に閉じ込められてしまうかもしれないからと、三千穂は母を盛岡に帰すことにした。

「健司さんがいつ帰ってこられるかも分からないのに……」

「私なら平気。今までバリバリ仕事してきたんだし、育児くらい根性で何とかするよ。プロジェクトの中間報告が終われば、さすがに健司も時間を作れるだろうしね」

ためらう母を説得し、玄関先で見送った。2LDKのマンションに、三千穂は新生児と二人きりになった。

中間報告が終わった頃になっても、彼は帰ってこなかった。

健司がようやく自宅に姿を現したのは、二〇二〇年三月十三日——生まれた息子がそろそろ「新生児」と呼べなくなる頃だった。

出産から、一か月が経とうとしていた。

＊

——もう無理だよ。

——ごめんね。

断片的な言葉が、三千穂の頭の中で再生されている。ふと我に返った瞬間、自分の右手が包丁の柄を強く握りしめているのに気づき、思わずまな板の上に投げ捨てる。

ベビーベッドで寝ていた修吾が、音に驚いて泣き出した。せっかく寝かしつけたのに。その間に、離乳食の調理を済ませてしまおうとしていたのに。どうして私は。髪を掻きむしり、その場に座り込みたくなる。だが、子どもは待ってはくれない。

頭痛をこらえながら、ベビーベッドに駆け寄り、泣き叫ぶ修吾を抱き上げた。まだ眠いはずだ、さっき寝始めたばかりなのだから——と自分に言い聞かせながらゆすってみるも、修吾は三千穂の腕の中でせわしなく身をよじっていて、落ち着く気配がない。いったんベッドに置いておむつを取り替えたが、気持ちよさそうにこちらを見上げてきたのはほんの数秒で、再び大音量で不満を訴え始めた。その泣き声が、ビリビリと頭に響く。

「お昼寝はもういいの？　おむつでもなく？　もうお腹空《す》いたってこと？　さっき飲んだばっかりでしょ！」

乳児に話しかける声が、思わず尖った。キッチンに戻り、冷凍しておいた作り置きの離乳食を急いで電子レンジにかける。本当はできたてのものをあげるつもりだったが、今からニンジンを煮てすりつぶす時間はない。泣き声が近所迷惑になっていないかと不安に襲われながら、離乳食用のスプーンを用意し、修吾を抱き上げてベビーチェアに移動させた。

メニューは、十倍粥《がゆ》が三十グラム、裏ごしした玉ねぎのペーストが十五グラム、すりつぶしてとろみをつけたシラスが五グラム。甘みのある玉ねぎは気に入ったようだったが、シラスは苦戦した。お粥と混ぜて口に入れようとすると、余計に拒否反応を示された。

頑なに唇を閉じようとする修吾の前に、苛立ちながらスプーンを差し出す。食べてくれない。シリコン製のスプーンの先で、ピンク色の唇を強くつつく。十分、二十分、三十分――時間ばかりが過ぎていく。ああ、今日も一食五十分コースか。

「お腹減ったんでしょ？　いい加減にしてよ。あとで泣いても知らないよ！」

修吾が嫌がって泣こうとしたその瞬間を狙って、スプーンの先で口をこじ開け、お粥を口に突っ込んだ。修吾がたまらず泣き声を上げる。赤い舌の上に、白いどろどろとした液体が溜まっている。どうしても飲み込むつもりがないようだ。容器に残っているシラス入りのお粥をスプーンにすくい、さらに無理やり流し込んでいく。

突然、修吾が激しくむせた。

喉の奥で苦しそうな声を上げ、大きく目を見開く。呼吸が止まっていた。三千穂がはっとして背中を強く叩くと、一瞬の間があり、嵐のような勢いで泣き始めた。涙が目からあふれ、頬を幾筋も伝っている。

小さな口からどろりと出てきた離乳食をタオルで拭き取り、慌ててベビーチェアから抱き上げた。

「ごめん、修吾、ごめん……」

危うく窒息しかけた息子を胸に強く抱きしめながら、呆然とした。罪悪感に押しつぶされそうになる。私は、今、何を。早く食べさせてしまいたくて、自分が楽をしようとしたばっかりに。

半年前に、盛岡に帰っていく母親に宣言した自分自身の台詞が、耳に蘇った。

――私なら平気。今までバリバリ仕事してきたんだし、育児くらい根性で何とかするよ。

根性?

そんなもので、どうにかなるわけがなかったのだ。

子どもを産んでからというもの、自分が自分じゃなくなっている、という感覚が拭えなかった。妙に涙もろく、気分が上下しやすい。もともと睡眠時間は短いほうだったはずなのに、今はいくら寝ても寝足りない。疲労のせいか、すぐに苛立ってしまう。思い当たる理由もないのに、不安や悲しみが、常に心のどこかに巣くっている。

兆候は、産後の入院中にすでにあった。相談した助産師さんには、「ああ、マタニティブルーですね。ホルモンバランスの乱れによるものなので、一か月くらいで元に戻りますよ」と軽くあしらわれた。程度の差こそあれ、出産直後の女性の多くが経験するのだという。

しかし、産後一か月を過ぎても、本来の自分は戻ってこなかった。それどころか、食欲が極端に減り、睡眠中に何度も目が覚めるようになった。悪夢もよく見た。目を離した隙に修吾が湯船で溺れて死んだり、ベッドから落ちて大怪我《おおけが》をしたりする夢だ。

そもそも、会社員としてのスキルは、驚くほど子育てに活《い》かせなかった。

仕事と違って、取り組む順序やスケジュールを自分で決められない。子どもがすぐに泣くため、作業の中断が頻繁に起きる。あと五分待って、今は休ませて、は通用しない。せっかく時間をかけて作った離乳食は、どんなに粘っても半分しか食べてもらえない。抱っこで寝かしつけをする際には両手が塞がり、ただひたすらに三十分ほど身体を揺らし続ける羽目になる。テレビがついていると修吾が画面を気にして眠らなくなってしまうため、薄暗くした静かな部屋で、好きでもない子守歌をうたいながら。

ようやく寝たと思ってベビーベッドに下ろそうとすると、それを察した修吾が、火がついたように泣き始める。もうすぐ休めそうだ、という期待が幾度も裏切られる。座ったままゆすろうとしたり、添い寝したりと戦法を変えてみるが、どれも通用しない。どんなに体調が悪くても、睡眠不足でも、疲労に喘《あえ》いでいても、立たされっぱなしで、終わりの見えない無為な時間が流れていく。

来る日も来る日も、同じことの繰り返しだった。

向いていない。

無力感が募る。何もかもが非効率的だ。

修吾だけが、すくすくと成長していく。だがそれも、あまりに長いあいだ二人きりでいるせいで、変化がよく分からない。

まさか――自分がシングルマザーになるとは、思いもしていなかった。

健司とは、別れたも同然だった。あの日、二か月近くも家に帰ってこなかったことを玄関先で責め立て、そのまま修吾の顔も見せずに追い返した。直後はスマートフォンにしつこく連絡が来ていたが、返信せずに無視を決め込んでいると、やがてそれも届かなくなった。

ごめん、本当にごめん、と彼は泣きそうな顔で何度も謝っていた。そのくせ、仕事が忙しくてどうしても抜けられなかった、生まれた息子には会いたくてたまらなかった、という下手な嘘をのたまうのはやめなかった。そんな言い訳を真に受けるとでも思ったのだろうか。人をバカにするのもいい加減にしてほしい。

健司の服や日用品は、一つ残らず段ボール箱に詰め、勤務先の住所に送りつけてやった。あのときはまだ、宅配便の集荷を依頼するくらいの精神的余裕があった。本棚や机などの大きな家具はそのままになっているが、いずれ気が向いたら処分するつもりだ。

母もいない。健司もいない。

孤独が長引くにつれて、三千穂の気分は落ち込んでいった。

新型コロナウイルスの流行が収まる兆しは依然として見えない。政府は経済活性化のために旅行を奨励しているようだが、東京に程近い立倉に、盛岡に住む母を再び呼び寄せるわけにはいかなかった。岩手県は先月の終わりまで感染者がゼロで、今も県民のほとんどがウイルスに対する強い警戒感を抱いているというのだから、なおさらだ。

このような情勢の中、わざわざ会いにきてくれるような友人もいなかった。会社ではよく部署のメンバーと飲みにいっていたが、参加者のほとんどが男性社員で、彼らにも家庭があった。子どもが来年小学生になるという学生時代の女友達に久しぶりに連絡し、非常識と思われる覚悟でそれとなく自宅に誘ってみたものの、『出産おめでとう！　でも、万が一赤ちゃんに何かあったら責任取れないから』と遠慮されてしまった。そこまでの間柄だった、ということなのかもしれない。

気がつくと、胸に抱いた修吾が静かになっていた。

泣き疲れて寝てしまったようだった。お昼寝の続きに戻ってくれることを切に祈りながら、全神経を集中して、修吾をベビーベッドに置く。

珍しく、目を覚まさなかった。

寝息を立てている小さな生き物をじっと見つめる。可愛い、と思う。そう思えなくなったらおしまいだ、と思う。可愛い。修吾は可愛い。間違いなく可愛い——と、思う。

ようやく時間が空いたからといって、のんびりしているわけにはいかない。洗面所には、うんちやミルクの吐き戻しで汚れた肌着が溜まっている。手洗いする気力がなく、何枚も放置してしまったのだ。気が重い。これからずり這いをするようになれば、床の掃除も欠かせなくなる。埃を食べたらお腹を壊してしまう。また負担が増える。離乳食の量や種類も増える。もう考えたくない。いつまでも寝ていてくれれば、大人しくさえしてくれれば——。

はっとして、目を見開いた。

ベビーベッドの修吾が、いつの間にか、頭まで布団をかぶっていた。三千穂の両手が、その小さな顔の上あたりを押さえつけている。

青くなり、慌てて布団を引き剥がした。

修吾は目をつむったまま顔をしかめ、枕代わりに敷いたタオルの上で首を左右に振った。起きる様子はなかったが、心なしか寝息が荒くなっていた。

半狂乱になり、転がるようにベビーベッドから離れた。

今、私――修吾を。

やはり、自分が自分でなくなっている。子どもの命を何とも思わない、恐ろしい化け物になろうとしている。

心の底から、恐怖がわきあがってきた。

このままだと、修吾が。

台所に駆けていって、自分の喉に包丁を突き立てたい衝動に駆られた。そうすれば、人でなしの母親だけが死に、何の罪もない乳児は救われる。

でも、待って――と、なけなしの理性を掻き集めた。

どこか、相談できるところがなかっただろうか。思い出せない、何だっけ、あれ、自殺防止ダイヤル、とか何とか。

床にへたり込み、近くに転がっていたスマートフォンを、気力を振り絞って引き寄せた。頭が回らず、どのアプリを立ち上げるべきか分からない。

大きく震えた人差し指の先が、画面に何度か触れた。ＳＮＳのアプリが立ち上がり、トップに表示されていた投稿の詳細ページへと切り替わる。

『2020/08/14』という文字が最初に見えた。今日の日付だ、と認識するまでに時間がかかった。生活必需品はすべて通販で注文しているし、室内のエアコンはつけっぱなしだから、修吾を健診や予防接種に連れていくとき以外、ほとんど夏の暑さを実感しないまま日々を過ごしている。例年なら盛岡に帰省している頃だが、今年はそんな話にもならなかった。もし呼ばれたとしても、健司とこんなことになった以上、親族に合わせる顔がない。

表示されているのは、『フィオーレ』という名前のアカウントによる投稿だった。確か、最近コロナの影響で閉店した、市内の飲食店ではなかったか。立倉に引っ越してきた頃に一度、健司と利用したことがある。店のアカウントをフォローすると五パーセント引きになるという若い女性店主の案内に、会計時に応じたのだった。

『市役所でやってる《こころの相談室》ってやつ、彼が行ったみたいなんだけど、無料なのにちゃんと話を聞いてもらえて、すごくよかったみたい！　私たちの今があるのも、そのおかげかも……』

最後にハートマークの絵文字が三個もついているのが腹立たしかったが、店主がプライベートのアカウントと間違って投稿したのだろうとすぐに察しがついた。今頃、慌てて削除しようとしているに違いない。

——ここに、行こう。

藁《わら》にもすがる思いで、三千穂はスマートフォンを握りしめて立ち上がった。他の相談先を調べる気力はなかったし、飲食店の店主が投稿を削除する前にたまたま目にしたのも、何かの巡りあわせのように思えた。

眠っている息子を乱暴に抱え、着の身着のまま、抱っこ紐もつけずに、灼熱《しゃくねつ》の街に飛び出した。


「――もともと家庭的なタイプでもなかったのに、子どもを産もうと思ったのが間違いだったんです。それでも二人で協力すれば子育ても乗り越えられるかな、なんて思ってたのに、健司には捨てられるし、楽しみにしてたファミリーウェディングは白紙になったし、育休が終わって仕事復帰しても、シングルマザーが管理職に昇進するのは難しいだろうし……もう限界です！　この子のせいで人生がひっくり返った。この子がいなければまだやり直しがきいたのに。会社でもっと上を目指せたのに。どうしてもそう思ってしまうんです。私はこの子にとって、理想的な母親にはなれません。母親失格なんです……」

まるで、吸水性抜群のスポンジのようだった。

アクリル板の向こうに座っている女性カウンセラーは、時おり深く頷きながら、三千穂の話に耳を傾けていた。何も言葉を発さないのに、その共感性にあふれた表情だけで、三千穂の心に溜まった澱《おり》を徹底的に吸い出そうとしてくれているのが分かる。

自分が人との会話に飢えていたことを、三千穂は今さらのように思い知っていた。

乳児への一方的な語りかけではなく、自分の言葉を理解してくれる大人と対等に言葉を交わすことが、これほどまでに素晴らしいものだったとは。

心身の不調や育児のつらさについて相談していたはずが、途中からは陶酔したように喋り続けていた。はっと我に返ってマスクをつけた口元を押さえると、先ほど晴川あかりと名乗った同年代のカウンセラーは、温かく微笑みかけてきた。

「大丈夫ですよ。こうして心の内をありったけ吐き出してもらうために、この場所があり、私たちがいるんです」

ね、と彼女が後ろを振り返る。にこやかに頷いたもう一人のカウンセラー、正木さんの前には、お弁当の包みが置かれていた。もうほとんど食べ終わっているとは言っていたが、二人の貴重な昼休みの時間を使わせていることに、改めて申し訳なさが込み上げてくる。

三千穂が立倉市役所に到着したのは、正午を十五分ほど回った頃だった。こぢんまりとした会議室の中では、年齢の離れたカウンセラー二人が昼食をとっているところだった。驚いて廊下に出てきた正木さんに「今はお昼休みでね、次の受け付けは一時からなんだけど、予約が入っているから――」と待ち時間を案内され、諦めて引き返そうとしたところ、「ちょっと待って。今、話を聞きましょう」と晴川さんが呼び止めてくれたのだった。

どうやら、三千穂が極限状態にあることを、一目見て察したらしい。部屋に入るとすぐに、よかったらどうぞ、とビニール袋に入った新品のマスクを手渡された。生後五か月の乳児を抱き、寝癖も直さず、服は部屋着のまま、マスクさえつけずに外を歩いてきたのだと初めて気づき、その場で床に倒れ込みそうになった。

聡明《そうめい》そうな顔立ちをした晴川さんが、背筋をすっと伸ばし、一転して真剣な声で話しかけてくる。

「いいですか。今の三千穂さんは、おそらく産後鬱と呼ばれる状態にあります。マタニティブルーとは違って、一過性ではなく、母親の誰もが経験することでもありません。苦しくて当たり前です。まずはご自分の頑張りを認めてあげてください。体調が万全でなく、心も疲れ切っている中、一時《いっとき》の休みもなく、たった一人で息子さんを半年間育ててきた三千穂さんは、本当に立派なお母さんですよ」

産後鬱、という言葉に驚く。自分が子育てに向いていないだけではなかったのか。産婦人科でもらったパンフレットに説明が載っていたような気もするが、まさか自分がそうなるとは思わなかったから、退院後ほどなくして捨ててしまっていた。

「修吾くん、顔色もよくて、ぷくぷくしてて、とっても元気そうじゃないですか。普段は部屋に閉じこもりっぱなしとおっしゃってましたけど、乳児健診や予防接種は、ちゃんと受けさせてあげているんでしょう？」

「それはそうです、最低限の義務ですから。でも、本当は毎日、お散歩に連れてってあげなきゃいけないのに……」

「全部完璧にやろうとしなくていいんです。三千穂さんが楽に子育てできること。それが一番なんですよ。何せ、修吾くんの元気の源は、お母さんの三千穂さんなんですから」

修吾の元気の源は、私――。

晴川さんの言葉に、目を開かされたような心地になる。

「まずはできるだけたくさん、休息をとってみましょう。修吾くんと一緒にお昼寝をして、ゆっくりお風呂に入って、毎日服を着替えて。そうだ、たまにはお子さんを預けて美容院に行ってみるのもいいですね」

「でも私、預けられる人が、誰も……」

「市の保健師さんと連携して、すぐに支援できるようにします。保育園での一時預かりや、自宅へのヘルパー派遣といった取り組みが、確か立倉市では手厚く行われていたはずですから、どうか安心してくださいね。のちほど電話でご連絡しますので、番号を伺ってもいいですか？」

三千穂が声に出した携帯電話番号を、晴川さんが『相談シート』の隅に書き留めた。

肩に入っていた力が、すっと抜けていくのを感じる。腕の中で寝ている修吾が、薄目を開けて小さな唇を動かし、また満足げな顔で眠りについた。母乳をお腹いっぱい飲む夢でも見ているのかもしれない。

こうしたカウンセリングの他に、精神科で投薬治療をするという選択肢もある、と晴川さんは丁寧に教えてくれた。授乳中は薬が飲めないものと思い込んでいたが、そういうわけではないらしい。「もし心配なら、これを機にミルクに切り替えたっていいんです。赤ちゃんの免疫力アップのために母乳育児が推奨されることが多いようですけど、実は粉ミルクのほうがビタミンのバランスが整っていたりして、結局は一長一短なんですよね」と話す晴川さんは、臨床心理士というより、知識の豊富な小児科医のようだった。思わず子どもがいるのかと尋ねると、そうではなく、過去に三千穂のような乳児の母親のカウンセリングを担当したときに気になって調べたのだという。

「……大変だったね」

見ると、晴川さんの後ろに座っていた正木さんが涙ぐんでいた。その目は、三千穂の胸で眠っている修吾に向けられていた。

「出産予定日の一週間前からクルーズ船の集団感染が騒がれ始めて、その後国内で感染者が続々出始めた頃に、出産の日を迎えたなんて……さぞ不安だったことだろう。さらにコロナのせいで、ご主人の立ち会いなしでお子さんを産み、盛岡のお母さんにもなかなか頼れず、そんな中でご主人とも別居することになって……つらかったね。あなたは偉いよ。もっと自分を労《いた》わってあげたほうがいい」

もともとあの人の仕事が忙しすぎて、半分別居しているようなものだったけど——と思いつつ、老年のカウンセラーの温かさが胸に沁みた。ここに来てよかった、と心の中で安堵の息をつく。

しばらく修吾の寝顔を眺めていた正木さんが、先ほど三千穂が記入して手渡した『相談シート』を引き寄せ、穏やかそうな両目を細めた。

「秋吉三千穂さん、か」

「……はい」

「上品な名前だね。『秋』と『穂』の組み合わせがすごくいい。情景が目に浮かぶようだ」

「ありがとうございます。会社でも、名刺を渡すときによく言われてました。あとはこの間の入院中に、助産師さんにも」

「秋の田の〜、仮庵《かりほ》の庵《いほ》の〜、苫《とま》をあらみ〜、わが衣手は〜、露に濡れつ〜つ〜」

と、藪《やぶ》から棒に百人一首を吟《ぎん》じ始めた正木さんの横で、晴川さんがこらえきれずに噴き出した。

「いきなりどうしちゃったんですか、正木さん！」

「いやぁ……私なりに、秋吉さんの心を何とかして和ませられないかな……と」

「突然すぎますよ」

「突然すぎたか」

「三千穂さんがびっくりしちゃいます」

仲よさげに会話する二人につられ、三千穂もいつの間にか苦笑していた。頬の筋肉が引き攣《つ》りそうになるのを感じ、笑ったのはいつ以来だったろうかと考える。

同時に、晴川さんの配慮にも気づかされた。さっきから三千穂を苗字《みようじ》でなく下の名前で呼んでいるのは、別れたも同然の状態になっている夫の姓をむやみに連呼しないよう、三千穂に気を使っているのではないだろうか。

その頭の回転の速さに、内心舌を巻く。一方の正木さんは、ちょっと抜けているが憎めないおじいさん、という感じだ。

壁の時計を見る。時刻は十二時五十分に差し掛かろうとしていた。

「あの……まだ、時間、大丈夫ですか？　私——」

気がつくと、三千穂はまた語り始めていた。晴川さんが漂わせる包容力と、正木さんが醸し出す人懐こさに、自然と導かれるようにして。

これまでの人生で感じてきた不満や鬱憤が、唇からあふれていく。本当なら他人に話すのが憚《はばか》られるようなことも、この二人なら受け止めてくれそうな気がした。たとえ不快に思われたとしても、彼らには守秘義務がある。それならば、ここで何もかもを吐き出して、心を軽くしてしまいたい。

——幼い頃から、三千穂は負けず嫌いだった。

一番になるのが好きで、よく勉強をした。小学校に入る頃には、歳の近い姉よりも難しい問題が解けるようになっていた。中学を卒業するまで、自分より頭がいい人間は見たことがなかった。高校は県下一の進学校に入学したため、さすがにトップを維持することはできなかったが、代わりに容姿やファッションセンスを褒められるようになり、才色兼備ともてはやされた。

大学入学を機に上京した。東京の私大にはお洒落で容姿端麗な子たちが大勢いるのだろうと卑屈になっていたが、いざ通い始めてみると案外そんなことはなく、加入したテニスサークルでも高嶺《たかね》の花として祭り上げられた。成績でも周りに負けることはなかった。

就職活動では、アナウンサーを志望した。しかし東北訛《なま》りがわずかに残っていたのか、軒並み試験に落ちた。気持ちを切り替え、誰もが名前を知っている大手通信会社に総合職入社した。就職難が叫ばれていた時代だったから、それでも紛《まご》うことなき勝ち組だった。

学生時代から、言い寄ってくる男子は少なからずいた。幾人かとは付き合ったが、半年も経たずに別れた。「あんな男と付き合うなんてもったいないよ」という周りの言葉を真に受け、交際相手に求めるハードルはどんどん上がっていった。もっと私にふさわしい男を。いつか結婚式を挙げるときに、司会にプロフィールを読み上げられて恥ずかしくない男を。

会社でキャリアを積み、まだ数が少ない女性管理職登用を目指して仕事をするうちに、気づけば三十歳になっていた。学生時代に三千穂の容姿や成績を褒めそやしていたサークルの同期たちは、いつの間にか結婚し、家庭を持っていた。結婚式には添え物のように呼ばれることもあれば、SNSを見て後から式の開催を知ることもしばしばあった。

女はクリスマスケーキと言われた時代はとっくの昔に終焉《しゅうえん》しているが、さすがに大晦日を過ぎると焦りが強くなってきた。新卒のときから所属していた営業部でトップまで上り詰めるつもりが、突然内勤の退屈な部署に飛ばされる憂き目に遭ったのも、家庭を求める気持ちに追い打ちをかけた。学生時代の友人や会社の同僚に次々と男を紹介してもらい、婚活にいそしんだ。

そして、健司という優良物件に辿りついた。出会いはマッチングアプリだった。東大卒、大手コンサルティングファーム勤め、背が高く爽やかな外見。三千穂から積極的にアピールして交際にこぎつけ、とうとう結婚の二文字を彼の口から引き出したときは、人目も憚らずにガッツポーズを繰り出したくなった。

それが、まさかこんなことになるとは思わなかった。ファミリーウェディングで健司の輝かしい経歴を披露する計画は、泡沫《うたかた》の夢と消えた。

「ええっと、ファミリーウェディング、というのは?」

正木さんが、アクリル板の向こうで首を傾げた。先ほどから三千穂が幾度か口にしていた横文字が、実は通じていなかったようだ。

「お子さんが生まれた後に挙げる結婚式のことですよ」と、晴川さんがいち早く答える。「――そうですよね？」

「はい。新婚生活をスタートさせたときには、私がすでに妊娠していて、つわりの時期に入っていたので。式を挙げるのは修吾が生まれてからにするつもりだったんです。まあ……どちらにしろ、コロナで実現できなかったんでしょうけど」

「妊娠初期にご結婚されたんですね。じゃあ、体調が悪いときにいろいろとやるべきことが多くて、大変だったでしょう」

「そんなことはないですよ。新婚生活といっても、初めは私がもともと借りていた都内のマンションで一緒に暮らして、立倉に越してきたのは産休に入る二か月前だったので。つわりの間は、会社に行く以外、ずっとベッドで寝てました」

立倉への引っ越しは、三千穂が提案した。独身時代の住居選びの基準は会社からのアクセスのよさだったが、これから子育てをしていくとなると、もう少し郊外に引っ込みたくなったのだ。いくつかの街を回り、故郷にやや似た雰囲気のある立倉を一番気に入った。住む場所に頓着がないという健司は、二つ返事で了承した。仕事が忙しいときは会社や近くのホテルに宿泊させてくれ、という条件付きで。

「社会でご活躍されているお二人の結婚となると、婚姻届を出すとき、どちらが姓を変えるかで揉めたりしませんでした？　最近はそこで意見が対立するカップルも多いみたいで、入籍前の女性に相談を受けたことがあるんです」

晴川さんが尋ねてくる。正木さんが目を見開き、「なるほど、令和の今はそういう問題もあるんだな」と感心したように腕組みをした。

「あ、いえ、特には。女性の地位向上みたいな感じでよく取り上げられてますけど、私自身はこだわりがないので。職場で旧姓を使えれば、別に困らないですし」

「取引先の担当者に名前を覚え直してもらうの、手間ですもんね」

「はい――といっても、もう営業じゃないので、関わるのは社内の人間だけなんですけど」

そうでしたね、ごめんなさい、と晴川さんが申し訳なさそうな顔をした。長机の端に押しやられている彼女の水色の弁当箱に、ご飯とおかずがまだ半分ほど残っているのに今さら気づき、こちらこそひどく申し訳ない気持ちになる。

その隣で、正木さんは腕組みをしたままじっと考え込んでいた。

「それにしても……ご主人は、なぜ二か月近くも帰ってこなかったんだろうね。コンサルティング業界のことはよく知らないが、長期の海外出張でもない限り、さすがに仕事という言い訳は苦しすぎる気がするし……ましてその間に待望のお子さんが生まれたとなると……」

「不思議ですよね」と晴川さんも同調する。「出産の一か月後に会いにきて平謝りするくらいなら、もっと早く修吾くんの顔を見に帰ってきていれば、三千穂さんとの仲を修復する余地もまだあったのに」

「立ち入ったことをお尋ねするようだけど、もしかしてご主人は、秋吉さんのお母さんと折り合いが悪かった――なんてことはないかな？」

「母と、ですか？」予想外の質問に、三千穂は目を瞬いた。「特に心当たりは……」

「失礼。出産前からご自宅に手伝いにきていたというお母さんと、何らかの事情で顔を合わせたくなかったのではないか、と考えただけなんだ。杞憂《きゆう》だったね」

「どちらかというと、父は健司のことをあまりよく思っていなかったようですけどね」

「お父さんが？」

「私の実家に二人で挨拶に行ったとき、『あんた、しっかりしなよ』『ちゃんとしろよ』って、父が健司に向かって何度も言ってたんです」

「ご主人はそんなに頼りない人だったのかい？」

「ああ、いえ」三千穂は慌てて首を左右に振った。「別に、普通なんですけどね。父からすると、どこか気に入らないところがあったのかも……」

「娘を持つ父親は、相手の男に理由もなく嫉妬するものだ、ということかな。娘を奪っていく男は憎いからねえ。恥ずかしながら、私も身に覚えがあるよ」

正木さんが照れたように頭を掻いた。「そういうことだったのかもしれませんね」と三千穂も愛想笑いをする。

その後もしばらくの間、晴川さんと正木さんは、健司が帰ってこなかった謎について意見を交わしていた。

そんな親切な二人のカウンセラーに、自分は隠し事をしているのだと思うと、胸が針で刺されたように痛む。

時計の針が午後一時を指そうとしていた。「お昼休みにすみませんでした」と修吾を抱えたまま立ち上がると、「保健師さんと相談して、すぐにご連絡しますね」と晴川さんがテキパキとした口調で言い、『相談シート』に何やらメモを書き加えた。

次回の予約を取るかどうか訊かれたが、今日のところは断った。また来たくなったら、市役所のホームページに掲載されている空き状況を確認した上で、電話で申し込めばいいらしい。

廊下に出ると、長椅子に腰かけている年配の男性と目が合った。晴川さんに名前を呼ばれ、三千穂と入れ違いに309会議室に入っていく。長椅子の反対側の端に座っていた若い女性は、正木さんとともに310会議室に消えていった。『こころの相談室』は、三千穂が思っていた以上に盛況らしい。

ふと目の前の壁を見ると、相談室の案内チラシが貼られていた。右上の画鋲に、レモン色の小さな巾着が引っかけられている。手作りのお守りだろうか。やや崩れた字体で、『N』と刺繡されている。

英語は別に得意ではないのに、なぜだか瞬時に、Nから始まる単語が頭の中に浮かんだ。Newborn baby――私のもとにやってきてくれた、決して粗末に扱うようなことがあってはならない、新しい命。

右手を修吾の背中から離し、お守りの表面にそっと触れてみた。

柔らかかった。

半年前のあの日、分娩台に横たわった三千穂の胸の上で、白いタオルにくるまれていた修吾のように。

＊

空調の効いた寝室の窓から、橙《だいだい》がかった西日が差し込んでいる。

薄手の掛け布団の柔らかさを肌に感じながら、三千穂は大きく伸びをした。疲労の抜けた身体に、心地よい解放感が駆け巡っていく。

眠っている間、時たま、隣の部屋から修吾の泣き声が聞こえていた。そのたびにうっすらと目を覚ましたが、安心して夢の世界に引き返した。子どもが短い昼寝と覚醒を繰り返す日中に、たった二時間、何もせずにベッドに横たわっていられるだけで、これほどまでに、幸せな気持ちになることができるなんて。

もっと早く頼めばよかった、と悔やまれるほどだった。前の居住地で母子手帳をもらった後に引っ越してきたため、立倉市の制度を詳しく知らなかったのだ。きちんと調べれば情報に辿りつけたのかもしれないが、産後は修吾の世話に手いっぱいで、市のホームページを見る余裕もなかった。

立倉市産後ママサポートサービス。日中、家事や育児の支援をしてくれる家族がいない母親が、一回につき二時間程度を目安に利用することができる。市の助成があり、料金は一時間あたり百五十円。保健師や看護師、助産師、ヘルパー三級以上の資格の持ち主、または所定の研修を受講した子育て経験者が自宅に来訪し、家事や育児を代行してくれる。その間は、お風呂でゆっくり身体を休めてもいいし、別室で仮眠を取ってもいい。

そろそろ時間かな――と、ごろりと寝返りを打って、ベッド脇のデジタル時計に目をやった。事前に伝えていた終了時刻を十五分もオーバーしていることに気づき、三千穂は慌てて布団を撥ね除け、ベッドから飛び降りた。

「すみません！　私、目覚ましをかけ忘れたみたいで……」

隣室に駆け込むと、修吾を抱いている柴本《しばもと》さんがこちらを振り返り、にっこりと微笑んだ。看護師の資格を持っているが長年専業主婦をしていたという、五十代の女性だ。

「いいのよ、全然。修吾くん、とってもいい子でしたから。よく眠れました？」

「はい、おかげさまで」

「そろそろお腹が空いているみたいなの。おっぱい、あげられる？　この間みたいに添え乳《ぢ》をするのはどうかしら。私も見っててあげるから」

もう予約時間を過ぎているので、と遠慮しようとしたが、ママサポートの活動自体がボランティアのようなものだから、と押し切られてしまった。柴本さんの申し出に感謝しながら、ベビーベッドの横に敷いてある布団に横向きに寝転び、Tシャツをたくし上げる。準備ができると、柴本さんが修吾を三千穂の隣に置いてくれた。くりっとした黒目がちな瞳がこちらを向き、母親の姿を認めて嬉しそうに笑う。

その表情に、思わず見惚《みと》れた。——修吾って、私の息子って、こんなに可愛かったっけ。

「ちょっと離れるだけで、普段の数倍、愛らしく見えるのよねぇ」

三千穂の心を見抜いたかのように、柴本さんがしみじみと言った。

「たった二時間でこうなんだから、保育園に預けたりしたらもっとよ。もうねぇ、天使みたいに見えてきちゃって」

「もうちょっと体力が回復したら、一時保育も利用してみます」

「それがいいわ」

母と子が向かい合わせになる形で密着し、授乳を開始した。柴本さんもそばについていてくれる。添え乳中に母親の身体が覆いかぶさって赤ちゃんが窒息死した事故のニュースを目にしたことがあり、怖くて一度も試したことがないと前回話すと、丁寧にコツを教えてくれたのだ。あまりにも疲れているときや、眠くなる副作用のある薬を飲んだ後にはやらないこと。赤ちゃんのほうに倒れこまないよう、体勢に注意すること。それでも心配なら、スマートフォンでアラームをかけておくこと。

彼女が伝授してくれるのは、本当なら母から教わるはずだった、育児書や病院でもらったパンフレットには載っていない〝手の抜き方〟だった。

——離乳食はね、無理に全部食べさせなくたっていいの。だらだら二十分以上続くようなら、残っていてもごちそうさまをさせちゃう。ご飯は集中して食べるものだ、っていう躾《しつけ》の一環としてね。その分、栄養は母乳やミルクで補えばいいのよ。

――手作りにこだわらなくても、市販の離乳食もけっこう使えるわよ。瓶に入ってる野菜のペーストやリンゴのすりおろし、私も昔、よく買ってたわ。

――目を離した隙に修吾くんが怪我するのが怖いの？　寝返りしてベッドの柵にぶつかるんじゃないかって？　それくらい平気よ。赤ちゃんがぷくぷく太ってるのは、肉布団で自分の身を守るためなんだから。

――新生児の寝かしつけは、大判のタオルを身体にきつく巻きつけてあげるといいのよね。ほら、ミノムシみたいな感じで。狭くて温かかったママのお腹の中を思い出すみたいで、驚くほどすぐに眠ってくれるの。って、これはもう少し早く教えてあげられればよかったわね。

「修吾くん、夜中に三時間おきに起きるのは相変わらず？」

枕元に正座している柴本さんに話しかけられ、三千穂は我に返って「あ、はい」と頷いた。

「大変ねぇ。睡眠時間が延びると、もう少し楽になるはずなんだけど。修吾くんはママが好きすぎて、ずっとくっついていたいのね」

「普通は、生後何か月くらいで朝まで寝てくれるようになるものなんですか？」

「子によってまちまちだけど……私が最近お会いした中には、生後二か月で十二時間寝るようになった、って子もいたわよ」

「ええっ、信じられないです！」

「子育ての大変さって、人それぞれというか、子それぞれ、なのよね。だから、つらいと感じたら我慢せずに、いろんな制度に頼ってみて。秋吉さんのように、自分以外に頼れる大人がいない場合は特にね」

「やっぱり、私みたいなひとり親が多いですか？　ママサポートの利用者って」

「うーん、いろいろかな。旦那さんが忙しくて育児に携われない、ってご家庭も多い印象。この間ママサポートに入ったママは、海外出張から帰ってきた旦那さんが濃厚接触者としてホテルで十四日間隔離されることになって、家のことが回らなくなったって話してたわ」

今はそういうケースもあるのか、と納得する。その母親も、三千穂と同じく、コロナの被害者だ。

柴本さんと話しているうちに、修吾の唇が三千穂の胸からぽろりと離れた。睫毛の長い目を閉じ、気持ちよさそうな寝息を立てている。こうして添え乳をすると、毎日あれほど寝かしつけに苦労していたのが嘘のように、修吾はすんなり眠りについてくれるのだった。

これであと三十分は休めるわね、よかったわね——と顔をほころばせ、柴本さんは帰っていった。予約時間を大幅に超過したのに、その分の料金を請求する気は一切ないようだった。

大人用の布団の端に寝ている小さな修吾の隣に、そっと寝転がった。口から長く息を吐いて、天井を見上げる。

睡魔が去り、気分が少しは改善した今だからこそ、あの事実と向き合えそうな気がした。

先週『こころの相談室』を訪れた際、晴川さんや正木さんにどうしても言えなかった、〝あの女〟のこと。

三月の半ばにようやく帰ってきた健司に対し、三千穂は玄関先で激昂《げきこう》し、彼を部屋にも入れずに追い返した。

その翌日、三和土《たたき》の隅に、一枚のレシートが落ちているのを見つけた。

出産費用を立て替えさせちゃったから、と健司が別れ際に慌てて財布を開き、十数枚の一万円札を三千穂の手に押しつけていったことを思い出す。そのときに落ちたのだろう、と何の気なしにレシートを拾い、明細を眺めた。

場所は、品川《しながわ》駅構内のコンビニだった。日時は一月二十日、月曜日の午後二時台。ちょうど母が盛岡からやってきた日だ。この頃から、健司は何かと理由をつけて、三千穂の待つ立倉の自宅に帰ってこなくなった。

購入品は三点だった。

一つ目、ペットボトルの緑茶。

二つ目、炭酸飲料。

ここまでなら、取引先企業に行く際に、同僚の分も購入したのだろうと割り切ることができた。健司は甘い飲み物が苦手だから、緑茶が自分用で、炭酸飲料を相手におごったのだろう、と。

三つ目、クレンジングジェル。

品名の意味を理解した途端、顔から血の気が引いた。女性が使うメイク落としだ。もちろん三千穂が買い与えられたものではない。一月二十日以降は、一度も会っていなかったのだから。

不倫――。

二度と思い出したくなかったその単語が、脳を直撃した。

あの女と、健司は未《いま》だに関係を続けていたのだ。

探偵事務所の調査員に写真を見せてもらったことがある、全身をブランド品で固めた、やたらと金のかかりそうな、あの派手な女と。

健司の職場は新宿《しんじゅく》だった。あの女が住むタワーマンションは大崎《おおさき》にある。大方、山手線《やまのてせん》の内回りに乗って、大崎駅で合流し、一駅先の品川で乗り換えてどこかへ出かけたのだろう。もしくは最初から、あの女の自宅に入り浸っていたのかもしれない。

品川駅には東海道《とうかいどう》新幹線を含む多くの路線が乗り入れているため、その後の行き先までは推察できなかった。北か南か、それとも東か。いずれにしろ、わざわざメイク落としを買うくらいだから、泊まりがけで遠出をするつもりだったことは確かだ。

けじめをつけて、と何度も念を押したのに。私と健司、一対一の関係ならともかく、もうすぐ人の親になるのだから、と。

レシートを見つめるうちに、目の奥から涙がにじみ出てきた。

――もちろん、あいつとは縁を切る。今まで何かと不安にさせてしまった分、これから先の人生は、三千穂と修吾に捧げるよ。

あんなに聞こえのいいことを言っていたのに。子どもができたと報告したら、とても喜んで、すぐに結婚しようと言ってくれたのに。

全部、演技だったというのか。

いや、決めつけるにはまだ早い。クレンジングジェルは、品川にある取引先のオフィスに向かう途中、肌や服についてしまった何らかの汚れを落とすために購入したものかもしれない。例えば油性ペンのインクとか、食べこぼしの油染みとか――。

一縷《いちる》の望みを託して、健司の会社に電話した。自分の勤める大手通信会社の名前とマーケティング系の部署名を出し、実在する女性社員の名を騙《かた》って、健司の所属部署に取り次ぐよう依頼した。二社の間に取引実績があるのは健司に聞いて知っていたし、そうでなくとも、それぞれの業界を牛耳《ぎゅうじ》る大手企業同士、何らかの繋がりがあってもおかしくない。

――一月二十一日の午前に行った会議について、急ぎ確認したい点が出てきまして。手違いでお名刺を紛失してしまい、こちらの代表番号にお電話したのですが。

もし健司本人が出たら、鼻をつまんで声色を変えてでも目的を遂げてやろうと心に決めていた。しかし、待たされた末に電話に出たのは、総務部の事務員らしき女性だった。

――もう一度お伺いしたいのですが、一月二十一日、火曜日の午前、でお間違いなかったですか？　お問い合わせいただいた社員は先月半ばより育児休業に入っておりますので、代わりに所属部署の者に確認したところ、里帰りの関係で一月二十日から有給休暇を取得していたはずだ、との回答がございまして。

それを聞いた瞬間、三千穂のプライドは無残なまでに打ち砕かれた。

レシートの日付ではなく、わざわざ翌日の午前に休みを取っていたかどうかを確かめようとしたのは、あの女と一泊の旅行をした証拠をつかむためだった。

まさか、長期の休暇を取得しているとは思いもしなかった。それも、他でもない、三千穂の出産を口実にして。

「本当はね」

目の前ですやすやと眠っている我が子に、囁《ささや》き声で話しかけてみる。

「分かってたんだ。いくらコンサルが激務といっても、あんなに長期間、会社やホテルに泊まり続けてるはずがないってことくらい……」

捨てられたのだ――私は。

いい加減、負けを認めなければならない。こちらには仕事が多忙で帰れないと説明しながら、健司は育児休業制度を利用して、あの女とのんきにバケーションを楽しんでいたのだ。その間に、三千穂は凄絶な出産を一人で乗り越え、睡眠を削りに削って新生児を育てていたというのに。

結局自分は、あの女に勝てなかったのだ。健司の背後にいつも影をちらつかせていた、あの女に。

「ひどいよね。私が何をしたっていうんだろうね」

息子の小さな手の甲を、人差し指の先でそっと撫でた。

涙がこぼれ、布団に大きな染みを作った。

＊

「――バカですよね。この歳になって、優良物件が残ってるはずなかったんです。それどころか事故物件ですよ。二股をかけられていたことに目をつむり、仕事が忙しいから今夜は都内に泊まると言われれば許し……そんな都合のいい女になり下がったから、こうしてポイッと捨てられたわけです。私、昔から、全然男運がなくて。大学生になってすぐに付き合ったバイト先の先輩は、その後プータローになって失踪しちゃいましたし……って、その話はどうでもいいんですけど」

今日も斜面を下る急流のように、三千穂の口から言葉がこぼれ続けていた。アクリル板を隔てた向こう側で、ベージュ色のブラウス姿の晴川さんが、こちらの話にじっと耳を傾けている。

前回この相談室にやってきた日から、早一か月近くが経過していた。暦は九月になり、そろそろ暑さも和らぎ始めている。生後六か月の後半に突入した修吾は、先ほど保育園に送ってきた。

一時預かりの制度を利用するのは、もう三回目になる。初回は二時間だけ預け、駅近くのレストランに一人で入ってランチを食べた。二回目は予約をもう一時間延ばし、美容院で久しぶりに髪を切って、カフェでハーブティーを飲んだ。夢のようなひとときだった。そのたびに、身体が少しずつ軽くなっていった。

子どもがまだ小さいのに母親が遊んでいていいのか、などと罪悪感を覚えずに済んだのは、晴川さんが三千穂の背中を押し、きちんと教えてくれたからだ。

修吾の元気の源は、私、なのだと。

あのまま一人で抱え込んでいたら、今ごろ自分はつぶれていたかもしれない。だから今日は、お礼を言いにきた。その後の気分の改善と、あの事実についての報告も兼ねて。

――このあいだ言わなくてごめんなさい。不倫男なんです、あの人は。

覚悟を決めて打ち明けてしまうと、急に涙がとめどなくあふれてきた。三千穂が思いを言葉にできないでいる間も、晴川さんはこちらを見つめ、何度もゆっくりと頷いてくれた。その柔らかなオーラで、傷ついた三千穂を包み込もうとするかのように。

「ひどい男ですよ。どうせ私を捨てるなら、もっと早く決断してくれればよかったんです。妊娠する前、両親に紹介する前、新婚生活を始める前、立倉に引っ越してくる前、修吾が生まれる前──タイミングはいくらだってあったはずなのに。よりによって、出産直後にぶつけてくるなんて」

「ただでさえ、ホルモンバランスが乱れて、情緒不安定になる時期ですものね。初めての育児に対する不安もあったでしょうし」

「私への愛が一ミリもなくて、子どもを一緒に育てる気もなかったのなら、中途半端に優しくしないでほしかった。こまめに私を気遣うメッセージを送ってきたり、分娩室からのビデオ通話にわざわざ応じたり、一か月も経ってから気まぐれのように帰ってきたり……あんなことをせず、潔く振ってくれれば、もっと傷が浅くて済んだのに。私だって諦めがついて、修吾のお世話に専念できたのに」

「三千穂さんは、よく頑張りましたよ。そして今も、本当に頑張っています」

晴川さんが短くねぎらってくれる。言われて初めて、この言葉がほしかったのだと実感し、救われた気持ちになった。仕事だってそうだ。上司に働きを評価される、顧客や同僚の信頼を得る──いつだって、三千穂の原動力は、他人から認められることだった。

相談の終了時刻が近づいていた。三千穂は改めて礼を述べ、先ほど駅前で買ってきたクッキーの包みを差し出した。晴川さんは驚いた顔をして、「ごめんなさい、市の規定で受け取れないんです」と申し訳なさそうに頭を下げた。渡せなかったのは残念だったが、「育児の合間に三千穂さんが召し上がってください。素敵な休憩タイムになると思いますよ」と微笑まれ、まあそれも悪くないか、と考え直す。

晴川さんと連れ立って廊下に出ると、隣の310会議室の前に、もう一人のカウンセラーの正木さんが立っていた。ちょうど、相談者を見送ったところのようだった。

「ああ、秋吉さん。お会いできてよかった」

正木さんが、熊のように大柄な身体を揺らしながら、のそりのそりと近づいてくる。

「予約が入っていたことは知っていたから、始まる前に挨拶くらいできたらと思っていたんだけどね。前の枠の相談者の方が遅れてきた関係で、終わりの時間もずれ込んでしまって」

「そうだったんですか。気にかけてくださってありがとうございます」

「なんでもね、道を間違えてしまったらしいんだ。このあたりは似たような通りが何本もあって、目印でも覚えておかないと見分けがつきにくいからね。前回来たとき、秋吉さんは迷わなかったかい？」

「いえ、私は直近で三回ほど、届けを出したり、用紙をもらったりしにきたことがあったので」

「ああそうか、最近引っ越してきたばかりだものなぁ」

「出生届の提出も、あの人には頼れませんでしたし……」

「お母さんに修吾くんを見てもらって、自分で手続きをしたんだね。産後の身体で、偉かったなぁ」

また、認めてもらえた。

二人のカウンセラーへの感謝を胸に、三千穂は深々と頭を下げた。では、と廊下を歩きだそうとして、足を止める。

「私、もうやめます。自分に理想を押しつけすぎるのは」

そう言いながら振り返ると、小柄な晴川さんと大柄な正木さんが、並んでこちらを見ていた。その温かい視線に勇気をもらい、宣言の続きを口にする。

「未だに、プライドを捨てきれていなかったんです。もうアラフォーなのに、高嶺の花と呼ばれていた過去を、いつまでも忘れられずにいて。幸せな結婚、なんてものに縋《すが》りつこうとして。でも、これからは一人で――ううん、修吾と二人で生きていきます。大丈夫。新卒で入社してから十六年間、ずっと男社会で奮闘してきたんです。嫌いな上司にも毎回打ち勝ってきました。可愛い〇歳児のお世話くらいで、へこたれてなるものですか」

力強く言い切った三千穂に、「応援しています」と晴川さんが声をかけてくれた。「その意気だよ」と正木さんも目を潤ませて言う。

身を翻す直前、壁にかかったレモン色のお守りが視界の端に映った。

『N』――New life。今度はそんなベタな英単語が、頭の中に浮かんでくる。

新しい自分と、新しい家族が、ともに作っていく、新しい人生。

その未来に向かって、三千穂はフラットパンプスを履いた右足を、大きく一歩踏み出した。

その夜、添え乳で寝かしつけた修吾をベビーベッドに移してから、三千穂は束《つか》の間の自由時間を過ごしていた。

クッキーをつまみ、通販で購入したルイボスティーを飲む。小さなクッキー缶の隣には、母子手帳が置いてあった。乳児健診と予防接種が来週に控えているから、あとで予診票を記入しようと出しておいたのだ。

生年月日、二〇二〇年二月十七日。性別、男。

表紙の文字を眺めると、感傷的な気分になった。陣痛開始が予定日から一週間遅れ、その間、毎日そわそわしながら健司とメッセージをやりとりしたこと。分娩直後にビデオ通話で喜び合ったこと。家族三人で歩む未来を信じて疑わなかったこと。どうしても、思い出してしまう。

これで最後にしよう、と心の中で自分に言い聞かせた。男を奪われた惨めさに浸るのは。私は一児の母だ。いつまでも過去を引きずってなどいられない。

と、母子手帳から視線を逸らしかけたとき——何かが、胸に引っかかった。

その正体を見極めようと、表紙を見つめて深く考え込む。やがて思考の表面に現れた仮説のようなものを、頭の中で検証し始めるや否や、三千穂は弾かれたように椅子から立ち上がった。

引っ張り出してきたのは、あの日健司が玄関に落としていったレシートだった。本当はすぐにでも捨ててしまいたかったが、必要になるときがくるかもしれないからと、念のため取っておいたのだ。

立ったままレシートに目を落とし、混沌とした脳内を整理する。

二〇二〇年一月、中国の武漢《ぶかん》で発生した原因不明の肺炎についての報道が始まった。まもなく、新型コロナウイルスが病原体だと特定された。日本国内でも感染者がわずかに確認され始めた。

一月二十日の午後二時台、健司が品川駅で炭酸飲料やクレンジングジェルを購入した。彼はこの日から長期で有給休暇を取得し、そのまま育児休業に入っている。

二月上旬、クルーズ船内での大規模な集団感染を皮切りに、日本国内でも新型コロナウイルスの感染拡大に対する危機意識が高まり始めた。

二月十日は、三千穂の出産予定日だった。

二月十七日の午後十一時台に、修吾が生まれた。直後のビデオ通話で、健司は二日後に立倉に帰れそうだと話したが、実際にはやってこなかった。

二月二十四日、三千穂と修吾が退院した。健司は迎えにくる約束を反故にした。

そして三月十三日、彼がようやく姿を現した——。

突拍子もない、しかし三千穂の心を強く揺り動かす答えが、頭に浮かんだ。

健司は、ダイヤモンド・プリンセス号に乗っていたのではないか。

帰港したクルーズ船内で集団感染が発生したという第一報が流れたのは、確か二月三日だった。予定日が一週間後に迫っているのに、と不安に感じたのをよく覚えている。

修吾が生まれた十七日は、それからちょうど十四日後。柴本さんが海外出張者の隔離期間について言及していたように、ウイルスへの未感染を確認する目安となる日数だ。分娩室でビデオ通話をした際、『あと二日くらいで仕事が片付く』と健司は嬉しそうに言っていた。

出産の翌々日——つまり二日後、三千穂は病室をたまたま訪れていた助産師さんとともに、ダイヤモンド・プリンセス号の乗客の下船が始まったというテレビのニュースを見た。陰性が確認された約五百名が横浜港で解散した、という内容だった。

あの女が住む大崎から横浜方面に向かう一般的なルートは、直通の湘南《しょうなん》新宿ラインに乗るか、山手線の内回りに乗り、品川駅で乗り換える、というものだ。

テーブルの端に置いてあったスマートフォンを急いで引き寄せ、集団感染の起きたダイヤモンド・プリンセス号の出発日時を調べた。

一月二十日、午後五時、横浜港発——。

手の中のレシートを、思わず握りつぶした。

もしかすると健司は——出産の日までには、三千穂のもとへ戻ってくるつもりだったのではないか？

本来であれば、二月三日にはクルーズが終わり、下船できるはずだった。出産予定日の一週間前までに戻ってくればおそらく間に合うはずだと、楽観的に考えていたのだろう。有給休暇を連続で取得できる日数や、最後に担当していたプロジェクトの最終報告日との兼ね合いもあったのかもしれない。万が一のときは、仕事のスケジュールが調整できなかったと言い訳するつもりだったのは確かだ。実際に彼はそうしたわけだし、三千穂も彼が働く業界の激務ぶりは知っているから、出産日が一週間以上早まったせいで健司が病院に駆けつけられなかったとしても、その後の彼の態度次第で、立ち会い出産については不測の事態として許したことだろう。

だが、新型コロナウイルスの集団感染が発生したせいで、健司は相手の女とともに船内に閉じ込められることとなった。出産予定日が差し迫る中、健司はひどく慌てたはずだ。そこに一筋の光が差し込んだ。三千穂が分娩を予定していた立倉総合病院が、いち早く感染対策を講じ、立ち会い出産を中止したのだ。これにより、出産から一週間後の退院日までに船から脱出すれば、クルーズ旅行に出かけたことを三千穂に悟られずに済むことになった。

出産当日、健司は客室のトイレにこもってなんとかビデオ通話に応じた。三千穂はそこを会社だと思い込んだ。検疫が始まった頃の検査で陰性だった健司は、二日後には下船が始まるという情報を聞きつけ、帰宅の見込みが立ったことを、喜び勇んで三千穂に伝えた。

しかし何らかの理由で、健司は船を下りられなくなった。再検査の結果、自身が陽性になり、病院に搬送されることになったのか。それとも濃厚接触者と新たに認定され、隔離期間が延長されたのか。いずれにしろ、それでとうとう、三千穂と修吾の退院日にも間に合わなくなった。

——どっち、だったのだろう。

なんとなく気になり、スマートフォンでさらに検索する。最後まで残っていた乗客が下船したことを伝える記事の日付は、二月二十七日だった。そこから十四日間は保健所が毎日電話で健康観察を行い、症状が出ていないかを確認した上で、外出や公共交通機関の利用の自粛を促していたという。

二〇二〇年は閏《うるう》年だから、二月二十七日の十四日後は、三月十二日だ。

健司が、ここに帰ってきたのは――。

思わず嘆息した。全身の力が抜け、先ほどまで座っていた椅子に崩れ落ちるように腰かける。

「……ああ」

「解放されたんだったら、どうしてすぐに飛んできてくれなかったの。退院日を過ぎちゃったから、もういつでも一緒だと思った？　新生児がいるから、念には念を入れることにした？　いいんだよ、そんなの。家族でしょ、家族」

いつの間にか、声が大きくなっていたようだった。

ベビーベッドに寝ている修吾が、ふぅーん、と可愛らしい声を上げ、顔を反対側に向ける。

もし、この想像が当たっていたとしたら。

健司は、新型コロナウイルスに感染している危険性が完全に払拭されたその日に、息せき切って立倉に飛んできた、ということになる。彼が三千穂の妊娠中にクルーズツアーを楽しんでいたのは癪《しゃく》だが、もともと二月二十日から三月三日の二週間より多い時間をあの女に割くつもりはなかったのだ。修吾の誕生に感激していたように見えたのも、正真正銘、本心の表れだったのではないか。

――もちろん、あいつとは縁を切る。今まで何かと不安にさせてしまった分、これから先の人生は、三千穂と修吾に捧げるよ。

どうだろう。珍しく真摯に聞こえたあの言葉に、嘘は一切混じっていなかった、という可能性はあるだろうか。

だとしたら、たぶん、クルーズ旅行は手切れ金代わりだったのだ、と思う。「へえ、子どもが生まれるの。おめでとう。最後に豪華客船に乗せてくれたら、後腐れなく別れてあげる」――贅沢好きなあの女なら言いかねない。健司は何か弱みを握られていて、要求に従うほかなかったのかもしれない。

天井を見上げる。

あはは、と大きな笑い声が漏れた。

健司は、有給休暇を使ってあの女をもてなした。その上で、あくまで三千穂と修吾との新しい生活を軌道に乗せるために、会社に育児休業を申請した。そのことを三千穂に伏せていたのは、制度を悪用する腹があったからではなく、ワークライフバランスなどという概念とまるで縁のないあの会社で、健司のような社員が本当に育休を取れるのかどうか、最後まで確証を持てずにいたからではないか。申請が無事に受理されてから、打ち明けるつもりだったに違いない。

ということは。

一か月や二か月ならまだしも、もし勢い込んで一年間の休業を取得していたとしたら――健司は今、会社にも行けず、家にも帰れずに、どこかで悶々としている？　あんなに仕事好きなあの人が？　一度申請した育休を撤回できないばっかりに？

想像するだけで、可笑しくなった。胸がすっきりとして、息を吸い込むのが楽になる。

健司は、三千穂の妊娠中に、他の女にうつつを抜かしていた。それは否定しようのない事実だ。

豪華客船で二人旅だなんて、最低すぎて呆れる。今すぐ横面を張ってやりたい。

だが一つ、分かったことがある。

三千穂は、あの女に負けたわけではなかったのだ。健司に好かれていないわけでも、捨てられたわけでもなかった。愛情が、ゼロか、一か——選べるのであれば、そりゃ、ゼロじゃないほうがいいに決まっている。

今ごろ健司はどこにいるだろう、と考えた。あの女のところに戻らずに、健気《けなげ》にビジネスホテルやネットカフェで寝泊まりしていたのなら、許してあげてもいいかもしれない。いや、あれからずいぶん時間が経つのだし、さすがに自分の部屋くらい借りているだろうか。この半年間の彼の暮らしぶりは、クレジットカードの明細でも見せてもらえば、一目で分かるはずだ。

「私の人生に必要な人、それとももう要らない人……あなたはどっちかな」

口の中で歌うように呟きながら、スマートフォンの通話アプリを立ち上げた。発着信履歴から、健司の名前を探す。

画面をスクロールする指が止まった。今日の午前中、市役所三階の古く小さな会議室で、三千穂の愚痴に静かに耳を傾けてくれていた、あの同年代の女性カウンセラーを思い出す。

自分に理想を押しつけるのはやめます、なんて偉そうに宣言したくせに、結局プライドを捨てきれてなくてごめんなさい——晴川さん。

谷山《たにやま》健司、というその氏名をタップすると、やがて、コール音が鳴りだした。

立倉市役所　２０２０こころの相談室　～昼休みのひととき～

「――秋吉三千穂さんこそが、不倫相手だったんじゃないかと思うんです」

晴川あかりの一言に、弁当箱の蓋を閉じようとしていた正木昭三が目を剝《む》いた。

「い、今、何と？」

「三千穂さんと健司さんは、籍を入れていなかった、ということです。健司さんの正式な配偶者は、三千穂さんが『あの女』と呼んでいた女性のほうだった――そう考えると、いろいろなことが腑《ふ》に落ちます」

「秋吉さんが嘘をついていた、と？」

「嘘……というと語弊がありますね。実は三千穂さん、ここでの相談中、健司さんのことを一度も『主人』や『夫』と呼んでいませんでした。せいぜい、『新婚生活』という言葉を口にしたくらいで……二人が結婚しているという前提で話を聞き始めてしまった私たちに、それとなく話を合わせていたのだと思います」

「言われてみれば、そうかもしれないが……」

納得しかねる、といった表情で正木が首をひねった。晴川は箸を動かす手を止めたまま、換気のために開け放たれた窓の外を眺めている。

「盛岡に住むお父さんが健司さんのことをよく思っていないようだ、と三千穂さんが話していたのを覚えていますか？　『あんた、しっかりしなよ』『ちゃんとしろよ』と幾度も健司さんに向かって繰り返していた、と」

「ああ、言っていたね。私はむしろ、お母さんのほうと不仲なのではと疑ったんだが……」

「少し変だな、と感じたんです。学歴も勤め先も申し分なく、容姿にも恵まれている健司さんに、お父さんはそれ以上、何を求めたんでしょうか？　三千穂さんが後から打ち明けていたように、健司さんは女性関係にルーズだったようですけど、私たちカウンセラーにも当初隠そうとしていたそのことを、よりによってお父さんに話すとは考えにくいですよね。でも――もし、仮に、健司さんに三千穂さんとの結婚の意思はあるものの、法律上の配偶者と正式に離婚できていないため、とりあえずは内縁の妻として迎えようとしていたのだとしたら――そのことはご両親への挨拶の場で説明する必要がありますし、お父さんが腹を立てるのも無理はない。そう思いませんか？」

「てっきり結婚の挨拶だと合点していたら、現時点では正式に籍を入れられず、事実婚になると説明された。それでショックを隠せず、厳しい態度を取った……」

正木が腕組みをし、白い眉を寄せた。

「いささか突飛な想像のように感じるな。確か二人は、秋吉さんの妊娠をきっかけに結婚を決めたんだろう？　だとすると、お父さんは授かり婚にいい印象を持っていなかっただけかもしれない」

「それはそうですね。ただ、三千穂さんとお話しする中で、実はあともう二つ、気になったことがありました」

晴川は動じることなく、粛々と説明を続けた。

「一つ目は、結婚後に生じる改姓手続きの煩雑さを、三千穂さんがご存じないようだったことです」

——妊娠初期にご結婚されたんですね。じゃあ、体調が悪いときにいろいろとやるべきことが多くて、大変だったでしょう。

——そんなことはないですよ。新婚生活といっても、初めは私がもともと借りていた都内のマンションで一緒に暮らして、立倉に越してきたのは産休に入る二か月前だったので。つわりの間は、会社に行く以外、ずっとベッドで寝てました。

「婚姻届を出すことで変更されるのは、戸籍や住民票上の姓だけです。その他の手続きは、一つ一つ自分で行う必要があり、住所や電話番号の変更よりよっぽど手間がかかると聞きます。銀行口座、クレジットカード、運転免許証、マイナンバーカード、加入している各種保険、契約中の携帯電話、持っていれば国家資格なども……あとは銀行の届出印も新しくする必要がありますし、パスポートを持っている場合、記載事項変更や新規発行の手数料が少なくとも数千円かかるようです。保険証の名前も変わるので、勤務先への報告も必要ですね。給与振り込み口座の再登録なんかも」

「聞いているだけで目が回りそうだ」正木がこめかみを押さえた。「ずっとベッドで寝ている――のは、なんだか無理そうだな」

「そして二つ目は、『秋吉』という三千穂さんの苗字が、長年変わっていないように見受けられたことです」

「なぜ、そんなことが分かる?」

「正木さんが、彼女のフルネームを褒めたことがあったでしょう。『秋』と『穂』の組み合わせが素敵だって。そのときに、三千穂さんはこう答えていました」

――ありがとうございます。会社でも、名刺を渡すときによく言われてました。あとはこの間の入院中に、助産師さんにも。

「それのどこがおかしいのか、よく分からないな。結婚して姓が変わった後、産休に入るまでの半年間ほどは、そのまま会社で働き続けていたんだろう? その際に周りから言われたのだろうと理解していたけどね」

「新卒の頃から所属していた営業部を外され、内勤の部署に飛ばされる憂き目に遭った、と三千穂さんは話していました。それがきっかけで、婚活に精を出すようになったのだと。社内の人としか関わらないのなら、名刺を渡す機会はないですよね」

喉の奥に物を詰まらせたような音を出し、正木がしばし沈黙した。「営業部にいた独身の頃と、出産時とで、苗字が同じ……」と呟き、再び顔を上げる。やや目尻の下がったその目元には、新たに自信の色が浮かんでいた。

「私が思うに、晴川さんは、いくつか可能性を見落としているよ」

「あれ、そうですか？」

「まず――秋吉さんは、結婚後も旧姓を使い続けていたのかもしれない。だから一見、苗字が変わっていないように見えたんだ」

「職場やこの相談室はともかく、病院で旧姓を名乗るのは難しいように思いますけどね」と、晴川が一刀両断する。「保険証や母子手帳の名前との一致を確認されるでしょうし、出生証明書にも母親の氏名が記載されますから。本名以外の使用は認められないはずです」

「だったら……結婚するときに夫の姓ではなく、妻の姓を選択したんだよ。今はそういう夫婦もけっこう多いんだろう？」

「その場合、三千穂さんの負担は大幅に減りますが、代わりに旦那さんが先ほどの手続きをすべてこなす必要があります。それも、銀行や役所が開いている平日の昼間に。激務が当たり前の業界に身を置く健司さんが、仕事の合間を縫って面倒な改姓手続きを行わなければならなくなったとしたら、なおさら三千穂さんの記憶に残るのではないでしょうか」

「あと考えられるのは……前向きな事実婚だ。双方が自分の姓を維持するため、あえて籍を入れないことを選んだ」

「自分の苗字にこだわりがあれば、そうすることもあると思います。ただ三千穂さんは、私がその件について尋ねた際、職場で旧姓を使えれば別に困らない、と答えていました。結婚するなら女の自分が姓を変更する――そうした考え方が、言葉の端々に垣間見えていたように思います。

それを確認するための、意図的な質問だったんですけどね」

正木が瞠目《どうもく》し、また考え込んだ。秋吉三千穂の相談に乗る段階ですでに違和感に気づいていた晴川に、今さら太刀打ちする術が見当たらないようだった。

しばらくして、正木が重苦しく口を開いた。

「でも……だとしたら、よく分からないな。秋吉さんは、何かの届けを出すために、この市役所を三回訪れたことがあると言っていたね。転入届、婚姻届、出生届、の三つじゃなかったのかな」

「立倉市に引っ越してきたのは、〝結婚〟の後だったはずですよ」

「ああそうか、じゃあ……残りの一回は、転入届か出生届の用紙をもらいにきたのかな」

「たぶん、違うような気がします」晴川が慎重に言葉を押し出した。「転入届は通常、その場で書いて提出するものですし、出生届は産院でもらえることが多いですから。認知届、だったのではないかと」

「……健司さんに書いてもらうための、か」

はい、と晴川が頷く。

正木が重苦しい顔をして俯いた。

時刻は十二時半に近づいている。あと三十分もすれば、悩みを抱えた新たな相談者たちが、二人のもとにやってくる。

「こういうところに来る人たちだからこそ、隠したいことがある。相談者のすべてを知った気になってはいけない――ここで働き始めてから、晴川さんに何度かそう言われて、肝に銘じていたつもりだったのにな。『ご主人』だとか『結婚』だとか、私はまた、要らぬ言葉を口にしてしまった」

「難しいですね。先入観を取り払って、相談者と一から向き合うのは」

「老人だから頭が凝り固まっていると思われないよう、気をつけたいものだよ。常にまっさらな目で、世の中を見るようにしたいね」

「まっさらな目――いい言葉ですね」

晴川が頬を緩め、息を軽く吸い込んだ。「そんな〝まっさらな目〟で、健司さんの行動を捉え直すとすると」と、爽やかな表情で続ける。

「私には、彼が二か月近くも三千穂さんのもとに帰ってこなかった正確な理由を推し量る術はありません。でも、もしかすると、健司さんは息子が誕生する日までに、何とかして奥さんを説得し、離婚届に判をついてもらおうとしていたんじゃないか――そんな気がするんですよね。健司さんが育児休業制度を悪用して長期の旅行に出かけていた、と三千穂さんは話していましたけど、たとえ生まれた子どもを認知していても、実は重婚状態だと、育児休業給付金の支給が認められないんです」

「そうなのか!」正木がにわかに声を弾ませた。「にもかかわらず、健司さんが無事に育休を取得して会社を休んでいたということは……彼は、奥さんとの離婚をとうとう成立させた――」

「――か、その目途がようやく立ったか。どちらかだと思います」

晴川が微笑みながら言葉を引き取った。

「だから健司さんが、三月の半ばに、三千穂さんに怒られること覚悟で会いにきたのは、これから一緒に歩んでいこうという決意の表れだったのかもしれません……って、さすがに好意的に解釈しすぎでしょうか」

「いや、それでいい。〝まっさらな目〟とはそうあるべきだ」

正木が力強く言った。膨れ上がる思いを抑えようとするかのように、目の前の弁当箱を抱きかかえる。

「今、世間では、コロナによる医療崩壊、医療逼迫《ひっぱく》が懸念されているだろう？　私の娘も三月に子どもが生まれたんだが、彼女の周りの母親たちも、陣痛が始まってもギリギリまで自宅待機を命じられたり、旦那さんが病院に付き添うことを許されなかったりと、本当に大変な思いをしているようなんだ。ええと、何を言いたいかというとね……」

ぎこちなく頭の後ろを掻き、照れたように続ける。

「私の孫が生まれたのも、秋吉さんの息子さんが生まれたのも、奇跡だよ。別にコロナ禍だからという話じゃないが、子どもは宝だ」

「修吾くんのために、三千穂さんが何を選択するのか。その答えを、一緒に見守っていきたいですね」

そうだな、と正木が満足げな顔をして、パイプ椅子の背にもたれかかった。

秋の訪れを予感させる風が、小さな会議室の中央を通り抜けていった。

第四話

大河原昇（46）

大河原《おおがわら》昇《のぼる》、四十六歳。

人間の尊厳を失った。

◇

絡まりあった髪か。くたびれた服か。

それとも、俺がそんなに臭いのか。

汚れてはいないはずだがな、と大河原は自分の身体を見下ろした。奮発して服はコインランドリーで洗濯し、全身の垢《あか》を銭湯でこそげ落としてきた。仕事帰りでもないから汗だってかいていない。真夏であれば市役所までの徒歩十五分で汗だくになるかもしれないが、もう九月の下旬だ。廊下の突き当たりにある小さな窓からは、先ほどから心地のいい風が吹き込んでいる。

ただでさえ感染対策だとかで間隔を空けて座っているのに、長椅子の端に腰かけてあからさまにこちらに背を向けている若い女や、新聞から顔を上げて時たま睨《にら》みつけてくる初老の男のところにまで、自分の体臭が漂っているとは思えなかった。ならばどうして、あいつらは俺を迷惑そうに見るのか。

少し考えてピンときた。――マスクだ。自分だけがマスクをしていないから、非難の目を向けられている。

初めて足を踏み入れた市役所三階の廊下は、想像以上に混んでいた。といっても長時間ここに座り続けているのは大河原を含めて四名だけだが、遅々として列が進まない。どうやら予約優先らしく、後からやってきた奴《やつ》らに次々と抜かされていくのだ。よって顔ぶれの変わらない順番待ちの客と顔を突き合わせ続けることになり、マスクをつけていない大河原は、このとおり総スカンを食っている。

やはり場違いだったか、と小さく舌打ちをした。料金がタダの相談室とやらに群がるのは、自分のような人間だけではなかったのだ。どんなに稼いでいても金は惜しい。無料という言葉に惹かれない奴などいない。それが証拠に、大河原以外の三人は、総じて清潔感のある身なりをしている。――おい、そこの中年女、ヴィトンのハンドバッグを買えるだけの金があるなら、有料のカウンセラーのところへ行け。

心の中で悪態をついたとき、309会議室のドアが開き、三十分前に部屋に入っていった老婆が出てきた。ようやく自分の順番だと思いきや、階段を駆け上がってきた若者が女性カウンセラーに名前を呼ばれ、入れ違いに中に入っていく。直後に310会議室も空いたが、見送りに出てきた高齢の男性カウンセラーは、大河原らに会釈をすると再び中に引っ込んでしまった。こちらも次の予約が入っているのか。いったいいつまで待たせるつもりだ。

いい加減、苦痛になってきた。周りの奴らの目は気になるし、長椅子に押しつけ続けている尻はうずくし、相談内容を頭の中で繰り返すのにもさすがに飽きた。一時間以上も待ったのにここで帰るのは癪だが、最低でもあと三十分は順番が来ないのなら、とっとと離脱するのが賢明ではないか。いや、でも、外に出たところで――。

「はい、では次の方」

不意に穏やかな声がした。驚いて顔を上げると、310会議室の前に、先ほどの男性カウンセラーが立っていた。年齢は六十を優に超えているだろうに、大河原よりよっぽど体格がよく、健康的な身体つきをしている。

「よかったら、中へどうぞ。本当は予約が入ってたんだけど、どうやらキャンセルのようでね」

「これ以上待たされるなら帰ってやろうかと思ってたよ」

文句の一つでも言ってやりたくなり、立ち上がりながら突っかかる。するとカウンセラーは申し訳なさそうに眉を寄せた。

「すみません。この後はもう、私のほうは予約が入っていないから、皆さんをお一人ずつお呼びしようと思っていたところで……」

「もう一つの部屋にもカウンセラーがいるじゃねえか。両方案内してくれれば、倍の速さで進んだのにさ」

「ああ、晴川さんのほうは、朝から夕方まで予約でいっぱいで。あの人はねぇ、すごいんですよ。カウンセラーとしての腕前はもちろん、他にもいろいろと……って、これは関係ない話か、うん」

独り言のように呟くと、カウンセラーは長椅子に座る三人に向かって深々と頭を下げた。

「お待たせして申し訳ありませんが、もう少しだけご辛抱ください。ここのところ急に予約が増えてしまってね。今は市のほうに、カウンセラーを増やすか、完全予約制にするか、運営方法の変更を打診しているところで。口コミで広まるのは嬉しいことなんだけれど、なかなかこちらも対応が追いついていなくてね――」

「分かった、分かった。とにかく始めさせてもらうぞ」

長くなりそうな弁解を遮り、大河原は３１０会議室に足を踏み入れた。後を追ってきたカウンセラーが、アクリル板の向こうに回ろうとして振り返り、「一枚いかがです？」とタバコでも勧めるような口調で話しかけてくる。見ると、カウンセラーが直方体の箱を差し出していた。不織布マスク、という商品名が読み取れる。

「市の備品というわけじゃなく、私のなんだけどね。もしよろしければ」

そう付け加えた相手の表情を、大河原は注意深く窺った。嫌悪や軽蔑の感情は読み取れず、それどころか人好きのする笑みを浮かべている。さすがプロというべきだろうか、廊下で順番待ちをしていた連中よりは、よっぽどましな人間のようだ。

差し出された箱からマスクをひったくるようにして取り出し、装着した。カウンセラーがほっとしたように目元を緩める。拒否されると思っていたのかもしれない。

カウンセラーは正木と名乗った。促されるまま目の前のパイプ椅子に腰かけると、机の上に置かれた『相談シート』が目に入った。ピンク色の小さな紙に、名前、年齢、職業、住所、相談内容といった項目が書かれている。面倒に感じながらも、そばにあったボールペンを手に取って書き殴った。

名前、大河原。年齢、四十六。職業、建設作業員。

住所——、のところで手が止まる。

「この相談室の情報は、どこでご覧になったのかな」

「公園の掲示板にチラシが貼ってあった」

「なるほど、公園か。あのチラシも作った甲斐があったというものだね」

つい今朝のことだった。掲示板の前で井戸端会議をしていた三人の老婆の声が、耳に飛び込んできたのだ。ああ、これね、市役所の『こころの相談室』。うちの娘がね、ほらこんなご時世でしょう、婿さんがね、テレワークっていうのかしら、それでずっと家にいて、夫婦喧嘩ばかりでギスギスしてるらしくて。ここに行ったら、無料なのにとても親切に相談に乗ってもらえて、気持ちが楽になったらしいのよねぇ。そうそう聞いてよ、婿さんったらね、もうひどくてね——。

話の内容自体はどうでもよく、むしろ耳障りなものだったが、チラシの存在を知るきっかけにはなった。

誰かに話したい。警察はダメだ。だがここなら、もしかして。

「相談シートの項目は、全部埋めなくても問題ないよ」

大河原が個人情報の記載をためらっているとでも勘違いしたのか、正木が優しげな声で話しかけてきた。

「もちろん、相談室の外に情報を持ち出すことはないし、大河原さんと連絡を取る目的以外に利用することもない。それでも、匿名で相談したいという方も中にはいる。だから住所は空欄でもいいし、番地の前まででも――」

「ないんだよ」

「……ない？」

「住所。俺、公園で寝泊まりしてるから」

ホームレス、という単語を自分から口にしたくはなかった。言い換えたところで状況は変わらないし、印象がよくなるはずもないのに、なぜだか見栄を張ろうとしてしまう。

大げさに驚くようなら椅子を蹴倒して帰ってやろうと思っていたが、正木はわずかに目を見開いただけで、「ああ、そうでしたか」と真面目な顔で頷いた。それだけ様々な境遇の人間が、ここにやってきているということか。

「それでは、さっそく相談内容を聞かせてください。大河原さんが思うままに、好きなように、どこから喋っても大丈夫だからね」

「どこから喋っても……か」

「ええ、どこからでも」

いざそう言われると、迷いが生まれる。第一、腰を据えて他人と語り合うのがあまりに久しぶりだ。話したいことは明確に決まっていたはずなのに、つい、言葉が遠回りを始める。

「とりあえず、なんで俺が公園なんかで寝泊まりしてるかって話からだな。若い頃にバカやっててさ。高校出て、正社員になれなくて、フリーターやって、喧嘩でバイト先クビになったりして、日雇いの建設現場の仕事を始めて、なんだかんだこの歳まで生きてきた。物件借りると高いし、どうせ審査も通らねえから、毎日ネカフェに泊まってたんだが、緊急事態宣言だとかで全店休業になって、いきなり追い出されてさ。しかも日雇いの仕事も急に減りやがって――」

たとえ定義上は同じホームレスだとしても、ネットカフェを拠点にしている分、路上生活者よりずっと人間らしい暮らしをしてきたつもりだった。

漫画を読み、インターネットを使い、フリードリンクを飲み、仕事に行った日は必ず寝る前にシャワーを浴びる。服が汚れればコインランドリーを使い、少しでも古くなればすぐに買い替える。家を持たないという道を自らの意思で選んだだけで、それ以外はそのへんを歩いている一般人と何も変わらない。むしろ家賃を払わなくていい分、使える金は増える。好きな街を渡り歩き、自由を満喫する、その日暮らしの気楽な生活。

それが、コロナによる緊急事態宣言を機に一変した。

どこもかしこも、突然店が閉まった。ネットカフェ難民になり、公園や歩道の片隅で夜を明かすようになった。時を同じくして、週四日ほど入っていた建設現場の仕事が週二日に減った。工事の延期や中止が相次いでいるため、という説明だった。危機感を覚えて役所の生活保護窓口に向かったが、受給希望者が殺到していた上、身体が健康で日雇いの仕事にありつけていることや、所持金の残高がまだ「十分に」あることをねちっこく指摘され、申請書すら渡してもらえなかった。プライドをかなぐり捨てて挑んだアルミ缶拾いも、すでに路上生活者たちの間で争奪戦が繰り広げられていて、新参者の自分ではまったく勝負にならなかった。

日給八千円。週に一万六千円。一か月に七万円前後。五月下旬に緊急事態宣言が解除され、ネットカフェの営業は再開したものの、そのときにはもう宿泊費用が捻出できなくなっていた。

屈辱だった。

どんなに気温が高くても、また雨や風がひどくても、屋外で自然の厳しさにさらされ続ける生活。毎日コンビニで一番安い弁当を買い、飲み水は公園の水道で調達する。日中どこかで休憩したくなっても、以前のように早い時間からネットカフェに入り浸るのはおろか、ファストフード店に居座るための百円コーヒーすら注文する勇気が出ない。空調の効いたスーパーやドラッグストアに入ってみるものの、何日も風呂に入っていない身体が臭うのか、店員や利用客にたちまち冷たい目を向けられる。大して長居できずに尻尾を巻いて逃げ出し、公園の片隅で拾った雑誌をめくってベンチで暇をつぶすたび、惨めな気持ちが募る。

生きるために、ただ生きている毎日。

「――ってな、ひでえもんだろ」

「そうだねえ……何と言っていいものか」

「コロナ前までは、食いもんに困ることなんてなかったんだよ。外食だろうとコンビニ飯だろうと、その日の気分で好きなもんを選べた。それが今はなんだ。どうして俺がこんなカスみてえな生活をしなきゃならねえんだ」

「大変な思いをされてきたんだね。毎晩公園で野宿だなんて……」

「公園で寝ること自体は別にいいんだよ。俺、ヘビースモーカーだからさ。最近は席で喫煙できるネカフェがどんどん少なくなってて、いちいち喫煙所に行くのが面倒だったんだ。コロナ前だって、その日の気分によっちゃ、公園に泊まることもあったさ」

「それは過ごしやすい季節の話だろう？　最近までずっと暑かったし、この時期は台風も多い。大河原さんの苦労を思うと、私まで心が痛くなってくるよ」

正木は分厚い掌を自らの胸に当て、目の前の長机に視線を落とした。

「そうか。つまり大河原さんのご相談内容は、今の生活を抜け出したい、ということだね。住居を持ち、収入を得られるようになりたい——そういうことかな」

「え？　ああ、いや」

「生活保護を断られたことに関しては、水際対策というのだっけね、どうも役所の対応が悪い気がするから、私からも改めて訊いてみようか。あとはそうだな、新しい仕事を探すのはどうだろう。例えば住み込みの新聞配達なら、住居も職も同時に得られるはずだね」

「いいよ、そんなのは。あの態度の悪い公務員ともう一度やりあうくらいなら公園で寝泊まりしたほうがよっぽどましだし、この歳になって違う仕事に就けるとも思えねえ。新しいことを覚えるのは何より嫌いなんだ」

「市役所で働く一員として、心からお詫《わ》びするよ。不信感を持たれるような対応をして申し訳なかった。でもね、私はぜひ、大河原さんと一緒に、これからのことを真剣に考えたいんだ。同じ建設作業員の仕事でも、今より手当てのいい求人に応募してみるという道も――」

「住所なし、資格なし、連絡用の携帯もなし。そんな状態で、長い付き合いのある今んとこ以外に雇ってもらえると思うか？」

「決めつけるのはまだ早い。お力になれるよう、私も精一杯頑張るから――」

「というか、俺が今日したいのはな、そんな相談じゃないんだよ」

大河原が苛立ちながら吐き捨てると、正木は虚を衝《つ》かれたようにこちらを見返してきた。どうもこのカウンセラーには、早とちりする癖があるようだ。

正木の純朴そうな顔を睨みつけ、大河原は一息に言った。

「俺さ、狙われてるみたいなんだ。見るからにヤバそうな奴に」

◇

今から一週間前のその夜、大河原はいつもの公園のベンチに寝転んでいた。駅にも商店街にもほど近い、線路沿いにある小さな公園だ。

終電時刻を過ぎてようやく電車の音がしなくなり、叢《くさむら》から聞こえるコオロギの鳴き声に耳を傾けながら深い眠りについた、真夜中のことだった。

まぶた越しに、強い光を感じた。

空気を切り裂くようなシャッター音と、下卑《げび》た馬鹿笑いが続く。

驚いて目を開けると、見るからに素行不良の若者たちが目の前に立っていた。十代後半か、せいぜい二十歳くらいだろうか。七人ほどのグループで、強いタバコの臭いが漂っている。

幾人かは缶チューハイを手にしていた。目当ての飲食店が休業や時短営業でもしているのか、緊急事態宣言が解除されて四か月が経過した今でも、公園で酒盛りをする連中は後を絶たない。

フラッシュの光とシャッター音からして、どうやら寝顔の写真を撮られたようだった。喉から手が出るほどほしい嗜好品《しこうひん》の香りに苛立ちながら、勢いよく身を起こす。

「なんだ、お前ら！」

ベンチから下りて大声で凄《すご》むと、若者たちは高笑いしながら逃げ出した。あいつヤベーよ、臭くて死ぬわ、よだれキモすぎ、などと口々に叫びあいながら、みるみるうちに公園の出口へと遠ざかっていく。

とっさにその場にしゃがみ、地面に転がっていた卵ほどの大きさの石をつかんで思い切り投げた。誰か一人に命中したらしく、いってぇ、という悲鳴が響き渡る。

「おい！」

もう一度吠《ほ》えたが、若者たちは目の前の歩道に走り出て、瞬く間に姿を消してしまった。追いかけて殴りつけてやろうかと拳を握りしめたが、いくら仕事で肉体を鍛えてきたとはいえ、十代の若者に勝てるとは思えない。ふてくされてベンチに戻り、再び身体を横たえた。

ホームレスには、何をしてもいいと思いやがって。

眠りを妨害された怒りに腹の底を煮えたぎらせながら、どうにか心を落ち着けようと目をつむったとき、不意に大きな舌打ちの音が聞こえた。

跳ね起きて、音が聞こえた方向を見る。公園の出口近くに、髪の長い若者が佇《たたず》んでいた。こちらを見て忌々《いまいま》しそうに顔を歪め、もう一度聞こえよがしに舌打ちをする。

先ほど自分にスマートフォンを向けて写真を撮った若者が、長髪だったことを思い出した。一人で戻ってきたのだろうか。それとも、逃げずに暗がりに隠れていた？

若者は黒いパーカーのポケットに両手を突っ込み、ゆっくりとこちらに近づいてきた。襲いかかってくるつもりかと身構えたが、途中で進路を変え、公園の中を縦横無尽に歩き回り始める。

その足取りはおぼつかなかった。マスクの下で、何やらぶつぶつと呟き続けている。外灯の光が当たって一瞬だけ見えた両目は虚《うつ》ろで、顔色もひどく悪かった。泥酔しているのか――いや、もしかすると、薬物中毒者か？

暗くてよく見えなかったが、さっき投げた石はこいつに当たったのだろう、と思い当たる。まずい相手に喧嘩を売ってしまったかもしれない。

脅しのつもりか、若者はいつまでも公園から出ていこうとしなかった。時おりこちらに視線を向け、ポケットからスマートフォンを取り出しては画面を確認している。仲間と連絡でも取っているのだろうか。大河原が警戒を緩めた瞬間、総攻撃を仕掛けてくるつもりかもしれない。

気に留めていないふりをしてベンチに寝そべったものの、とても眠れる状況ではなかった。

若者がようやく公園を出ていったのは、遠くの空が白み始め、始発列車のアナウンスが駅のほうから聞こえてきた頃だった。

◇

「——あの時間に外をうろついてる時点で、ろくでもない奴に決まってるんだよ」

俺も含めてな、と心の中で自虐しながら、大河原は長机に手をついて大声で訴えた。

「その日だけなら別によかったんだ。だがあいつは、あれから毎晩やってくるようになった。なるべく視界に入れないようにしてるんだが、時たまこっちをじっと観察してるみたいでさ。未だに仕返しを諦めてねえんだよ。相手の人権無視で面白がって写メを撮るような奴だから、次は何をされるか分かったもんじゃねえ」

「なんと、それは恐ろしい」

正木はぞっとしたように両腕を抱え込み、直後に首をひねった。

「しかし……これはどちらかというと、私たちより警察に相談したほうがいい案件じゃないかな」

「警察？　バカ言うなよ。公園なんかで寝てるお前が悪い、今すぐ立ち退け——そう命令されるだけに決まってんだろ」

「ああ、そうか」正木は困った顔をした。「しかも現時点では何をされたわけでもないとなると、対処してもらうのは難しいだろうねえ」

「だからここに来たんだ。さっきも説明があったが、相談者の個人情報は守ってくれるんだろ？

チクったのが俺だってことは秘密にして、あのアル中かヤク中っぽい若造だけ、公園からつまみ出してくれよ。なあ」

「うーん、なるほどね。うーん……」

正木が鼻の頭にしわを寄せ、額を押さえる。やはりこの相談室に勤務するカウンセラーたちには、大した権限がないらしい。

初めから分かっていたことだった。これはただの八つ当たりだ。絶妙なバランスの上に成り立っていた自分一人の世界が、わけの分からないウイルスのせいでめちゃくちゃにされ、今なお悪化し続けていることに対する怒りを、誰かに思い切りぶつけたくなっただけ。

それを受け止めるのがお前の仕事だろ。しっかりしろよ。

アクリル板の向こうで頭を抱える正木に念を送ったそのとき、扉が開く音がした。

誰かが廊下から入ってきたのかと思いきや、そうではなかった。３０９会議室との間を仕切る可動式の壁が一部開いていて、そこから小柄な女性が顔を覗かせている。

「相談中にすみません。次の予約までちょっとだけ時間が空いたので、様子を見にきちゃいました」

「ああ、晴川さん、ちょうどよかった」

正木があからさまに安堵の表情を見せた。「臨床心理士の晴川さんです」と彼女を紹介した後、「せっかくだから意見を聞いてみよう」と、先ほど大河原が語った内容を事細かに伝え始める。

晴川は幾度も頷きながら話に耳を傾けていたが、自分を狙う若者を公園から追い出してほしいという大河原の要望を聞くと、申し訳なさそうに顔を曇らせた。

「大河原さん、本当にごめんなさい。公園を管理しているのは確かに市役所なんですけど、特定の利用者の立ち入りを禁じることは難しいんです。もちろん、私たちから公園管理課にこの情報を伝えることはできます。ただ、職員がパトロールしたりして監視の目が強まると、むしろ大河原さんが不利益を被るんじゃないかと」

「強制的に退去させられる、か？」

「ベンチで寝ているだけなら、そこまではしないはずですけど……自立支援センターへの入所を勧められたりはするかもしれませんね」

「それは御免だ。俺は何にも縛られずに、自由に暮らしたいんだよ」

「施設に入るのを避けたければ、生活保護を受けて、アパートを借りるのはどうでしょう？」

「前に断られてんだよ。こっちを見下したような、ひでえ態度で。あいつらとは二度と関わりたくねえ。金がなくても、公園にしか泊まれなくても、俺は一人で生きていく」

晴川は目を見開き、「そんな経緯があったのですね。知らずにすみませんでした」と長い睫毛を伏せた。

「一人で生きていく――とても立派な心がけだと思います。誰しもが決断できることではありません。大河原さんは、きっと自分に厳しく、忍耐力のある方なんでしょう。その思いを、私も尊重し、応援したいです」

意外な言葉に目を瞬く。やれ施設に入れ、生活保護を受けろ、まともな職を探せ――この育ちのよさそうな年下の女性カウンセラーには、どうせそんな綺麗事ばかり言われるのだろうと、何も期待していなかったのに。

俺が自分に厳しい？　忍耐力がある？　路上生活者に転落した負け犬なのに？　そんなバカな。

「一つ、お尋ねしてもいいですか」

「何だ」

「大河原さんがいらっしゃる公園って、どこにあるんですか？」

質問の内容にいささか拍子抜けしながら、「駅前だよ」と答えた。

「北口を出て左にコンビニがあって、その裏。分かるだろ」

「実は私、ここの土地勘があまりなくて……」

晴川が困ったように眉を寄せ、隣の正木を振り返る。「あそこか。便利な場所だね」と正木が目を細めて頷いた。

「コンビニにすぐ行けるし、何よりロータリーを挟んだ向かい側には北口商店街がある。私が若い頃からある、こぢんまりとしたアーケード街でね。昔ながらの肉屋や豆腐屋もあれば、今はチェーンのスーパーやドラッグストアも軒を連ねているんだ。個人経営の食堂や古書店もあるし、他にも婦人服店や時計店、高級アクセサリーショップなんかがあるな。晴川さんも、今度行ってみるといいよ。駅の反対側だから、なかなか普段は通らないだろうけど」

「そうします。お豆腐屋さんで油揚げ、買いたいな」

正木が勧めると、晴川が嬉しそうに微笑んだ。どうやら正木は地元の住民で、晴川は他所から通っているらしい。市役所に勤めているからといって、ここらの地理や歴史に詳しいとは限らないようだ。かくいう大河原も、各地を転々とするうちに立倉に流れ着いた口だから、知り合いのいないこの街のことをよく知っているわけではなかった。

「おすすめはね、一月のウィンターセールと七月のサマーセールだ」

「セール？」晴川が目を輝かせる。「気になります、それ」

「商店街を挙げてのお祭りみたいなものでね。それぞれ週末の二日間限定で、店同士が競い合って、これでもかとばかりに商品を安くするんだ。大河原さんは、立倉のご出身？　だとするとご存じかな？」

急に正木に話を振られ、大河原は面食らった。

「出身は別だが……それくらい普通に知ってるよ。あの狭い商店街が、朝七時の満員電車か大学の学園祭かってくらい大混雑するんだよな」

「ええっ、そんなに？　行ってみたくなってきました。どれくらい安くなるんですか？」

「確か三十パーセントオフとか、半額で投げ売りとかだっけか」

「すごい！　まさか時計屋さんや高級アクセサリーショップまで？」

あはは、と正木が笑い声を上げ、首を左右に振った。

「さすがに高価な品物を扱う店はほとんど値引かないけどね。婦人服店や雑貨店は大盛況だ。妻や娘の荷物持ちとして、何度も連れていかれたものだよ。周りの男性たちもみんな同じで、両手に紙袋を持たされて、妻子にこき使われていてねぇ……この街の風物詩みたいなものだったんだ。

次はいつになるか分からないのが残念だが」

「こういうご時世では、以前のようには開催できないですものね」

「今年のサマーセールは中止になり、商店街は閑古鳥が鳴いているよ。このままだとウィンターセールも難しいだろうね」

「どこもかしこもガラガラだな。忌々しいコロナのせいで」

大河原が口を挟むと、晴川と正木は心から同意するように頷いた。

気がつくと、カウンセラー二人のペースに呑まれていた。商店街の話から始まった他愛《たわい》もない雑談は、猛威を振るう新型コロナウイルスについての世間話へと変わり、やがて大河原自身の生活への影響や、駅近くの公園で寝泊まりする暮らしについての話題へと立ち返っていった。

「そうだよ、あそこは何かと便利な場所なんだ。それなのに珍しくホームレスの先客がいなくて、警察や市の職員もうるさく言ってこない。遊具がないから、子どもがわんさか入ってくることもない。目の前の道路の人通りも意外に少ない。だからどこにも移動したくねえんだ。ネカフェを追い出された後、いろんな公園や駅を回って、先に寝てたホームレスや駅員と喧嘩したりもして、やっとのことで辿りついた穴場なんだよ。その貴重な場所を、あんなアル中の若造なんかに奪われてたまるかってんだ」

「大河原さんのお気持ち、よく分かりました。ただ……難しいですね」

晴川が顎に手を当て、しばし考え込んだ。

「誰もが入れる公園という場所で、利用者同士のトラブルを未然に防ぐとなると……もし大河原さんが他の場所に移れるなら、それが一番安全だと思ったんですけど……」

「ああ、もういいよ、それは。警察も市も動けず、俺も公園を出るつもりがないって時点で、解決策なんて見つかるわけがねえんだよな。こんな相談をここに持ち込んだ俺がバカだった」

「すみません。お力になれず、なんだかとりとめもない話ばかりしちゃって」

「私も、北口商店街の魅力をつい語りすぎてしまったな」

アクリル板の向こうに並んだカウンセラーたちが、同時に頭を下げる。

三十代半ばほどの女と六十代くらいの老人。変な奴らだ、と思う。入室した時点でマスクすらつけていなかった自分を見ても、嫌な顔一つしないなんて。ホームレスだと分かっても決して見下さず、上から目線で説教を垂れることもせず、終始対等な目線で接し続けるなんて。

状況は何一つ変わっていないものの、それだけで幾分、心が洗われる。

「いったん、自分の身は自分で守るよ。そのために先月、金属バットを買ったんだ。今は公園の叢に隠してある。もしあいつが襲いかかってきたら、それで反撃してやるさ」

「お、大河原さん、早まるのはダメだぞ！」

「別にいいじゃねえか、正当防衛ってやつだろ」

そう言いながら立ち上がり、「どうもな」と二人に背を向けた。次回の予約を取るかどうかを尋ねる晴川の声が追ってきたが、「気が向いたら」とだけ返した。

部屋の外に出ると、順番待ちの客から、また冷たい視線が飛んできた。

これがすなわち、社会の底辺に生きる人間に対する世間の目か——と、何とも言えない気分になりながら廊下を歩き始める。ヴィトンのハンドバッグを抱えた中年女が焦れたように貧乏ゆすりをしているのを見るに、三十分の相談時間をややオーバーしたようだった。マスクをつけたというのに顰蹙《ひんしゅく》を買っているのはそういうわけだ。

長椅子に座る彼らの前を通り過ぎようとして、ふと足を止めた。壁の掲示板に、公園で見たものと同じ『こころの相談室』のチラシが貼られている。その右上の画鋲に、レモン色の小さな巾着が吊り下げられていた。『御守』という複雑な文字が、オレンジの糸で不格好に刺繍されている。

なぜだろう。引き寄せられるように手を伸ばし、綿で膨らんだ巾着を手に取った。裏面には『N』の刺繍があった。ちょうどいい。大河原昇。自分の下の名前のイニシャルではないか。

お守りをそのまま、ズボンのポケットに突っ込んだ。突き刺さる視線がさらに冷たくなったが、気にしないことにした。あの駅前の公園での暮らしを死守するにあたって、危機をしのぐ手段が金属バットだけでは心もとない。多少の神頼みも必要というものだ。

今夜からはこれを身につけたまま寝よう、と決める。

いっときでも気分よく過ごせた『こころの相談室』のお守りなら、御利益がないとも限らない、かもしれない。

＊

現場での作業は、午後五時過ぎに終わった。

交通費を節約するために徒歩で駅前へと戻り、日給が入った封筒を手に、コンビニに寄ってデカ盛りペペロンチーノを買う。昨日も一昨日も同じものを食べたが、やはり一番コスパがいいのだ。

いつものベンチに座り、温かい容器の蓋を開けた。近くで縄跳びの練習をしていた親子連れが、無言で目を見合わせ、そそくさと公園を出ていった。ベンチに寝転んだわけでもあるまいし、ホームレスと一目で分かる要素はないはずだが、髪の毛も髭《ひげ》も伸び放題の大河原を見て警戒したのだろう。どうせ今の自分は、社会の鼻つまみ者だ。

もうすぐ十月だというのに、今日は一段と気温が高かった。朝から長袖の作業服姿で資材搬入をしていたため、全身が汗ばんでいるが、二日連続で銭湯に行く贅沢は許されない。少なくとも次の労働日までは我慢だ。

プラスチックフォークの袋を破ろうとして、マスクをつけたままだったことに気づき、片手で外してリュックにしまった。昨日『こころの相談室』で正木にもらった使い捨てマスクだ。コロナ直撃で価格が高騰していてとても新品は買えないため、この貴重な一枚を当分は使い続けなければならない。まだ持ち金が今より多かった頃に買ったマスクはすっかり薄茶色になり、水洗いのしすぎで穴も空きかけていたから、心底助かった。これで、感染対策不徹底を理由に首を切られずに済む。

デカ盛りペペロンチーノは、あっという間になくなった。

まだうずいている食欲を紛らわそうと、最後の一口を未練たらしく口の中で転がしつつ、ぼんやりと道路に目を向けた。しばらく眺めていると、抱っこ紐に赤ん坊を入れた母親が通った。横顔が、昔付き合っていた女によく似ている。

まさかな、と苦笑した。二十年前、都内でフリーター生活を謳歌していた頃に出会ったあいつが、こんな郊外の街にいるはずがない。

思えば、あの数か月が人生のピークだったのかもしれなかった。都内の飲食店のバイトを掛け持ちし、後輩として入ってきた美人女子大生とくっついた。そして瞬く間に振られた。そりゃそうだ。相手は有名大学の学生で、大河原とは頭の出来が雲泥の差だったのだから、釣り合うはずがない。田舎から上京してきたばかりだった女子大生の目に、たまたまバイト先で指導係を務めた八つ年上の男が、現実に何重にも輪をかけてカッコよく映った——ただそれだけのこと。

別れた彼女と顔を合わせたくないあまり、勢いでバイトをすべて辞め、無職になった。アパートも引き払い、カラオケ店やネットカフェに泊まって遊び歩いた。持ち金がなくなった頃に、建設現場での日雇い労働を始め、この立倉にやってきた。

彼女の名前は何といっただろう。みっちゃん、と呼んでいたことだけは覚えている。よくできる奴だったから、今ごろはキャリアウーマンにでもなって、バリバリ稼いでいるだろうか。同じくらい高収入の男と結婚して、都内のタワマンにでも住んでいるかもしれない。ああ、なんという差だ。

「結局、金なんだよな」

悔し紛れに、膝にのせていたプラスチックの蓋を、中指の爪で思い切り弾いた。

あの女のように勉強して、いい大学に入っていれば、薔薇《ばら》色の未来が開けたのだろうか。小さな中華料理屋を営んでいた両親は、そんなことを教えてくれなかった。高校生の頃、徹夜で試験勉強をしただとか、親が夜食を作ってくれただとか、進学組が楽しげにそんな話をしている中、自分は毎日のように親や兄弟と怒鳴り合いや殴り合いの喧嘩をし、早く家を出て独り立ちすることばかりを考えていた。子どもの頃の思い出といえば、家の一階にある店にやってくる柄の悪い客にしつこく絡まれていたことくらいしかない。

——なんで俺の人生、こうなっちまったんだろう。

いや待てよ、と思い直す。

人生に行き詰まりを感じ始めたのは、今年になってからの話だ。コロナが流行る前までは、自分の境遇を哀れとも思わず、十分満足していたではないか。

——別にさ、あんたらが想像するほど悪い生活じゃねえんだ。一日に数千円、自由になる金がありゃ、コンビニで毎日ロング缶を何本も買って飲めるし、外食だって大して我慢せずできる。たまには居酒屋に入ったり、ネカフェでオンラインゲームに思い切り課金したりもしてたよ。パチンコや競馬にも行ってたな。めちゃくちゃ好きってわけじゃないから、気が向いたらだが。

昨日、相談室での雑談中にそう話すと、晴川と正木は目を丸くしていた。まあ当然だろう。見るからに優秀そうな臨床心理士と、妻や娘と良好な関係を築いていそうな老人カウンセラーは、その日暮らしの独身男の生活がどんなものか、考えたこともなかったに違いない。

現代は素晴らしい。家を持たなくてもいい。仕事に生きなくてもいい。家庭を持つどころか、リアルな人との繋がりがなくてもいい。インターネット上だけでも、死ぬまでに消費しきれないほどの娯楽がそこら中に転がっている。いくらでも一人でいられる世の中で、大河原は誰にも邪魔されない居場所を築いてきた。コロナさえなければ、今でも現状に満足していたはずだった。

——家庭持ちのサラリーマンよりずっと楽しそうな暮らしだろ？　しかも仕事は週四でさ。まあ、そんな生活はもう終わっちまったんだが。あれだけ好きだった酒やタバコも一切やめてさ。何の刺激もない、つまらない毎日だよ。

続けてそう吐き捨てると、「そうか、ヘビースモーカーだと言ってたね」と正木が神妙な顔をした。意外だったのは、それを受けて晴川が発した言葉だった。

——そうだったんですか？　やっぱり大河原さんは、意志が強いですね。

——意志が強い？　何言ってんだ。

——だって、お酒やタバコには依存性がありますから。すっぱりやめるのは大変なことなんですよ。自分に甘い人にはできないことだと思います。

——そんなんじゃなくて、単に買えねえだけだよ。最初は持ち金を取り崩して、なんとか手に入れてたんだけどさ。今はもう無理だから。

——それでもすごいですよ。

ぶっきらぼうに返したが、悪い気はしなかった。路上生活を始めて五か月、行き倒れることなく健康に仕事にも通えているのは、自分の「意志の強さ」のおかげなのかもしれない。そんなふうに自分を捉えたことはなかっただけに、あの女性カウンセラーの視点は新鮮だった。

まあ、ああいう仕事をしている連中は、思ってもいないことをいくらでも口に出せるんだろうが。

いい気になるなよ、と自分を戒めつつ、空の容器を植え込みめがけて放り投げた。ベンチに寝転び、夕焼け色に染まりつつある空を見上げる。悠然と動く雲を目で追ううちに、だんだんと辺りが暗くなっていった。

その夜、大河原はふと、不穏な気配で目を覚ました。

深夜のようだった。駅前という立地にふさわしい喧噪《けんそう》が消え、誰かの足音だけが遠くから聞こえてくる。

薄目を開け、首を動かさないようにしながら道路のほうを見た。街灯の光の下を通って、黒いパーカーを着た長髪の若者が公園に入ってくる。

あいつだ。——今日もまた来やがった。

若者はこちらを注意深く窺っているようだった。片手に持ったスマートフォンが、暗闇にうすぼんやりと浮かび上がっている。

もう片方の手は、パーカーのポケットに深く突っ込まれていた。何かを取り出そうとするかのように、その肘が前後に動く。

と、若者が顎を引き、早足でこちらへと歩き出した。

男が近づいてくるのは、一週間前にスマートフォンで寝顔の写真を撮られて以来のことだった。

相手の動きは素早かった。みるみるうちに黒い影が大きくなる。

身の危険を覚え、大河原は勢いよく上半身を起こした。ベンチに立てかけていた金属バットをひっつかみ、その場に仁王立ちになると、若者が怯《ひる》んだように動きを止めた。

「近づくんじゃねえ！」

金属バットの先を地面につけ、相手を真正面から見据える。マスクをしているため顔の上半分しか見えないが、やはり人相の悪い男だった。にわかに見開かれた目の下には黒い隈があり、瞳は暗く翳《かげ》っている。

形勢が悪いと判断したのか、若者は無言で身を翻し、逃げるように走り去っていった。瞬く間に公園の出口を抜け、姿が見えなくなる。

荒くなっていた呼吸を整え、大きく息をついた。

パーカーのポケットには、何が入っていたのだろう。ナイフか。殴打するための鈍器か。あのチャラついた不良仲間たちを呼ばずに、一人で俺に暴行を加えるつもりだったのか。

ホームレス狩り、という言葉が頭に浮かぶ。人気《ひとけ》がなく、外灯も薄暗い、深夜の公園。今日は金属バットのおかげで何とか追い返せたが、複数人で襲いかかられたら、大怪我をするだけでは済まないかもしれない。

急に、情けなさが募った。

相談室で言われたように、やはりこの公園を出て、違う住処《すみか》を探すべきなのだろうか。意地を張らずに、もう一度生活保護の窓口に足を運ぶべきなのだろうか。だが、仮にそうしたところで、コロナが収まって世の中が元に戻らない限り、人生が大きく好転するわけではない。

一発逆転のギャンブルに、賭けてみるかどうか——。

金属バットのグリップを握りしめたまま、目をつむって考えた。今の所持金はごくわずかだ。大勝負に打って出ることで、その何十倍、何百倍、ともすれば何千倍もの金を手に入れられる可能性は、決してゼロではない。

どうせ、失うものは何もないのだから。——でも。

考えるのが面倒になり、再びベンチに寝転がった。

壮大な夢を追いかけられない。冒険するのが怖い。だから、競馬も競艇も、パチンコも好きになれず、いつまでも社会の片隅でくすぶっているのだ。

自分の小心ぶりを嘲笑うように、夜空の星が瞬いていた。

*

その翌日は、仕事がなかった。

今の生活をするようになってからというもの、週に五日もある休みの日がどうにも苦痛だった。

美味《うま》いものを食べるのにも、娯楽に興じるにも、酒やタバコで気を紛らわせるにも、いちいち金が要るのだ。その金を、大河原は持っていない。

公園のベンチに座り続けるのにも限界があり、たびたび散歩に出かけた。駅のロータリーを回り込み、カウンセラーたちとの間で話題に上った北口商店街を歩いてみる。道幅の狭い商店街には様々な店が立ち並んでいるが、やはりコロナ前ほど賑わってはいないようだった。特に飲食店は苦戦しているのか、昼時でも空席が目立っている。

午後になると、学校帰りの子どもたちを見かけるようになった。

部活動が中止にでもなっているのか、制服姿の中高生もたくさんいた。その幾人かが、すれ違いざまに大河原に視線を向けるや否や、友人と顔を寄せ合ってひそひそと言葉を交わした。

うわ、あいつだ。近寄っちゃダメだよ。何かされたらヤバいって——。

心なしか、冷たい態度を取る通行人が急に増えた気がする。特にこのくらいの年代の若者に多い。住み着いている公園の利用者自体は少ないのだが、やはり駅前を頻繁にうろついていると、悪名が広まってしまうのだろうか。これでも数日にいっぺんは風呂に入り、服も耐えがたい悪臭を発しそうになったらコインランドリーで洗濯し、週二日とはいえ仕事だってしているのだが、路上生活者というだけで、そこまで言われなくてはならないのか。

だんだんと陰鬱な気分になってきたため、夕方以降は公園の奥に引きこもって過ごした。風が急激に強くなり、空模様が怪しくなってきたからか、公園の利用者がいつもより少ないのが唯一の救いだった。人の視線にさらされ続けるのは疲れる。胸の高さほどの板一枚で仕切られているネットカフェの個室が、今ではひどく懐かしかった。

やがて夜がやってくる。風の吹き荒れる公園で、所持品すべてが入った大きなリュックをベンチの端に置いて少しでも風をよけようと試みながら、金属バットを抱きかかえるようにして眠りについた。

悪い予感は、今日も当たった。

街が寝静まった深夜に、公園の入り口に黒い人影が現れた。あの長髪の若者だ。風のうなる音に眠りを妨げられ、熟睡できずに夢うつつの境をさまよっていた大河原は、先手を打ってベンチから身を起こした。

今日は怖気《おじけ》づいて逃げ出すまで睨み続けてやろうと、腕組みをして相手を凝視する。しかし、公園の入り口付近にある街灯が切れかけて点滅を始め、ただでさえ暗い公園が一段と濃い闇に包まれたことが不利に働いた。

若者はこちらを一瞥したものの、大河原の視線が自分に向いていることには気づいていないようだった。相変わらずスマートフォンを片手に、時おり画面に目を落としつつ、おぼつかない足取りで公園内を徘徊《はいかい》し始める。

昨日の脅しが効いたのか、男が近寄ってくる気配はなかった。だが風が弱まるたびに、独り言のように何かを呟いている声がかすかに聞こえてきて、気味の悪いことこの上ない。

二人きりの公園に、緊迫した時が流れた。

いや、自分の世界にこもっている若者の様子を見るに、神経を張り詰めているのは大河原だけなのかもしれなかった。金属バットのグリップを握りしめる掌が、汗でじっとりと濡れていく。

――帰れよ。俺の公園に立ち入るな。俺にはここしかねえんだよ。

黒い影を睨みつけながら、心の中で何度も念じた。強い風が耳の横を吹き過ぎる。

――お前にはあるだろ、家が。知らねえだろ、真夏の太陽に焼かれ続けるつらさを。虫刺されで身体中がボコボコになって、伸びきった爪で引っ掻いて、皮膚から血が出続ける痛みを。

長い時間が過ぎた。俺の安眠を妨害すること自体が相手の目的なのかもしれない、と想像する。睡眠時間を削り、いつ襲いかかられるか分からない恐怖を植えつけることで、大河原を体力的にも精神的にも追い詰めるという「仕返し」――。

だとしたら負けてなるものか、と自分を奮い立たせ、公園の中央付近を歩いている若者に改めて鋭い視線を投げた、そのときだった。

突風が吹いた。植え込みの木が千切れそうになびき、尻の下でベンチが震える。

若者はちょうど、パーカーのポケットから手を引き抜いたところだった。その手から、何かが飛んだ。

あっ、という間の抜けた声が聞こえる。四角い紙切れのように見えたそれは、風に乗ってこちらへと流れ、大河原の足元に着地した。

とっさに、その薄い物体を踏みつける。

若者の位置からは、公園の奥にいる大河原の挙動は窺えなかったらしい。慌てた様子でスマートフォンをポケットにしまい、こちらへと駆けてきて、暗い地面を探り始めた。ずいぶんと一生懸命に捜しているようだが、目的のものは大河原の足の下にあるのだから、見つかるはずがない。

ざまあみろ、と心の中で呟きながら、地面に這いつくばる若者を見下ろした。

男がこちらに背を向けるタイミングを見計らい、上半身を屈めて足の下のそれを引っ張り出す。手触りからして、紙ではなかった。材質はプラスチックだろうか。力をこめると案外柔らかく、薄い曲面の向こうに、自分自身の指が黒く透けている。

——何だ、これは。

首を傾げ、若者を見やった。地面に片手をついている彼は、パーカーの大きなポケットからスマートフォンを取り出し、画面の明かりを頼りに捜索を続けている。

その瞬間、強い違和感を覚えた。

ベンチから立ち上がり、見当違いの場所を捜している若者に一歩近づく。

「お前——」

話しかけようとした声は、二度目の突風に掻き消された。その直後、道路の方向から複数人の声が聞こえてきた。耳をつんざくような馬鹿笑いが起こり、大河原と目の前の若者は、同時に公園の入り口へと目を向けた。

内輪での盛り上がり、不快な声色、だらしなく伸ばした髪、着崩した服。

公園に入ってきた連中を一目見て、この間の不良グループだと分かった。人数は——あのときと同じく、全部で七人。

やはりそうだったか、と小さく舌打ちをした。

ああ、やっちまった。――完全なる勘違いだ。

ここ最近、公園に毎晩来ていた長髪の若者は、大河原の寝顔を勝手に撮影して逃げていった男とは、まったくの別人だったのだ。

なぜなら彼は――先ほど地面に落としたものを捜すときに、スマートフォンのライトを使っていなかったのだから。

辺りがこれほど暗いというのに、ライトをつけようとする素振りもなかったということは、ずいぶん前から壊れているのだろう。最終的に画面の薄明かりで地面を照らそうとしていたのもそのせいだ。ライトが使い物にならないのなら、スマートフォンで写真を撮る際に、フラッシュを焚けるはずもない。

若者は不良グループの一員ではなく、大河原に石を投げつけられた仕返しを目論《もくろ》んでいるわけでもなかった。それならなぜ――という疑問を口に出そうとしたとき、地面を探っていた彼が弾かれたように立ち上がり、公園を取り囲むフェンスに沿って、道路の方向へと早足で歩きだした。

俯いたまま立ち去ろうとする彼を、グループの中で最も長身の男が呼び止める。

「何だよお前、その態度はよ。俺たちと関わり合いになりたくないってか？」

明らかに酒に酔った口調だった。怯えたように立ちすくんだ長髪の若者に、柄の悪い男たちが笑いながら近寄っていく。後ずさった若者の背中がフェンスにぶつかった。すぐに三方を取り囲まれ、逃げ場を失う。

「別に、そういうわけじゃ」

暗闇を伝って聞こえてきた若者の声は、小刻みに震えていた。長髪に黒いパーカーという外見から想像していたより、ずっと頼りなげな口調だった。不良グループの連中も、大河原と同じ印象を抱いたらしい。「金。よこせよ」という、若々しさと危うさをはらむ声が、深夜の公園に響いた。

「えっ、いや」

「渋ってないで早く出せよ。俺ら、ちょっと飲み足りなくてさぁ」

「……財布、持ってきてなくて」

「嘘つけ。ポケットが膨らんでるぞぉ」

一人がおどけたように若者のパーカーを指差し、男たちが一斉に笑い声を上げた。大河原が思わず一歩前に進み出ると、手前にいた二人がこちらに顔を向けた。犯行現場を目撃されていることに気づいて慌てるかと思いきや、何の反応も示さずに若者のほうへと向き直る。

言いようのない怒りがわき上がった。

俺の目の前で、このままカツアゲを続けるつもりか。

ホームレスの存在など、空気同然とでも思っているのか。

警察に通報すべきか？　連中はあいつ一人に気を取られているから、全力で横を駆け抜ければ、北口商店街を抜けた先にある最寄りの交番までは辿りつけるかもしれない。

——いや、しかし。

俯いている若者の肩を、金髪の男がつかんだ。身体を強くゆすられた若者が、「本当に持ってないんです」と悲鳴に近い声を上げている。

その瞬間、大河原は全力で叫んだ。

「商店街に向かって走れ！　スーパーの軒下を通って、ドラッグストアの前まで。早く！」

突然静寂を貫いた大声に、不良グループの男たちが驚いてこちらを振り返る。若者も一瞬怯んだ様子だったが、絡んできた男の手を振り払い、一目散に公園の出口へと駆けだした。男たちの反応が、わずかに遅れる。

「おい、待てよ！」

七人の不良たちは、逃げ出した獲物を追って公園を飛び出していった。みるみるうちに、彼ら全員の姿が見えなくなる。

「いねえのかよ……俺にかかってくる奴は」

拍子抜けし、ぽつりと呟く。路上生活で疲労の溜まっている身体をこれ以上痛めつけられずに済んだのは幸運だったが、対等な人間として扱われていないようで、胸の奥がずんと重くなった。

これならまだ、彼らの怒りを買って病院送りになるまで殴られたほうが、自尊心が傷つかずに済んだかもしれない。

遠くから、誰かの雄叫《おたけ》びが聞こえてきた。平穏を取り戻した小さな公園の片隅で、大河原はゆっくりとベンチに寝転び、あの若者の無事を密《ひそ》かに祈った。


その後公園には、誰も戻ってこなかった。

あれほど強かった風は、朝方までにはすっかり止んだ。

*

「一週間連続で食べるもんじゃねえな」

そう吐き捨て、最後の一口をフォークで搦《から》めとる。胡椒《こしょう》の黒い粒がついたパスタをたっぷり数秒間見つめてから、ため息をついて口内に押し込んだ。

強すぎるニンニクとスパイスの香りに今はうんざりしていても、きっと明日になればまた同じデカ盛りペペロンチーノを買ってしまうのだろうと思うと、自分が嫌になる。何回失敗しても学ばない。それだからこんな人生を送ることになっている。家なし、金なし、娯楽なし、希望もなし。

誰かが公園に入ってくる足音がした。陽が落ちたばかりのこの時間にやってくるのは、毎日のようにペットを散歩させているサーファー風の中年男だろう。犬種は知らない。興味もない。俺でさえ小便はコンビニのトイレで済ませているのに、あの犬はいつも公園の中ほどまでやってきて、これ見よがしにフェンスにマーキングする。

足音が近づいてきた。外灯が点滅し、近くの地面に灰色の影が映る。——ああ、こっちに来るな。もう四日も風呂に入っていないから、相当に臭いぞ、俺は。

「あの」

頭上から声が降ってきて、顔を上げた。

想定していたペット連れの中年男の姿はどこにもなかった。代わりに、白いマスクをつけた長髪の若者が、目の前に立っている。

「ありがとうございました」

ぶっきらぼうながら丁寧さが垣間見える口調で言うなり、若者は大河原に向かって頭を下げた。

「この間は、助けてくれて」

「お前……」

フードつきの黒パーカーにジーンズという格好の若者を、呆気に取られて見上げる。三日前にカツアゲに遭っていた例の若者であることは外見からして明白だったが、なぜだかまるで別人のように思えた。常人ならざる危険なオーラを醸し出しているように見えたのは、深夜という時間帯のなせる業《わざ》だったのか。

「ここ、座ってもいいすか」

若者がそう言いながら、隣に腰かけてきた。大河原の了解を取るつもりはないらしい。真横に座るとこちらの体臭がさぞきついだろうに、彼が気にする様子はなかった。

長い前髪に半分隠された若者の顔を、ちらりと横目で見る。頬骨あたりの皮膚が、青黒く変色しているのに気づいた。

「それ、殴られたのか。あいつらに」

大河原が話しかけると、若者は顔をしかめて頷いた。

「ちょうどドラッグストアの前で追いつかれて、思い切りやられたんすよ。金を要求されたけど、まじで持ってなかったんで、出せなくて」

「財布がないってのは本当だったんだな」

「はい。取り囲まれて、殴る蹴るの暴行を受けて、もう死ぬかと思いましたけど、しばらくしたら騒ぎを聞きつけた警察官が交番から駆けつけてきて、あいつらは散り散りに逃走して。でも商店街の防犯カメラに、逃げる俺を集団で追いかけたり、シャッターのそばで暴行したりするシーンがばっちり全部映ってたらしく、今日無事に逮捕されたみたいです。一人残らず」

「そりゃよかった」寝顔を盗撮されたことを思い出し、不愉快な気分になりながら答える。「あんな迷惑な奴ら、捕まって当然だ」

「今日は、そのお礼を言いたくて。警察が飛んでこられたのも、あいつらに暴力を振るわれた証拠が残ったのも、あのときちゃんと指示してもらえたおかげなんで。『商店街まで走れ』って」

「俺はただ、あのへんに防犯カメラがあったのを覚えてただけだよ。あんまりにも暇で、よく散歩してるんでな」

「おかげで助かりました」

「いやいや、本当なら俺が直接通報すればよかったんだよ。でもこんな格好じゃ、俺のほうが不審者扱いされるんじゃないかと怖くてな」

大河原が薄汚れたTシャツを指先でつまむと、「さすがにそこまでしてもらう義理はないっすよ」と若者が初めて笑った。第一印象と違《たが》わず、顔色は相変わらず悪いし、目には光がないし、愛想がなく誤解されやすそうな喋り方をするが、悪い奴ではなさそうだ。

「あの」と、若者がためらいがちに続ける。「もしかして……俺、あいつらの仲間って思われてました？」

「そうだよ。この間まではな」

「やっぱり。金属バットで追い返されるなんて、ずいぶん警戒されてるなってびっくりしたんですよ。怖がらせたなら謝ります。実は俺――」

「受験生。だろ？」

三日前に尋ねようとしたことを、ようやく口に出す。若者は不意を衝かれた顔をしたのち、

「分かってたんすね」と恥ずかしそうに後頭部を掻いた。

大河原はリュックの外ポケットを開け、念のため保管していた例の薄い物体を取り出した。自分の掌の大きさほどの透明なそれを、隣に座る若者へと差し出す。

「ほら、これ。いくらでも別のを持ってるだろうが、まあ返しとくよ」

プラスチック製の赤い下敷きを、若者は目を丸くしながら受け取った。大河原が拾っていたのが予想外だったのだろう。暴風に吹き飛ばされたと思って、とっくに諦めていたはずだ。

あの夜、手元もよく見えない暗闇の中では、この長方形のプラスチック板の正体を特定するまでに時間がかかった。単語帳などについている、赤い文字を隠すための暗記用シートではないかと閃《ひらめ》いたのは、スマートフォンのライトの件で、この若者が不良グループの一員ではないと気づいた直後だった。彼が昼夜勉強し続けている受験生だという前提に立つと、公園内を歩き回り

ながら何やらぶつぶつと呟いていたのも、睡眠不足のせいで目の下に黒い隈ができていたのも、疲労を溜め込みすぎて足がふらついていたのも、すべて説明がつく。

「高校生が深夜にうろつくのはまずいだろ」

大河原がぼやくと、若者は赤い下敷きを両手で弄びながら答えた。

「そこは大丈夫です。浪人生なんで」

「なんで公園なんかで勉強すんだよ」

「暗記ものに取り組むときくらい、外の空気に触れたくて。一日中部屋に閉じこもってると、おかしくなりそうになるんですよ。夜なら通行人がいないから、気が散ることもないですし」

今は社会の底辺をさまよっている大河原にも、生徒の半数以上が大学に進学するようなレベルの高校に通っていた時代があった。予備校の模試でA判定を獲《と》っただとか、一日に十三時間勉強しただとか、そんなことを自慢げに話しては互いに対抗意識を燃やしていた同級生たちのことを、久方ぶりに思い出す。

進学という選択を考えたこともなかった過去の自分を思うと、浪人生だという目の前の若者が急に羨ましくなってくる。

その気持ちに折り合いをつけられないまま、若者のパーカーの前面についている大きなポケットを指差し、無理やり話題を引き戻した。

「暗記用の下敷きを持ってきてたってことは、そこに入ってたのは――」

「ああ、英文法の問題集です」

「でもよ、ここをうろついてる間、全然開いてなかったじゃねえか。下向いて、スマホばっか見てさ。ずっと息抜きしてたんだろ」

大河原が指摘すると、若者は心外そうに目尻を吊り上げた。

「何言ってるんですか。今はもう、勉強にスマホを活用するのが当たり前の世の中っすよ。特に暗記ものはアプリのほうが効率的だし、再学習のタイミングを勝手に通知してくれたりもするし。俺が行ってる予備校も、紙の問題集よりそっちを推奨してます」

「へえ……そうなのか」

「でも一冊だけ、赤シートで隠して勉強するタイプの本で、気に入ってる問題集があって。それを一応持ってきてたんすよね。どうせ外は暗いんだから、置いてくればよかったんですけど、スマホだけ持って外出しようとすると親にうだうだ言われそうで、それがめんどくて。だから赤シート、返してもらってよかったです。一枚しか持ってなかったんで。めんどいけどそろそろ親に話して新しいの買ってもらわなきゃなって思ってました」

だからあのとき、やけに一生懸命探していたのか、と納得する。

赤い下敷きよりスマホアプリ。これがジェネレーションギャップとかいうやつだろうか。いや、そもそも同世代の人間とも長らく個人的な付き合いをしていないから、世代というより、世間全体に後れを取っているだけかもしれないが。

「一つ訊いていいか」

「何です?」

「お前がただの受験生で、勉強に集中するために公園に来てただけなら、なんで俺に対して舌打ちしたんだ？　単にホームレスが不快だったからか？」

「え、俺、そんな失礼なことしました？」

「初めて会った日のことだよ。不良グループと入れ替わりでやってきて、こっちを見て思い切り舌打ちしただろ。あんまりにも態度が悪《わり》ぃから、あいつらの一人が戻ってきたと勘違いしたんじゃねえか」

若者はしばし考え込み、ああ、と膝を打った。

「公園に入ろうとしたら、タバコの臭いが思い切り残ってたからっすよ。俺、タバコがめちゃくちゃ苦手で。これじゃ公園で勉強できねえなと思って舌打ちした後、今出ていった奴らのせいだって気づいて、まあそれならいいやって」

「へえ、タバコが嫌いか。ちなみに俺は、つい最近までヘビースモーカーだったぞ」

「やめたんすか？　よかった。喫煙者の人って、吸ってないときも臭いが染みついてるじゃないですか。隣にとても座ってられないんで」

今の自分からはタバコよりよっぽど耐えがたい悪臭がするはずだが、おかしな若者だ。大河原が今もヘビースモーカーだったとしたら、この出会いはなかったのかもしれない。

不思議だった。長い間、他人との健全な関わりを断っていたからだろうか。目の前の若者と話しているこの瞬間が、なぜだか無性に楽しい。

「そうだ、あと一つ質問がある」

「どうぞ」

「何回目かに来たとき、明らかに俺めがけて歩いてきたことがあっただろ」

「ああ、『近づくんじゃねえ！』って怒鳴られて追い返されたときっすね。片手に金属バットを持って」

「あのときお前は、ポケットから何かを取り出そうとしてたよな。あれはどういうつもりだったんだ？　まさか俺と一緒に英語のお勉強をしたかったわけじゃあるまいし」

つまらない冗談しか言えない自分自身に辟易《へきえき》しつつ、若者に尋ねた。

すると彼は一転して怒ったような表情になり、手に持っていたスマートフォンを猛然と操作し始めた。地面に落として破損させたことがあるのだろうか、ライトばかりかカメラのレンズまでもが無残に割れている、年季の入っていそうなスマートフォンだった。

「これ、見てください」

若者が眉を寄せ、画面を突き出してくる。

映っていたのは、他でもない、大河原自身の寝顔だった。

ベンチで寝ているときに、不良グループの一人に盗撮されたものだ。フラッシュで顔全体が白く光り、口の端からだらしなく涎《よだれ》が垂れているのが見て取れる。

その写真の上に、『駅前公園のホームレス。マスクなしでコロナばらまき中！』という頭の悪そうな文章が表示されていた。

「あの後、ＳＮＳで回ってきたんです。この投稿、市内の十代の間ではけっこう拡散されちゃってるっぽくて。何の根拠もないのに、このホームレスはPCR検査で陽性だったらしいとか、ホテル療養を拒否して公園に居座ってるらしいとか、変な尾ひれまでついてるんです。屋外でマスクをつけてないってだけでこんなデマを流すなんて、バカげてますよね」

「これを……あいつらが？」

「だと思います。写真を撮られた覚え、あります？」

大河原は黙って首を縦に振った。市内に住む十代の間で投稿が拡散されている、という若者の証言には、思い当たるふしがあった。——うわ、あいつだ。近寄っちゃダメだよ。何かされたらヤバいって。

「だから俺は——」

若者がそう言いながらパーカーのポケットに手を突っ込み、乱暴に中を探った。ナイフや鈍器が入っているのではと勘繰った記憶が突如蘇ってきて、若者がポケットから手を勢いよく引き抜くと同時に、大河原は思わず仰《の》け反《ぞ》った。

「——これを、あげようと思って！」

眼前に突きつけられたそれを、呆然と見つめる。

大河原はゆっくりと手を伸ばし、若者の手から、真っ白い布マスクを受け取った。

次の瞬間、笑いが止まらなくなった。——こいつのポケットに、俺を襲うための凶器が入っている？　そんな妄想を繰り広げていた俺は、どれだけ考えが足りなくて、どれだけ人間嫌いをこじらせていたのだろう。

「どうもな」

仕事のとき以外はつけないというポリシーを曲げ、もらったばかりのマスクの紐を両耳にかけた。

「お礼を言われるほどのことじゃないっすよ。それ、何か月か前に政府から送られてきた、使い勝手の悪いやつだし」

「政府から？　そんなものがあったのか」

「それに俺だって、マスクしてない人がいる公園で勉強するの、フツーに抵抗あったし」

「正直だな」

「嫌な気持ちにさせたならすみません」

「実を言うと、マスクは一枚だけ持ってるんだ。でも使い捨てでさ。新しいのを買えるのがいつになるか分からねえから、ケチって普段はつけてなかった」

「マスクの値段、最近はけっこう下がってきてますけどね」

「そうなのか？」

「百円ショップとかでも、いろんな商品が出てきてるみたいっすよ。洗って何度でも使用できるウォッシャブルマスクとか、暑苦しさが軽減されるクールマスクとか」

まったく知らなかった。ネットカフェで暮らしていたとき以上に、社会から隔絶されているのを感じる。百円なら、今後はさすがに購入できそうだ。

しばらくマスクの価格下落について語っていた若者が、ふと首を傾げた。

「さっき、『ケチって普段はつけてなかった』って言いましたよね」

「そうだが」

「『普段』が今なら、『普段じゃないとき』って?」

「仕事中だよ」

「まじか。おっさん、仕事してたんだ?」

失礼なことを言われているのに腹立たしくないのは、どこの馬の骨とも分からないホームレスに布マスクを手渡そうとしていたこの若者の、近寄りがたい外見や無愛想な口調の奥に隠れた純真さを知っているからだろうか。

「家がなくたって仕事はできるさ。さあ、用が済んだら受験生は勉強に戻った、戻った」

「うわ、なんかムカつくな、大人にそういうふうに言われるのって。まるでうちの親だ」

「言ってくれる大人がいるだけ感謝すべきだな」

「もう少しこの公園で勉強してから帰ろうと思ってたんだけど」

「狭くて何もないこの公園のどこがいいんだか」

「めったに人が来なくて、邪魔が入らないところ。ま、この間のあれは例外として」

若者に言われ、大河原は大げさに肩をすくめた。

「俺みたいにここで寝るわけじゃあるまいし……ヘッドホンで音楽でも聴きながら、街を歩いたって同じことだろうに」

「それ、何度かやってみたんだけど、そのへんをぶらぶらしてるとすぐ職質されるんだよ。時間は無駄になるし、家に電話が行って親に怒られるし、受験勉強どころじゃなくなる」

「警察に目をつけられるのは、お前の髪が無駄に長いからだろ」

「だって、床屋に行く時間ももったいないし」

「それくらい根詰めて勉強してりゃ、合格間違いなしだな」

「どうかなぁ」

若者が自信なげに首をすくめた。その肩を思い切り叩くと、「いったぁ！　そこ、この間あいつらに殴られたとこ！」と喚《わめ》かれる。いつの間にか辺りが暗くなり、若者の表情が見えづらくなっていたが、こちらを見返す彼の目は、三日月形に笑っている気がした。

膝の上に広げっぱなしだったペペロンチーノの容器の蓋を、しっかりと閉じて立ち上がる。

「ここで勉強していくなら好きにしろ。あいつらが留置場にぶち込まれてる今、この公園はいつも以上に平和だしな」

「おっさんはどこ行くわけ？」

「コンビニだ。ゴミを捨てて、ついでに用を足してくる」

「なんだ、すぐそこか。じゃ、俺はここにいるんで」

「――そうだ」

大河原は一歩踏み出しかけた足を止め、ベンチの背もたれに寄りかかってスマホアプリを開こうとしている若者を見下ろした。

「マスクをもらったついでに……もう一つ、図々《ずうずう》しいお願いをしてもいいか？」

＊

「――で、その青年に、何を頼んだんだい？」

透明なアクリル板の向こうに座る老齢のカウンセラーが、興味津々に目を輝かせ、長机に身を乗り出してきた。

「当ててみてくれよ」

「もったいぶるねぇ」正木が可笑しそうに目元を緩め、腕組みをする。「洗い替え用にマスクをもう一枚ください、とお願いしたとか」

「それくらい自分で買うさ。百円なんだから」

「じゃあ、千円貸してもらったとか」

「図々しすぎるな。子ども相手にそんなこたしねえよ」

お手上げだ、と正木は早々にギブアップした。大河原は両手を腰に当て、コインランドリーで洗濯したばかりのポロシャツを見せつけるように胸を張った。

「スマホでハローワークの場所を調べさせてくれ、って頼んだんだ」

「ハローワーク……大河原さん、まさか！」

「あんたに言われたことを思い出したんだ。『住み込みの新聞配達なら、住居も職も同時に得られる』ってアドバイスをさ」

「ということは、これからは新聞配達員として？」

「違《ちげ》ぇよ。この歳になって新しい仕事を覚えるのは嫌だっつったろ。寮つきの建設作業員の募集があったんだよ。こないだ申し込みにいって、無事採用されたんで、明日からはそこで働く」

正木がおもむろに拍手を始めた。わざとらしくなく、あふれださんばかりの祝福に満ちたその仕草に、まんざらでもない気持ちになる。

「人の言葉が後から響くことってあるよな。ずいぶん時間が経ってから、そういえばあんなこと言われたなって思い返して、なんとなくその気になったりする」

「あるねぇ。大いにある」

アクリル板越しに互いの目を見て、にやりと笑いあう。

「というわけで、今日は礼を言いにきた」

ただでさえ混雑している『こころの相談室』に、それだけのために行っていいものかどうか、何日も迷っていた。しかしわざわざ自分への感謝を伝えにきてくれたあの若者のことを思い出し、足を運ぶことにしたのだった。

先日の武勇伝を事細かに語りたい、という目的もあった。あの若者の正体が、熱心に受験勉強をしている浪人生だったこと。不良たちにカツアゲされそうになった彼に、防犯カメラが確実に設置されている店の前まで逃げるよう叫び、その甲斐あって不良たちが暴行容疑で逮捕されたこと。そのことに感謝した若者が、再び公園を訪れ、新品の布マスクをプレゼントしてくれたこと。

その一つ一つを、正木は感嘆の声を上げながら聞いていた。「大河原さんは機転が利くねぇ。

とっさにそんなことを思いつくなんて、私にはとても無理だよ」と手放しに褒められたときには、サイズの小さい布マスクの下でにやけるのを止められなかった。

「あいつさ、ただのいい奴だったんだ。俺はハローワークの場所を調べてもらうだけでよかったのに、この時間は家族が仕事に行ってて誰もいないからって、俺を自宅に上げてシャワーまで浴びさせてくれてさ」

「なんとまあ、心根の優しい青年だ」

「受験生のくせに、俺なんかの世話にかまけてていいのかよって感じだよな」

「しっかりした子のようだから、きっと大丈夫さ。来年の春、彼のもとには必ずや桜が咲くはずだよ」

正木がしみじみと言い、換気のため開け放たれている窓の外を眺めた。

大河原も、そうなることを祈っている。

その思いをせめて伝えるため、『N』と刺繍されたあのお守りを渡した。布マスクのお礼にあげられるものが、それくらいしかなかったのだ。

大河原が縫い上げたはずもないレモン色の小さな巾着を前に、若者は戸惑った表情をしていた。しかし遠い親戚の娘が使っていた学業のお守りだと嘘八百を教え込むと、嬉しそうに受け取ってくれた――ということは、元の持ち主であるカウンセラーたちにはとても言えないのだが。

明日からは、新しい勤務先の寮に入る。場所は二つ隣の市だ。したがってあの若者には、二度と会うことがないだろう。この『こころの相談室』のカウンセラーたちにも。

「俺さ」

壁の時計をちらりと見ながら、大河原は正木に話しかけた。

「イチかバチかの人生は、やめにしようと思うよ。いつ沈むかも分からねえ筏《いかだ》に、死ぬまで乗り続けるわけにゃいかない。起死回生の大きな勝負に打って出るより、一日一日をじっくりと――そのほうが案外、性に合ってる気がしてきたんだよな」

「いいと思うよ」

そう言った正木は、慈愛に満ちた視線でこちらを見つめたのち、「とてもいいと思うね」と噛みしめるように繰り返した。

じゃあな、と席を立ち、大河原は相談室を後にした。

廊下の長椅子に座る順番待ちの客の一人が、興味のなさそうな一瞥をこちらにくれ、すぐに手元のスマートフォンへと視線を戻した。別の客は、待ちくたびれたように欠伸をしていた。

そういえば、せっかく買った金属バットを公園の叢に置いてきてしまったな、と思い出した。もはやどうでもいいことだ。今の自分にはもう不要なものだから、野球好きの小学生にでも拾ってもらえればいい。

古びた階段を下り、林立する窓口の脇を通り抜けて、爽やかな秋晴れの空の下に出る。

久しぶりに、〝生きている〟心地がした。

立倉市役所　２０２０こころの相談室　〜退庁前のひととき〜

夕暮れの赤い光が差し込む３０９会議室で、二人のカウンセラーが長机を挟んで向き合い、一日の業務報告と書類整理をしていた。

『相談シート』の束をクリアファイルにしまった正木昭三が、シャツの胸ポケットから私用のスマートフォンを取り出すや否や、興奮したように顔をほころばせる。

「やったよ、今度ようやく孫に会えそうだ！」

「娘さんの許可が下りたんですか？」

「とうとうね。『最近は感染者数も落ち着いてるし、会いにくる？』だそうだ。写真は毎日のようにアプリで見ていたんだが、このまま会えずに大きくなってしまったらどうしよう、その間に万が一こっちが死んでしまったらどうしようと、ずっと不安だったんだよ。ああ、嬉しい。楽しみで仕方ないよ」

喋るうちに、今にも泣きそうな口調へと変わっていく。「よかったですね」と晴川あかりが微笑むと、正木はマスクの下で深く息をつき、パイプ椅子に背中を預けた。

「ここで一生懸命働いているからかな。いいことをすれば、いいことが返ってくるんだ」

「確かにそうですね」と返した晴川の笑みが、ふっと消える。「正木さんは、犯罪を未然に防いだみたいですし」

「……何のことだ？」

　正木がきょとんとした顔をする。晴川は一瞬長机に視線を落とすと、ためらいがちに言葉を続けた。

「大河原さんは、さっき正木さんにこう宣言したんですよね。イチかバチかの人生はやめる。起死回生の大きな勝負に打って出るより、一日一日をじっくり歩みたい――と」

「そうだね。真面目に働くことを決めた彼の決意が表れている、とても前向きな言葉だと感じたよ。初めて来たときとは、どことなく面持ちも違う気がしたな」

「『大きな勝負』って……いったい、何を指していたんでしょう？」

「それはあれだろう、一気にお金を増やせる可能性のあるもの、つまり賭け事だよ。競馬や競艇、パチンコといったところかな」

「普通に考えたらそうですよね。あとは値動きの激しいハイリスクの投資とか。でも、少しおかしいと思いませんか。困窮していた大河原さんには、元手にする資金がほとんどありません。たとえイチかバチかで全財産を投じたとしても、起死回生と呼べるような、今後の人生を左右するほどの勝負にはならないのではないでしょうか」

「それはもっともだが……だったら何だろうねぇ」

　正木が首をひねる。彼の答えを待つことなく、晴川は一息に言った。

「大河原さんは――夜間、北口商店街のお店に不法侵入し、大金を手に入れる計画を立てていたんだと思います」

「何だって？」正木が目を剝いた。「不法侵入？　大金？」

「それを、正木さんと話す中で思いとどまったのではないかと」

正木が沈黙した。「商店街の店、というのは……」と呆然と呟いた彼に、晴川が淡々と答えを返す。

「私もこのあいだ初めて行ったばかりなので、全部のお店を覚えているわけではないのですけど……たぶん、時計店かアクセサリーショップじゃないかと思います。『大きな勝負』というからには、高価な商品を狙うつもりだったのではないかな、と。これに関してはあくまで私の推測ですが」

「どうして、大河原さんがそんなことをするつもりだったと思ったんだ？」

根拠は二つあります、と晴川が長机の上で両手の指を組み合わせた。

「一つ目は、大河原さんが公園を訪れた受験生を助けた際、加害者らを防犯カメラに映すため、スーパーの軒下を通ってドラッグストアの前まで走れ、と指示したことです。なぜ、この二つの店舗の軒下に防犯カメラが確実に設置されていることを、大河原さんは把握していたのでしょう？」

「このへんで生活するうち、たまたま目に入ったから……じゃないか？」

「正木さんは普段、商店街で買い物をされる際、わざわざ天井を見上げて防犯カメラの位置を確認しますか？」

「……いや、うん」正木が一瞬言葉に詰まり、反論する。「私はしないけれども……少なくとも、あそこにはありそうだと推測することはできるんじゃないか？　確かスーパーもドラッグストアも、万引きの被害額が非常に大きい業態のはずだ。今どき防犯カメラを設置していない店舗なんて、むしろないだろう」

「それはそうですね。ただ、シャッターの外にまで防犯カメラを取り付けている店舗が、果たしてどれだけあるでしょうか？　出入り口を監視する場合、店内から映すパターンもあります。夜間は機械警備を導入していれば十分と考えるオーナーも多いでしょう」

「確かに、防犯カメラの維持費はバカにならないと聞いたことはあるが……」

「それに、あの商店街には高級品を扱う時計店やアクセサリーショップがあります。防犯カメラの有無に賭けるなら、そちらのほうがより確実な気がしませんか？　さらに商店街を通り抜けた先には交番もあるんですよ。そこまで走れと指示したほうが、犯人逮捕の確率は上がります」

「青年の足では、交番まで辿りつけないと踏んだんだろう。その点、スーパーとドラッグストアは商店街の入り口側にあるからね」

「そのとおりです。つまり大河原さんには、夜間、商店街のシャッターが閉まっている時間帯であっても、そこまで行けば絶対に防犯カメラがあるという自信があった。となるとやはり、単なる推測ではなく、何らかの目的を持って目視でチェックしたことがあったのでしょう。例えば、逃走経路の下見のため、とか」

異論を述べ立てていたはずが、いつの間にか晴川のペースに呑まれていたことに気づいた正木が、呆気に取られたように目を瞬いた。

「逃走経路というと……深夜に時計屋かアクセサリーショップに不法侵入して、商品を盗んだ後の？　そんなまさか。防犯カメラを気にしていたのは、連日の空腹に耐えかねて、スーパーでパンでも盗ろうかと魔が差しただけかもしれないじゃないか。もしくは……もとから万引きの常習犯だったのかもしれない。あまり考えたくはないが」

「それは違うと思います。大河原さんが万引きの常習犯であるがゆえに防犯カメラの位置を普段から確認していたのだとしたら、『隣のコンビニに駆け込め』と指示したでしょうから。そのほうが公園から近いですし、毎日のようにコンビニを利用していた大河原さんが思いつかないはずがありません」

万引きの常習犯という可能性を晴川が否定したことにより、正木が安堵の表情を浮かべた。しかし晴川が言葉を続けると、その温厚そうな顔が次第に青ざめていく。

「二つ目の根拠は、金属バットを先月購入した、と大河原さんが話していたことです。自分の身を守るためと言っていましたけど、今は九月下旬で、不良グループとのトラブルが初めに起こったのが約十日前ですから、時期が合いませんよね。それならなぜ、何のために、大河原さんは金属バットを用意したのでしょう？　自衛のためだとしても、ポケットに入る大きさのナイフや防犯ブザーのほうが、身一つで路上生活をしている大河原さんにとっては所持しやすいはずですよね」

「まあ……一理あるが……」

「それなのにわざわざ金属バットを選んだのは、何かを壊すため、だったのではないでしょうか。つまり大河原さんがやろうとしていた『大きな勝負』とは、夜間に時計店かアクセサリーショップの窓ガラスを叩き割って侵入し、ガラスケースから高価な商品を盗んで大金に換えること
――」

「晴川さん」

急に、正木が低い声を出した。滔々と推理を語っていた晴川が、驚いたように口を閉じる。

娘ほどの年齢の臨床心理士を見つめる正木の目には、珍しく怒りの色が浮かんでいた。

「たったそれだけのことで、人を犯罪者だと決めつけたらダメだよ。防犯カメラの位置を知っていたのは、上を見ながら歩く癖があっただけかもしれない。金属バットを買ったのは、どうせなら暇つぶしに素振りでもしたかったのかもしれない。普段からよからぬことに手を染めていたならともかく、ただお金に困っているというだけで、そんな大それたことをしようとするはずがないじゃないか。いくら尊敬する晴川さんでも、今の発言は許せないぞ」

「……すみません。胸の内にとどめておくべきでした」

晴川は反省したように口ごもり、静かに帰り支度を始めた。窓から差し込む夕陽が、その色白の頬を朱《あか》く染めている。

会話がないままに、二人は机の上に並べていたクリアファイルを片付け、備品のアルコール消毒に取りかかった。

すべての作業が終わり、晴川が会議室の鍵を手にする。彼女がドアノブに手をかけたとき、背後に立っていた正木が気まずそうに口を開いた。

「さっきは……一方的に怒ってしまい、申し訳なかったね」

「いえ、私が悪いんです。正木さんには何でも話せるような気がして、つい憶測を――」

「憶測、じゃあないんだろう」

正木の穏やかな言葉に、晴川がはっとした顔で振り返った。

「考えてみれば、晴川さんがそんな杜撰《ずさん》な推理をするはずがない。何か他に気づいたことがあるんじゃないか？ よかったら、全部聞かせてほしい」

「でも……もっと不快な思いをさせてしまうかもしれません」

「いいんだよ。本人の前で秘密を暴き立てているわけじゃないんだから。この相談室における晴川さんのパートナーとして、また大河原さんの担当カウンセラーとして、持てる情報はすべて共有しておく必要があると、考え直したんだよ」

あくまで理性的に言う正木に対し、晴川はためらいがちに俯き、やがて身体ごと向き直った。

「どうしても……計算が、合わなくて」

「……計算？」

「ネットカフェで暮らしていた頃の、大河原さんの生活費です」

相談室の壁には、ホワイトボードが備えつけられていた。晴川が歩み寄り、黒い水性ペンを手に取ってキャップを外す。

「確か、大河原さんは週四回、建設現場で仕事をしていたんですよね。日給は八千円でしたっけ」

「そう言ってたな」

「だとすると、使えるお金は週に三万二千円。一日あたり約四千五百円ですね」

晴川が流れるように喋りながら、口にした数字をホワイトボードに書きつけていく。

「ネットカフェの宿泊費は、一泊二千円前後――どんなに安くても千五百円程度でしょう。そのほかに、『コンビニで毎日ロング缶を何本も』買って飲む費用が最低でも六百円。『外食だって我慢せず』にしていたのなら、食費は一日あたり千円以上かと。さらにヘビースモーカーだったということは、一般的なイメージからすると一日に二箱以上吸うわけですから、一箱五百円として千円。この時点で、四千五百円で足りるかどうか、ギリギリの計算です」

「うーん、確かになぁ」

「その上、大河原さんはたまに居酒屋に入ったり、オンラインゲームに思い切り課金したりもしていたと言っていました。パチンコや競馬も気が向いたら、と。浪費に充てるだけのお金が、いったいどこにあったのでしょう」

「毎日、という話じゃなかったのかもしれないよ。我慢せず行っていたといっても外食は数日に一回、酒を何本も買うのは給料をもらった日だけ。そう考えれば、一応成り立つんじゃないか？」

「その日暮らしということなら、まあそうかもしれません」

晴川はあっさりと正木の主張を認めた。だが次の瞬間、理知的な瞳に強い光を宿らせた。

「ただ、そうすると――いくらコロナが直撃したからといって、あそこまで生活水準を下げる必要があるでしょうか？」

「……え？」

「大河原さんは、緊急事態宣言発令後に、日雇いの仕事が週四日から週二日に減ったと嘆いていました。ということは、今の収入は週に一万六千円、一日あたり約二千三百円ということになります。それまでの生活費との差額は、せいぜいネットカフェ代程度なんですよね」

「あれ？　そうなのか」

「計算上は、公園に寝泊まりして宿泊費さえ浮かせれば、あとは以前とほとんど同じ生活ができるはずです。それなのになぜ大河原さんは、食費や衛生費を極端に節約し、依存性の高いアルコールやタバコを一切断ってまで、自分を追い詰め始めたのでしょうか」

「言われてみれば、なぁ」正木がホワイトボードを眺めながら顔をしかめた。「もしかすると彼は、今も昔も、ある程度手元にお金を残しておかないと不安になる性格なのかもしれないな」

「たぶん、そうなのでしょうね」

「生活保護の窓口に行ったときに、所持金が少なくないことを指摘されて申請させてもらえなかったとか、路上生活を始めた当初は持ち金を取り崩してタバコを買っていたとか、そんなことも言っていたしね。先のことを考えていないように見えて、意外と慎重派だったということか――って、ん？」

正木が言葉を切り、腕組みをして天井を見上げる。

「だとしたら……やっぱり変だな。外食や嗜好品を我慢しない生活をして、時には居酒屋やオンラインゲームにお金を落とした上、不測の事態が起きてもしばらく持ちこたえられるだけの貯金まで？　いったいどうやって捻出していたんだろう」

「仮に何とかやりくりできていたのだとしても、今の倹約ぶりを見ると、違和感がありますよね。なぜコロナ前まではそれほど心理的余裕があったのか、という疑問が生まれます」

「副業でもしていたのかな。それが、コロナでできなくなったとか？」

老人の無邪気な声が、会議室に響いた。

相対する晴川が目を伏せ、重々しく答える。

「副業……というと、語弊がありますけど。大河原さんは、人に言えない方法で、副収入を得ていたのではないでしょうか」

「人に言えない副収入？　まあ確かに、私たちには一言もそのことを話してくれなかったが……」

「さっき正木さん、こう言ってましたよね。『普段からよからぬことに手を染めていたならともかく、ただお金に困っているというだけで、そんな大それたことをしようとするはずがない』――って」

「そうだが……それが何か？」

問い返された晴川が、申し訳なさそうな顔で黙り込む。

その意味を理解した正木が、にわかに大きな声を上げた。

「ちょっと待ってくれ、晴川さん。さっきは違うと言っていたじゃないか。大河原さんは万引きの常習犯なんかじゃないって！」

「万引き、ではないと思うんです。……万引きでは」

そう言いながら、晴川が力なく首を左右に振った。

「ここで大河原さんと話をしていて、不思議に感じたことがいくつかありました。一つは、北口商店街のサマーセールやウィンターセールについて、大河原さんがやけに詳しかったことです。正木さんのように奥さんや娘さんに付き合わされたわけでもないのに、なぜセールのターゲット層ではない大河原さんが、具体的な値引き率を答えられたのでしょう？」

「確かに……三十パーセントオフとか半額で投げ売りとか、細かいことをよく知っていたね。あの熾烈《しれつ》な競争に参加するのは、ほとんどが女性のはずなんだが……」

「もう一つは、セール期間中の商店街の混雑ぶりを、『朝七時の満員電車』や『大学の学園祭』に喩《たと》えたことです。立倉市は都内への通勤圏内ですが、一時間半ほどかかるため、始業時間から逆算して朝七時前後が混雑のピークになります。なぜそれを、市内の建設現場で働いていて、長距離通勤とは縁のないはずの大河原さんが、当たり前のように知っているのでしょうか」

「ううむ……」

「最終学歴が高卒で、大学に行った親戚や友人などとの付き合いもなさそうだった大河原さんが、学園祭という例を挙げるのも不自然ですよね」

商店街のセール、満員電車、学園祭。

その共通点は――、と結論を述べようとした晴川を、正木がゆっくりと手で制した。

「人が多くて、簡単には身動きが取れないほど混雑しているところ。つまり――スリの格好の餌場、だね」

「……はい」

「思い出したよ。大河原さんはなぜだか、街に人が少ないことを快く思っていないようだった。飲食店のオーナーでもないのに、どうしてだろうと思ったんだよ」

――どこもかしこもガラガラだな。忌々しいコロナのせいで。

そう言い捨てたあのときの大河原に、二人のカウンセラーは無言で思いを馳せる。

ややあって、ホワイトボードに並んだ数字を眺めながら、正木が脱力したように呟いた。

「そうか……意外なところで、食い扶持《ぶち》を失った人がいたんだな」

ですね、と晴川が静かに相槌を打つ。

「だから彼は、一気に困窮してしまったんだね。イベントの自粛、テレワークや時差通勤の普及といったコロナ対策により、得意なスリを働くのに適した場所がなくなって、それまでどおりにお金を得る手段を失ったから……さらに本業の収入半減も重なって……」

「それで自暴自棄になって、『大きな勝負』に出ようとしたのだと思います。財布を掏《す》って少しずつお金を集めるという手段を断たれた今、いっそ一回の犯行で大金を得てしまおう、と。そのことを最近計画し、商店街を何度も歩き回って綿密に下調べをしていたからこそ、不良グループに目をつけられた受験生を救おうとしたときに、とっさに防犯カメラの正確な位置を叫んでしまったのではないでしょうか」

「ようやく分かったよ。大河原さんが頑なに警察を避けていたわけが」

神妙な顔をしている晴川を見下ろし、正木が小さく微笑んだ。

「スリの前科があったら余罪を追及されそうだし……それどころか、これから実行しようとしていた犯罪計画が台無しになりかねないものな」

「かもしれませんね」

「でも不思議だな。どうして我々のところには、相談にくる気になったんだろう」

「ここにやってきた時点で、心が揺れていたんだと思います」

正木の素直な疑問に、晴川が落ち着いた声で答えた。

「たぶん、相談の内容はどうでもよく、単なるきっかけにすぎなかったのでしょう。ただ、誰かに寄り添ってもらいたかった。良心がうずいていた。イチかバチかの大それた犯罪なんかするな、これを機に更生して真っ当に生きろと、背中を押してもらいたかった」

「私は……少しは役に立てたのかな」

「大河原さんに布マスクをあげた受験生の男の子の、半分の半分くらいは、力になれたかもしれませんね」

晴川の悪戯っぽい言葉を聞き、はは、と正木が豪快に笑う。

「半分の半分の半分、だろうさ」

「そのまた半分、だったりして」

「十六分の一か。妥当なところかもしれないな」

「つくづく思います。カウンセラーって無力だなぁ、と」

「晴川さんが以前、教えてくれたじゃないか。カウンセリングとは、相談者が自分自身と対話する場なのだと。私たちはただ、彼らを映し出す鏡になればいい」

「ええ。限りなくピカピカに、いつでも磨いておきたいものですね」

つられるように目元を緩ませた晴川の顔を、最後にひときわ強く照らし、朱色の陽光は影を潜めていった。

誰もいない廊下に出ていく二人の足音がする。

やがて相談室は、夜の闇に覆われた。

第五話

岩西創（19）

岩西創《いわにしはじめ》、十九歳。

生きる気力を失った。

◇

これから数十年続く人生に、果たして何の意味があるのだろう――。

気がつくと、そんなことを考えている。机に向かって。ノートパソコンを前に。シャーペンを持ったまま。何度も、何度も。

机の端に伏せてあるスマートフォンが、ヴ、と音を立てた。反射的に手に取って、通知を確認する。妹からだった。

『そういえば大学ってどんな感じ？　楽しい？　コロナの影響ってけっこう出てる？』

間が悪すぎる――と、スマートフォンを机に叩きつけたくなった。妹は悪くない。それは分かっている。あいつは大学のことを何も知らないし、行く気もないのだろうから。単なる日常の一欠片《ひとかけら》、暇な時間を埋めるためだけの、他愛もない雑談。そういうつもりで、このメッセージを送ってきている。

未読スルーを決め込もうかと思ったが、後で返すのもそれはそれで面倒だった。トーク画面を開き、親指を素早く画面上に滑らせる。

『楽しいわけあるかよ。リモートだぞ』

『そっかー。高校はもう対面になってるのにね。どうして大学だけ？』

『知るかよ』

『今なにしてるの？』

『授業中』

『そっかー』ここで会話終了かと思いきや、まだ続きがあった。『今日帰ったら、炊き込みご飯作るんだ〜』

『旨《うま》そうでいいな』

『でしょ？　秋の味覚。最近お母さんに料理教えてもらってるんだ。よかったら今度食べにこない？』

これ以上、妹のどうでもいいメッセージに付き合う暇はない。再びスマートフォンを机の端に伏せ、パソコンの画面に目をやった。先ほどから流しっぱなしにしていたオンデマンド授業の動画は、いつの間にか再生終了していた。

またただ。ちっとも頭に入っていない。もう一度学習し直すべきなのだろうが、そんな気も起きない。

ノートパソコンのタッチパッドに触れる。動かそうとしたマウスポインターは、画面の右下にあった。『2020/10/01』という日付表示に殺意がわく。二〇二〇年。俺の希望のすべてを奪っていった、忌まわしい年。

——コロナの影響ってけっこう出てる？

——出まくりだ。

妹の無神経な質問への答えを心の中で吐き捨て、創はインターネットブラウザを閉じた。っていうか今、お前も高校の授業中だろ——と今さらのようにため息をつきながら、なまった筋肉を奮い立たせて椅子から立ち上がり、万歳の姿勢で思い切り背筋を伸ばす。三時間に一度はこうして身体をほぐさないと、とてもじゃないが神経を正常に保っていられない。

窓際に置いてあるデジタル時計が目に入った。ここにも日付が表示されている。目を逸らそうとしたところで、『14:56』という時刻が気になった。

あと四分で、午後三時。

あの界隈《かいわい》とはもう関わるつもりがないし、ただでさえ忙しいから無視を決め込もうと思っていたのだが、せっかくなら休憩ついでに、《犯人》を突き止めてやることにするか——。

気まぐれに、スマートフォンで連絡先を調べた。固定電話番号しか載っていないことに腹が立つ。体質、古すぎ。今どき窓口なんてチャットでいいのにさ。仕方なく発信ボタンを押し、部屋の真ん中に仁王立ちになったまま、スマートフォンを耳に当てた。

『はい、立倉市役所、《２０２０こころの相談室》のハルカワです』

聞こえてきたのは、害のなさそうな女性の声だった。ホームページに載っていた晴川というカウンセラーかな、とその珍しい苗字を思い出す。

「ええと、すみません。今日の三時に、そちらの相談室に行くようにって、昨日メールをもらったんですけど」

『メール、ですか？　当相談室から送信されたものでしょうか』

「いえ、捨てアドっぽいフリーメールから、匿名《とくめい》で。変な文面だったんで、しょうもない悪戯だと思うんですけど……そのへんにいませんか？　僕がやってくるのを待ち構えてそうな人」

『当相談室を目印に、どなたかとお待ち合わせをされている、ということですね』

「まあ、そういうことになりますかね」

『差し支えなければ、お名前を伺ってもよろしいですか？　もし廊下でお待ちの方がいるようでしたら、お声がけしてみますので』

そう言われ、躊躇《ちゅうちょ》する。『じめりん』というバカみたいなハンドルネームが頭をよぎったが、あいつらにはいつだったか本名を教えてあったことを思い出し、胸を撫で下ろしながらフルネームを名乗った。

一瞬の間があり、電話の向こうの声に戸惑いの色が混じる。

『岩西創さん、ですか？』

「そうですけど」

『三時から、相談のご予約をされていますよね』

思わず「は?」と返す。カウンセリングの予約など、しているわけがない。

「もしかして……僕を呼んだのって、あなたですか?」

『え?』

違うようだ。このカウンセラーはシロと心の中で判定し、質問を変える。

「その予約ですけど、人違いってことはないですかね? 同姓同名の別人とか」

『ホームページの問い合わせフォームから、事前にいくつか情報をいただいてまして……イワニシハジメさん、下の名前の漢字は創意工夫の『創』、現在十九歳で、立倉市緑町《みどりちょう》にお住まい……ではないですか?』

怖いくらいに合っている。

誰かが自分の名前を騙って相談室に予約を入れたのだ、と確信した。よくよく考えれば、限定アイテムやイベントチケットの物々交換をするため、あいつらとやりとりしているグループチャットで住所を教えたこともあった。その情報を悪用されたのだ。

予約した覚えがない旨を伝えると、晴川という名の女性カウンセラーは申し訳なさそうに謝ってきた。ホームページ経由の予約は最近になって受け付け始めたのだが、アカウント登録や本人確認の手順を踏む必要はなく、その気になれば誰でも他人を装って予約を入れることができるのだという。

つまり、創の名を使ってカウンセリングの予約を取った《犯人》を特定する術はない、ということだ。裁判でも起こさない限りは、と晴川は遠慮がちに言い添えたが、そこまでするほどの内容でもない。

「別にまあ……そういうことなら、仕方ないっすね」

『お役に立てずごめんなさい。それと、やっぱり廊下には誰もいらっしゃらないみたいです。この十月から完全予約制になって順番待ちの列がなくなったので、どなたかお待ちの方がいれば、すぐに分かるはずなんですけど……』

「いえいえ、僕の知り合いが迷惑をかけたみたいで、こちらこそすみませんでした。じゃあ、失礼しま——」

『あの』とスピーカーから聞こえてくる声に呼び止められ、創は耳から離しかけたスマートフォンを元の位置に戻した。『カウンセリング、受けていかれなくて大丈夫ですか？』

「はい？」

『予約自体は取れてしまっているので、もし岩西さんがご希望されるなら、と——あ、すみません、せっかくならと思って、念のため伺っただけなんですけど』

「でも僕、すぐには行けないですよ。今、家なんで」

『ちょうど今週から、ビデオ通話での相談も受け付け始めたところなんです。もちろん、もし岩西さんさえよければ、このままお電話でのご相談でも』

カウンセリングを受けようなど、考えたこともなかった。しかし晴川の思いがけない提案は、創の心にいともたやすく染み込んできた。

自分が生きる意味——。

先ほども浮かんだ疑問が、再び頭をもたげる。明日を迎え続けることへの失望感が、じんわりと胸の中に広がった。

どうせなら、と思案する。

ここは一つ、不満を吐き出すだけ吐き出してみようか。

独りよがりな悩みだ。誰かに話す価値など微塵もない。それでも、あまりに気分が落ち込んだ夜に、鬱だとか、死だとか、そういう不穏な言葉がまったく脳裏をよぎらなかったといったら嘘になる。電話代は父親持ちだし、ちょっとくらいなら別に文句は言われないだろう。

『家から出られないことにお悩み、ですか？』

電話の向こうから、耳に心地いい声が聞こえてきた。

「えぇっと……それも、書いてあったんですか？」

『はい。引きこもり状態になっている、と』

「別にそんなんじゃないですけど」といったん否定したものの、日々の生活を思い返し、ほぼそれに近い状態にあることに気づく。

あいつらと繋がっているビデオ通話アプリに、確か相手のログイン状態が確認できる仕組みのものがあった。バックグラウンドで起動し続ける設定を、アプリを使わなくなった今も変えていなかった気がする。このところ日中は常にノートパソコンを立ち上げているから、そのせいで終始オンラインの表示になり、普段まったく出歩いていないことがバレたのかもしれない。

『オンライン講義ばかりだと、気分も落ち込みますよね』

「ああ……はい。マンションの狭い部屋で、動画と睨めっこして、勉強ばかりしてるんで」

『大学に入っても、他の学生と交流できず、サークル活動も大きく制限されるとなると、楽しみが少ないですよね。通学時間が浮くぶん、身体への負担が減るとはいえ』

晴川の言葉に、思わず苦笑した。予約フォームに職業欄でも設けられていたのだろうか。ここまで個人情報が伝わっているのなら、話は早い。

机の前の椅子に腰かける。顔の見えない相手に、日常のストレスを心ゆくまでぶつけてやろうと、創は大きく深呼吸をした。

そして言葉を吐き出す。半ばやけっぱちに、勢いよく、そして多少は電話代を気にして、簡潔に。

「生きるのが、面倒になってきたんです」

いつだって、灰色の人生だった。

小学校ではいじめられた。中学では存在を無視された。高校では鼻で笑われた。俺が暗いからか。口下手だからか。空気を読めないからか。冗談を言えないからか。頭が悪いからか。顔がよくないからか。私服のセンスがないからか。

それを劇的に変えられるのが、大学だと思っていた。足の引っ張り合いばかりが得意な地元の奴らとは、金輪際縁を切る。これまでの俺を知らない、真面目で優秀な学生たちの中で、理想的な人間関係を一から築き上げてやる。生まれ変わるチャンスだ。人気者になりたい。意識が高いと言われたい。もっと広い世界を見たい。インターンやボランティアに参加したい。海外にも行ってみたい。そのために猛勉強して、俺を嘲笑っていた教師や同級生を見返し、この狭くてつまらない街から、胸を張って羽ばたいていってやる。

そんな明るい未来を夢見て、自分を追い込んで、追い込んで、追い込んで、追い込んできたのに。

——何だよ、これ。

「なんで大学だけ、いつまでも対面授業が再開しないんですかね？　学費や施設費を払ってるのにキャンパスにも行けず、自宅でオンライン講義を受け続けるだけ——首都圏出身だからまだいいですけど、地方から上京して一人暮らしを始めた大学生の話なんかを聞くと、あまりにもかわいそうですよ。そういや退学者も急激に増えてるんですよね？　コロナの煽りでアルバイトのシフトも減らされて、学費や生活費が足りなくなって」

『小中高に比べると、対面授業の必要性が低いと思われてしまっているのかもね』晴川はいつの間にか、堅苦しい敬語を使わなくなっていた。『大学ごとの裁量が大きいのも、原因の一つなのかも』

「意味分かんないっすよ。アメリカとかでいろいろ開発してるみたいですけど、ワクチンも結局、いつ接種できるか分からないじゃないですか。せっかく大学に入っても、卒業するまでに状況が改善する保証はない。コロナのせいで就活だってヤバいかもしれない。じゃあ大学の意義って何です？　学問を究めるためだけに大学に行く学生なんて、この日本にどれだけいるんですかね」

『人間関係を広げる、社会人になったらできないことに挑戦する——大学時代の有意義な時間の使い方は、無限にあるものね。本来なら』

「そうなんです。もし在学中にコロナの状況がましになったとしても、大事なのは入学直後、新歓の時期だってよく聞きます。スタートダッシュに失敗したら、もう友達もできない。人との繋がりの輪を広げられないんですよ。大学生活なんて、一生で一回きりなのに」

晴川は終始落ち着いた口調で、創の不満に寄り添い続けた。もうどうだっていいや、と創が明後日《あさって》の方向に投げた剛速球も、懸命に捕まえてきて、丁寧な手つきでそっと投げ返してくれる。

その緩い放物線が、固く閉じていた創の心を少しずつほぐしていった。

柄にもなく熱弁してしまったことが急に恥ずかしくなり、最近部屋に一人でいるときに何度も頭に浮かぶ台詞で、とりとめもない相談を総括する。

「なんていうか……こんな生活がずっと続くくらいなら、別に今すぐ死んだって、何も変わらないんじゃないかなって、思ったりするわけです」

『それは絶対にありません』

驚くほど強い口調で、晴川が言った。

晴川はそれきり、言葉を続けなかった。そのせいだろうか、彼女が最後に放った言葉が、静寂とともに、耳に深く沈み込んでいった。

流されるがままに「次回の予約」を取り、カウンセリングは終了となった。

狐《きつね》につままれたような心地で、画面上の赤いボタンを押して通話を切る。かれこれ三十分近く話していたようだった。来月、携帯電話会社の請求を見た父に雷を落とされるかもしれない。

晴川が向こうから電話をかけ直すことを提案してこなかったのは、創が二度と電話に出ない可能性を危惧《きぐ》したからだろうか、とぼんやりと考えた。

で——結局、《犯人》は誰だったのだろう。

匿名メールの送り主。創の名前を勝手に使って相談室の予約をした人物。百パーセント、同一人物の仕業だ。

こんなことをした目的もよく分からない。指定時刻に相談室に連絡すれば何かが起こると予想していたのだが、結局カウンセラーに愚痴を吐き出しただけで終わってしまった。もしかして、電話相談ではなく、直接現地に足を運ばなければならなかったのだろうか。ただ、創を待ち構えていると思《おぼ》しき人物の姿はなかったというし、なんだか不可解だ。

脳内は依然として疑問符だらけだが、《犯人》の属するコミュニティだけは、おおかた予想がついていた。

『オートマチックG-1、さあ決闘だ！　明日午後三時、立倉市役所の《こころの相談室》にて君を待つ。レッツフライハイ！』

昨日届いたメールは、『地球警備隊《ちきゅうけいびたい》☆グラヴィティロボ』に出てくる台詞をもじったものだった。『オートマチックG-1』は、地球警備隊の長を務めるロボットで、作品の主人公。『レッツフライハイ！』は、そのG-1の決め台詞の一つ。

創がここ数年のめり込んでいたロボットアニメだ。制作側がターゲットにしているのは小学生以下の子どもたちだが、地球を外敵から守るために戦うロボットたちが無人島に不法投棄された産業廃棄物から生まれたという設定や、地球の重力をエネルギー源とするロボットたちの仕組み、本来憎むべき人間たちと一致団結して戦闘に臨むうちに徐々に打ち解けあっていくストーリー展開など、見れば見るほど細かい部分がよく練られていて、中高生以上のファンも相当数いる。

創もその一人だった。――一年前までは。

実を言うと、もう熱が冷めているのだ。新しく始まった『屋上《おくじょう》カフェタイムくらぶ』という日常系学園アニメの出来がよく、密かにそちらに浮気し始めたところ、すっかり虜になってしまった。部屋中に飾っていた『グラロボ』のプラモデルをフリマアプリで売り払い、そのお金で『屋カフェ』のポスターやアクリルフィギュアを購入したことは、『グラロボ』コミュニティのメンバーには伝えていない。

SNSで知り合った『グラロボ』ファン四名とは、三年ほど前からグループチャットやビデオ通話アプリでやりとりする仲になっていた。今でもアニメの放送があるたびに、グループチャットが盛り上がっている。創はそれを流し読みしつつ、たまに名指しで話題を振られると、後ろめたい気持ちを抱えながら、ボロを出さないように無難な返事を書き込んでいた。チャットを退会するという選択肢もあったが、濃い付き合いをしてきた彼らとの三年間を思い返すと、無言で抜けるような真似はできなかった。

コロナの感染拡大が始まる直前の昨年十二月には、初のオフ会も企画された。そのときは大学受験を理由に断った。実際、たとえ熱が冷めていなかったとしても、参加している場合ではなかった。

彼ら四人とは、本名や住所、メールアドレスなどの個人情報に加え、大学に受かった、バイトの面接に合格したといったライフイベントまでも共有しあう仲だった。ネット上の付き合いとはいえ、全員同年代ということもあり、気を許していたのだ。しばらく発言しないと『じめりん、最近どうよ？』などと誰かが書き込むものだから、受験結果や今の生活状況についても事細かに報告していた。

こちらのプライベートな情報をよく知っている上、『グラロボ』の知識に精通していて、おそらく創が今も作品のファンであると信じ込んでいる、となると《犯人》はどう考えても四人の中にいるはずで、そのうちの誰かが今日、相談室に姿を現すものと思っていた——のだが。

手に持ったままだったスマートフォンを操作し、グループチャットを呼び出した。自分から書き込むなど久しぶりだ。文面を何度も打ち直し、ようやく送信する。

『じめりん：突然だけど、なんか、俺に変なメール送った人、いる？　困ってんだよね』

ものの数秒で、四人中三人からメッセージが返ってきた。

『暇人戦士：え？　何それ』

『田中ぬ。：送ってないない』

『TARO：変なメールってどゆこと？』

メールのスクショを貼って経緯を説明すると、『こころの相談室？』『悩み相談とかできるとこか』『何にせよ、お大事に』などというリプライが送られてきた。近々オフ会などを開催する予定もなかったという。てっきり、普通に誘ってもノリの悪い創は来ないだろうからと、匿名でメールを送って相談室に現れるのを待ち伏せし、カウンセラーに呼ばれるのを見届けて顔と名前を確実に一致させてからサプライズで声をかける――といった回りくどい計画を立てていたのかと勘繰ったのだが、少なくとも認めるつもりはないようだ。

リアルタイムで反応がなかった『水たまり』は、他の三人に比べると発言回数も少なく性格も生真面目そうで、ドッキリ計画の首謀者にはなりそうにないタイプの男だった。そもそも九州在住で、創の住む立倉市とはこれっぽっちも縁がないはずだ。

スマートフォンから顔を上げた。五畳の広さの部屋に、窓から西日が差し込み始めている。窓の手前には『屋カフェ』のキャラクターたちの限定グッズが並んでいた。

創がアニメを追いかけ始めたのは、中学生の頃のことだ。この趣味が家族に理解されているとは言い難いが、小遣いの範囲でやっていることだからと両親には黙認されてきた。ポスターを部屋中に貼っても、いきなり家にグッズが山ほど届いても、驚いた顔をされるだけで、文句を言われることはなかった。「このフィギュア、いくらしたの?」などといちいち言及していたのは妹くらいのものだ。その妹も、このマンションに引っ越してきた頃に何度か物珍しげに部屋に遊びにきたのを最後に、ここには足を踏み入れていない。

窓際のデジタル時計の表示は、いつの間にか『15:47』になっていた。

一時間近くも無駄にしてしまったことに苛立ちを覚えながら、ノートとシャーペンを引き寄せ、次の講義動画を再生し始める。

オンライン授業には、録画された動画を視聴するオンデマンド型と、リアルタイムで講義を聴いてその場で質問や発言もできる双方向型の二種類があった。割合は前者が圧倒的に多い。システムや通信のトラブルを心配しなくてもよく、講師側が楽なのだろう。金を払って授業を受けている身としては、正直、たまったものではない。

単調な時間が、創の壊れかけの精神を嬲《なぶ》るようにゆっくりと過ぎていき、やがて夜になった。夕飯は冷凍ピザで済ませ、また部屋にこもる。

以前は食事をしながら息抜きにアニメを視聴していたが、最近はとうとう『屋カフェ』さえ見たいと思わなくなった。ＳＮＳのチェックもおざなりだ。タイムラインを流し読みするくらいで、本腰を入れて情報収集する気にならない。コロナが流行りだし、一日のほとんどを自室で過ごすようになってからというもの、あらゆる物事に対する気力の減退が著しかった。

つまらない。

あまりにつまらない、毎日――。

「ああっ、くそ！」

むしゃくしゃして、頭を掻きむしりながら叫ぶ。その直後、共用廊下の方向から足音が聞こえてきた。しまった、と下唇を嚙む。父が仕事から帰ってきたようだ。

案の定、玄関の鍵が開く音がした。廊下を歩く足音が近づいてきて、部屋のドアがノックされる。創の返事を待たず、スーツ姿の父が顔を出した。

「おい、聞こえたぞ。近所迷惑になるから、大声を出すのはやめろ」

「……はいはい」

仕事ばかりで他人に興味のない父に、現状を訴えても無駄だ。子どものストレスがいくら溜まっていても、父はさりげなく見て見ぬふりをするだけで、具体的に対処しようとすることはない。父との二人暮らしは、息が詰まる。

元はと言えば、自分で選んだことだった。会社員の父が、都心への通勤が便利な駅徒歩二分のマンションを借りるというから、一緒に住むことにしたのだ。そのほうが大学に通いやすく、後々メリットが大きいと判断した。

その判断は間違ってはいなかったと思う。だが今は、一刻も早くここを出ていきたかった。金銭的に自立できるようになったらすぐに、一人暮らしを始めるつもりでいる。

創にとっての家族とは、その程度のものだった。子どもが大人になるまで閉じ込められるハコに過ぎない。成長するにつれて、関係はどんどん希薄になっていき、それで特に問題は起こらない。

父も同様に、子どものことを、食事を与えておけばいい存在くらいにしか思っていないようだった。そうでなければ、受験勉強に励む息子に、あんなことを突然命令するはずがない。

――大学は国公立に行ってくれ。私立はダメだ。予備校も、もし行かずに自主的に勉強できるなら、できれば今すぐやめてほしい。

もともと第一志望は国公立だったから、受験科目が変わるなどの問題はなかった。だが、私立に進学できないとなると背水の陣になる。予備校を途中でやめるのもありえない。さすがに頭にきて、声を荒らげて理由を問いただしたが、父は「それは改めて話す」「私大を滑り止めとして受けるぶんには仕方ないから許すが、なるべく入学金や学費の安いところを」「じゃあ予備校はそのままでいい」とだけ言い、詳細をまったく語らなかった。

あれからずいぶん時間が経った。理由は未だに聞かされていない。数十万、数百万円単位の金が必要になったのだろうが、いったい何をやらかしたのだろう。怪しい投資話に騙《だま》されたのか、借金の連帯保証人を引き受けて債務者に逃げられてしまったのか。今のところ日常生活への甚大な影響はなかったが、父の貯金額などを一切把握していない創にしてみれば、いつ家計が火の車になるかと内心気が気ではなかった。

それも、ストレスの原因の一つかもしれない。

「創」

ドアの方向から、再び父の声がした。まだそこにいたのかよ、と悪態をつきそうになりながら、

「何?」とぶっきらぼうに返す。

「この間も話したが、今度四人で食事に出かけないかって、お母さんが言ってきてるんだ。お互い忙しいだろうから、そのへんのレストランでランチでもどうか、だと」

「はあ?　ランチ?」

能天気に何のつもりだ、と叫びだしたくなるのをなんとか抑え、淡々と言葉を続けた。

「嫌だよ、コロナには絶対に感染したくないし。行くなら三人で行ってきて」

「俺だけ参加したって意味がないだろ」

「意味ないことないだろ、父親なんだから。こっちは忙しいし、話すことなんて何もないんでパスで」

「お前、いつ言う気なんだ？　お母さんたちに」

父の質問に、全身が凍った。

背中を丸め、パソコンにかじりつくふりをする。

「……まだ。時期が来たら」

「いつまでも隠してはおけないぞ」

「分かってるって」

「食事、行かなくていいのか？」

「だからパス。今は無理」

ややあって、父の静かな足音が、ダイニングのほうへと遠ざかっていった。

一人になった部屋の中で、また、心が荒《すさ》み始める。

食事会だって？　ふざけるな。俺は忙しいんだ。忙しく、実のある日々を送っていなければならないんだ。たとえ今はそう見えなくても、本来なら。

人気者になりたい。意識が高いと言われたい。もっと広い世界を見たい。インターンやボランティアに参加したい。海外にも行ってみたい――。

今日、顔も知らないカウンセラーに電話で熱弁した〝理想の大学生活〟の内容を思い出し、急に吐き気がした。

インターン？　ボランティア？　俺はそんなことを本当にするつもりだったのか？　いくら陽キャみたいな真似をしたって、人間の本性はそう簡単に変わらないんだぞ。

顔を上げると、制服姿のアクリルフィギュアたちがこちらを見返してきた。その横には缶バッジも並べてある。そのへんを歩いている見知らぬ人を無作為に選んで連れてきて、この部屋に暮らす十代男性はどんな人物だと思うかと尋ねたら、どんな答えが返ってくるだろう。テニスサークルの代表？　体育会系運動部の主将？　ＳＮＳや動画投稿アプリで大人気のインフルエンサー？　そんなわけがない。

――俺は、コロナを言い訳にしているだけなのだ。

そう気がついた途端、身体中の力が抜けた。理想と現実が乖離《かいり》しすぎている、自己矛盾だらけの人間。というか、もはや何が理想なのかも分からない。守りたい人もいない。守られたい存在もいない。人生で成し遂げたいこともない。追究したい学問もない。アニメは好きだが、アニメしか趣味のない自分は嫌いだ。今の生活が理想から程遠いことだけは確かで、でもどこから修正していけばいいのか見当がつかず、漠然と、変化のない未来を恐れ続けている。

いっそ、今夜にでも首を吊ってやろうか。自分が命を絶ったところで、明日からの日本に影響はないわけだし――などと三割ほど本気で考えたとき、机の端に置いていたスマートフォンが、耳障りな振動音を立てた。

手に取って新着通知を見た途端、ため息がこぼれた。

『オートマチックG―1、卑怯者《ひきょうもの》め！　今度こそ決闘だ。一週間後の正午、立倉駅南口の《銀時計前》で、戦闘形態となり君を待つ。レッツトランスフォーム！』

開いたメールの文面は、またも拍子抜けするような代物だった。『グラロボ』が悪いのではなく、大して練った形跡もない文章を匿名で送ってくる《犯人》の精神性が、どうしようもなく幼稚だ。

先ほどグループチャットでそれとなく不満を伝えたというのに、誰がこんな嫌がらせのような真似をしているのだろう。同人創作もしているという『暇人戦士』か。立倉まで一時間以内で来られる距離に住んでいる『田中ぬ。』か。いや、一番年齢が若くて向こう見ずなところのある『TARO』かもしれない。分からない。未だグループチャットに現れる様子のない『水たまり』だけは違う、と思うのだが。

卑怯者、という言葉からして、メールを送ってきた《犯人》は、創が立倉市役所に姿を見せなかったことに腹を立てているようだった。

誰だ。誰なんだ。決闘って何だ。俺に喧嘩でも売るつもりなのか。

スマートフォンを触ったついでに、何の気なしにSNSのアプリを開いた。『屋カフェ』専用アカウント、主に高校時代の知り合いと繋がっている『表』アカウント、適当な愚痴を吐くための『裏』アカウントの三つを切り替えながら、それぞれのタイムラインを流し読みしていく。

途中で、写真が目に入った。『やっぱこいつらサイコー！』という短い一文とともに、どこかの河原に八人ほどの男女が集まってバーベキューをしている様子がアップされている。『表』アカウントで相互フォローになっている、高校の同級生による投稿だった。

写っているのは全員、高三のときのクラスメートたちだった。いけ好かない奴ばかりだ。幾人かはマスクを外し、残りの奴らも顎まで下げ、缶チューハイを持ったまま、もう片方の手で陽気にピースサインを出している。

途端に腸《はらわた》が煮えくり返った。——こいつら、正気か？　コロナ禍なのに。しかも堂々と酒を飲んでいる姿を見せつけて、それをSNSに上げて。お前ら全員二十歳以上とは言わせないぞ。

カメラに一番近い位置で、肉を咥《くわ》えたままおどけた顔をしている茶髪の男子の顔を見た瞬間、高校時代の忌まわしい記憶が蘇ってきた。あの日、あのとき。創の筆箱が床に落ちてしまい、『グラロボ』の絵柄のボールペンが足元に転がってきたのを、拾い上げようともせずに一瞥して鼻で笑った、バスケ部のあいつ。

突如、ある可能性に思い当たった。

もしかすると——《犯人》は、この元同級生なのではないか？

創の趣味を知っていて、根暗のオタクだと内心見下している。当然こちらの本名や年齢は知っているし、地元が同じなのだから、住所を突き止める術もあるはずだ。例えば、このマンションに出入りする創を見かけたことがあるとか。駅のそばだから、可能性は十分にある。

どうりで、おかしいと思ったのだ。『グラロボ』仲間の四人は、創の正確な住所を知っている。

日中は家に一人でいることも伝えてある。サプライズをしたいなら、市役所の相談室をわざわざ予約したりなどせず、直接家に突撃してくればいいのだ。《犯人》がそれをしなかったのは、『901』というここの部屋番号までは知らなかったからに違いない。

メールの文章だって、『グラロボ』の大ファンである彼らが考えたにしては不自然だった。主人公の『オートマチックG-1』に呼びかける体《てい》で書かれた台詞なのに、他でもないその主人公自身の決め台詞が、毎回末尾に添えられているのだ。

この矛盾に、なぜすぐに気づかなかったのだろう。

写真の中の元クラスメートたちが、バーベキューをしながらスマートフォンであのメールを作成し、「レッツトランスフォーム〜!」などとバカにしたようにふざけあっている姿が、ありありと目に浮かんだ。

もしそうだとしたら、なおさら、呼び出しに応じるわけにはいかない。怒りに任せて抗議の返信を送るのもまずい。バーベキューの余興として、爆笑のうちに〝消費〟されるだけだ。

またも叫びだしそうになったが、父が帰宅していることを思い出し、すんでのところで衝動をこらえた。

むしゃくしゃして、スマートフォンを壁際のベッドに投げつける。青いケースに入ったそれはバウンドし、床に落ちて大きな音を立てた。苛立ちが増幅し、膝が勝手に貧乏ゆすりを始める。

その夜、夢を見た。バーベキューに参加している夢だった。最悪な気分で目を覚まし、枕に拳を打ちつけてから二度寝した。次に起きた頃には、太陽が高く昇っていた。

＊

壁の時計の針が、十二時を指している。

駅南口の銀時計前に呼び出された時刻に、創は自宅のダイニングで一人、電子レンジで温めた冷凍チャーハンを食べていた。

平日の正午。

暇人かよ、と呆れる。

どうせああいう奴らは、大学や専門学校の講義もろくに受けていないのだろう。パソコンに加えてタブレットやスマートフォンを駆使し、複数の講義動画を同時に再生して、すべてのオンデマンド授業の出席点をいっぺんにかっさらう、という汚い裏技をSNSで見かけ、苦い気持ちになったことがある。感染対策を逆手に取るような真似をする奴らは、全員退学になってしまえばいい。

食べ終わったチャーハンの皿を洗ってから、自室に戻った。最初食べたときは革命的な新商品だと思ったが、この頃は代わり映えのしない旨味の濃さに飽き飽きしている。たまには自炊すべきなのかもしれない。だが、する気にはならない。

呼び出しのことは忘れようと努めながら、机に向かった。集中力を切らしたまま無為な時間が過ぎていき、やがて午後二時を迎えた。

事前にメールで届いていたURLを開き、ビデオ通話に接続する。

本当は、「次回の予約」は無断キャンセルするつもりだった。それなのに律儀にカウンセリングを受けようとしているのは、思った以上に心が疲弊している証拠なのかもしれない。

画面が切り替わり、小さな会議室のような場所が映し出された。理知的な顔をした女性が、少し離れた場所に座っている。なぜパソコンと距離を取っているのだろうと訝《いぶか》しんでいると、彼女がこちらを安心させるように微笑み、長机の上に両手を重ねて丁寧にお辞儀をした。

『岩西さん、こんにちは。晴川です。オンラインという形ではありますが、お会いするのは初めてですね』

「そうですね……よろしくお願いします」

『こちらこそ』晴川がもう一度うららかな笑みを見せ、それから遠慮がちに尋ねてきた。『今日なんですけど、もう一名、カウンセラーが同席してもいいですか？　実は当相談室でオンライン相談をするのはこれが初めてで、パソコンの操作方法やビデオ通話時の注意点などを学びたいそうなんです』

「別にいいですけど」

操作方法や注意点って、この令和の時代にどういうことだよ——と心の中でツッコミを入れかけたとき、画面の端に白髪の老人が現れた。手刀《てがたな》を切りながら晴川のそばへと進んでいき、空いていた隣のパイプ椅子に腰かける。『すまないねぇ！　岩西さん、今日はよろしく頼むねぇ！』と必要以上に声を張る不器用そうな姿を見て、この人なら仕方ないか、と妙に腑に落ちた。

『ちょっとマサキさん、そんなに大声を出さなくても、ちゃんと音は拾ってますから』

『本当かい？　あー、あー、あー。これで聞こえているのかな？　岩西さーん？』

「……あ、はい」

どうやらテレビの中継の真似事をしているらしい老齢のカウンセラーは、ひとしきりはしゃいだ後、晴川と同じく丁寧に頭を下げて正木と名乗った。前回の相談内容については、二人のカウンセラーの間で事前に情報共有されているようだった。

『ここ最近の気分はどう？』

軽い世間話ののち、晴川が尋ねてきた。電話のときと同じで、今日もまた、いつの間にか敬語でなくなっている。こうして見るとずいぶん小柄で、愛嬌のある人だった。表情には常に温かみがあり、白いマスクの上の目を、終始柔らかく細めている。

「特に変化なし、です。世の中は相変わらず暗いし、個人的に楽しいこともないし」

『気持ちが落ち込んで、生活に影響が出たりしてる？』

「いろいろと。目の前のことが手につかなかったり、夜なかなか寝つけなくて昼間に眠くなったり」

『そりゃ、不安にもなるよなぁ』と、正木が口を挟んだ。『今の大学生はつらいよ。特に今年の新入生は。出された課題を自宅でやるばかりで、キャンパスには一度も行ったことがないんだろう？　想像を絶するね』

「そうです。だから、希望を持てなくて」

『サークルは、何を？』

「え？　入っても意味ないっすよ、こんな状況で」

『まあそうか。そうだよなぁ。では、アルバイトは？』

「何かしらやりたいとは思ってますけど……」

『確かに、今は学生の働き口が少なくなっているというし、難しい時期だね』

正木は椅子に沈み込むように腕組みをし、顔をしかめた。話がよく飛ぶ人だな、という印象を持つ。根っからの善人そうな見た目をしているが、少々やりにくい。

創の困惑ぶりを察したのか、晴川がすぐに助け舟を出してきた。

『夜なかなか寝つけない、ということだけど、布団に入るのはだいたい何時くらい？』

「日によってバラバラですけど、二時とか、三時とか」

『けっこう遅いんだね』

「まあ、わりと夜型なんで」

『そうすると、最終的に寝つくのは朝方？』

「ですね。四時、五時くらい」

『眠れない理由に、心当たりはあったりする？』

「父親のいびきです」これには即答した。「部屋が近くて、よく聞こえてくるんですよ。特に寝入りばながひどくて、同じ家にいたくないくらいで。だからあえて就寝の時間をずらしてるんですけど、それでもうるさくて」

『ＳＡＳ……かな』

「ＳＡＳ？」

『睡眠時無呼吸症候群。寝入りばなのひどいいびき、というのが気になって。もしかすると、お父さんに一度病院にかかってみるよう勧めたほうがいいかもね』

画面の中で、『晴川さんはやっぱり物知りだなぁ』と正木が感嘆し、『調べたことがあるだけです。専門ではないので、間違っていたらすみません』と晴川が首をすくめて言い添えた。

『岩西さんのことに話を戻すと……朝方に寝て、起きるのはお昼？』

「はい」

『できれば、お父さんに受診を促すのに加えて、生活リズムも改善したほうがいいかな。自律神経の乱れは、心理状態にも悪影響を及ぼすんだ。朝に起きて、思い切りカーテンを開けて、陽の光をたっぷり浴びてみるだけでも、何かが変わるかも』

でも難しいよね、と晴川は顎に手を当てた。

『外に出る用事もなく、自分の意志だけで、早寝早起きを実現するのは』

「それができたら苦労しないっすね」

『午前中の講義を毎日取ってみる、とか？』

「今さら変更できるのかなぁ……それに今、オンデマンド授業ばっかなんで」

正木が晴川に何かを耳打ちし、晴川が小声で答えた。正木が大きく二度頷いたところを見るに、『オンデマンド』の意味を教えてもらったのだろう。

『何かいい手段があるといいんだけど……それこそ、アルバイトを始めるのはどう？』

「え、今すぐですか？」

『そう。飲食店なんかは厳しいかもしれないけど、コロナの影響が少ない業種なら、募集してるかもしれないよ。求人を見てみる価値はあるんじゃないかな。午前中から働ければ、生活リズムが整うし、きっと気晴らしにもなる。ついでに貯金もできちゃうしね』

『一石三鳥。いいことずくめじゃないか』

晴川に同調する正木を見て、創は首を傾げ、机の下で脚を組み替えた。

そこはかとない違和感を覚える。なぜ今の状況下で、カウンセラーがアルバイトを勧めてくる？　他人とむやみに関わって感染の危険性を高めるのは嫌だし、的外れもいいところだ。

創の戸惑いは、画面越しにも伝わったようだった。晴川が悪戯っぽい目をこちらに向けてくる。

『アルバイトは、あまりピンとこないみたいだね。そうしたら、朝、無理に起きようとしなくても大丈夫』

「……いいんですか？」

『岩西さんは、スポーツはお好き？』

「日中に運動したら疲れて寝られるかも……ってことですね」

『あ、バレた？』

「勘弁してください。究極の運動音痴なんです」

『何もジョギングや筋トレじゃなくてもいいんだぞ』と正木が身を乗り出してくる。『例えばだが、ボウリングはどうだい？　私も昔はよく行ったものだけどね、あれは楽しいよ。より高いスコアを目指したくなって、癖になる』

「あんまやったことないんで……」

『スポーツの枠をはみ出したっていいな。歌はどうだい？　カラオケで熱唱すれば、カロリーも消費するだろうし、何よりスカッとするよ』

周りに好かれそうなこのカウンセラーには分からないだろう――と、心に小さな棘《とげ》が刺さった。

親しい友人のほとんどいない人生が、どんなものか。どれほど味気ないか。

ボウリングもカラオケも、中高生が複数人で連れ立って遊びにいくところだ。小学校を卒業して以来、友達を家に呼んだことすらない創には、基本的に縁がない。ボウリングは小学生の頃に、親に無理やり入れられた子ども会のイベントで一度行っただけ。カラオケは――まあ、ひとりカラオケ専門店なるものが三年前に立倉駅近くにオープンしてからは、ストレス解消目的で頻繁に通っていたが。

そのことを話すと、意外にも正木の目が輝いた。

『あのカラオケ店か！　前を通るたびに気になっていたんだ。一人でカラオケをするというのはどんなものだろう、とね』

『あら、正木さん、歌が好きなんですか？』

『実はね。ただ、才能はまったくだよ。だから人前で歌うのは恥ずかしいんだ。かといって、特に私のような世代の人間は、普通のカラオケ店に一人で入るのも恥ずかしい。それで興味を引かれたんだ。あそこの店は確か、学割がものすごく安いんだったね』

「……よく知ってますね」

『看板に大きく書いてあったからね。それを見て思ったんだ。《シニア割を作って大々的に宣伝してくれれば、私のようなおじいちゃんも入店しやすくなるのに！》とね』

『確かに、カラオケボックスにあまり馴染みのない高齢者世代を取り込むのって、ビジネスモデルとしてはありなのかもしれませんね』

カラオケ店のオーナーのような台詞を口にした晴川が、『……って、正木さんの話はいったん脇に置いて』と苦笑した。

『カラオケね。とってもいいと思う。ぜひ、行ってみたら？』

「うーん……すみませんけど、今はあまり気が進まないです。金もないし」

『そんな岩西さんに朗報だ』と、正木が一段と表情を明るくする。『このあいだ前を通ったらチラシが貼ってあったんだが、あのカラオケ店に、《誕生日割》なるものが新設されたらしいんだよ！　誕生月はなんと、何度行ってもドリンク代しかかからない』

『わ、それはすごいですね！　岩西さん、誕生日は？』

「今月末……ですけど」

『ちょうどいいじゃないか！　いっそ五時間くらい歌ってくれれば、心の澱もあらかた吹き飛ぶね』

『無茶言わないでください、声が嗄《か》れちゃいますよ、さすがに』

カウンセラーたちが笑いあっている。創はその楽しげな声を聞き流しながら、再燃した違和感と闘っていた。

創の異変に気づいたのか、晴川が一転して申し訳なさそうな声で話しかけてくる。

『あっ、ごめんなさい……軽はずみに勧めてしまって。このご時世にカラオケは、ちょっと抵抗があるよね。マイクカバーの配布とか、部屋の消毒とか、お店側もきっと対策はしてると思うんだけど……』

それもそうなのだが、と考える。——何だろう、この胸のざわつきは。

正体不明のそれを頭から振り払う。机に両肘をついて身を乗り出し、画面のカウンセラーたちを見つめた。

「やっぱ、カラオケは無理です。金がかかるんで」

『前はよく行っていたんじゃないのかい？』

「そうですけど……最近父親に、小遣いをがっつり減らされたんですよ」

『ほう？　それはどうして？』

正木の素っ頓狂な声に背中を押され、あのことを喋る決心がついた。

「よく分かんないんですけど、いきなり大金が必要になったみたいなんです。数十万か、数百万か。学費や入学金が高いからって私大受験を渋られたり、予備校をやめさせられそうになったりもしましたし、今回の小遣いの件も、たぶんそのせいっすね」

『お父さん、どうされたのかな』と、晴川が心配そうに尋ねてくる。

「金銭トラブルじゃないすか。投資詐欺にでも引っかかったか、ヤバい奴の借金の連帯保証人でも引き受けたか。隠れて高級車を買ったとか、キャバクラの女性に貢いだって可能性もありますね。あとは……誰かに訴えられたとか」

『心当たりがあるの？』

「いや」――そう言われて考えると、あるといえば、ある。

しばし迷ったが、プライベートな情報をすべてさらけだす必要はないと判断し、口をつぐむことにした。相談時間には限りがある。話すと長くなる内容は避けたほうがいい。

まあとにかく、と創は乱暴な口調で言葉を継いだ。

「親だからって、やっていいことと悪いことがあるってことです。いったんアップした小遣いを、何の説明もなしに高校の頃の金額に戻すなんて、やられたこっちは困りますよ」

『何か事情があるのかもしれないけど、理由の説明くらいはしてほしいよね。もう子どもじゃないんだもの。お父さんはいつまでも、岩西さんのことを、自分が一から十までコントロールできる存在だと思っているのかもしれないね』

「まさにそういうところがあるんですよ、うちの父親には。こっちは昔から、意味分かんない命令に振り回されるばかり。そんなんだから、家族が離れていくんだよな」

『そうね。今日はたくさん、怒ってみようか』

静かな声で言われ、驚いて晴川の顔を凝視した。彼女が真顔で小さく頷き、胸にそっと手を当てる。

『怒りは大事な感情だから。怒っているとき、人は一番、自分の気持ちに正直になれる』

ただ——と、彼女がこちらをまっすぐに見返して言う。

『その前提として、相手が自分にしてくれたことを整理して、頭の片隅に置いておく、という手順を踏んだほうがいいかな。それを心に留めた上で、それでも許せない部分についての怒りを、思い切り放出してみるの』

『それは、どういう目的で？』と、創ではなく正木が尋ねる。見た目だけは大ベテランなのに、実際のところは、娘ほどの年齢の晴川からカウンセリング手法を教わる立場にあるようだ。

『怒りすぎて自分が疲れないようにするための前準備……といえばいいでしょうか』

『自分が、疲れないように？』

『心の中で、相手の言動を事前に整理しておくんです。ここは許せる、でもここは許せない、というふうに。いわば仕分け作業ですね。ほら、怒るのって、とてつもなくエネルギーを消費するでしょう？ それで疲弊してしまって、ヒステリックに怒りをぶちまけている自分自身に罪悪感を覚えたりしたら元も子もありません。相手からもらったものと、自分が相手に与えたものが釣り合っていない点についてだけ、心置きなく怒ればいいんです。こちらが常に穏やかな口調を心がけているのに、相手が怒鳴る場合とか。こちらがすべて正直に打ち明けていたのに、相手が嘘をついていた場合とか。こちらに落ち度がないのに、相手が義務を果たさない場合とか』

自分が相手に与えたもの——という晴川の言葉が、胸の奥をチリチリと焼いた。

教育費。生活費。そのうえ小遣いまで。独り立ちしていてもおかしくない年齢の息子に、父は文句も言わずに援助をし続けてくれている。大卒の学歴を手に入れたい、今やるべきことに集中したいという創の意思を尊重して。

もらってばかりだ。どう考えても、与えてはいない。

晴川が説明した「目的」どおりと言うべきか、創の取るに足らない怒りは、急速にしぼんでいった。

『なるほどね』黙っている創の代わりに、正木が口を開いた。『岩西さんのケースでいうと、お父さんがしてくれていることは、例えば大学の学費を払ってくれていること。受験生のときに予備校に通わせてくれたこと。生活費を負担してくれていること。アルバイトをせず、奨学金にも頼らずに大学に通うのは、誰もができることじゃない。その点については、お父さんに感謝すべきということだね』

『そういうことになりますね』

『だからといって、岩西さんからしてみれば、お父さんの行為のすべてを許すわけにはいかない。お小遣いの件に関しては、お父さんは約束を違《たが》えたということだからね。金額がどうこうという話ではなく、こっちがこうだと思っていたものを、突然一方的に変えられるのは、誰だってストレスに感じるものだよ。岩西さんが約束破りの常習犯などでない限り、お父さんに不満を述べる権利は、もちろんあるだろうね』

創の〝怒り〟を代弁してくれている正木の言葉は、それ以上、耳に入ってこなかった。

まさか、そういうことか――と、ようやく理解する。

創は背筋を伸ばし、首を左右に振った。「やっぱいいです、父のことは」と答えると、正木が目を大きく見開いた。

『どうしたんだい？　私はね、岩西さんには怒る権利がある、と言っているんだよ』

「いや、いいです。なんていうか……僕も全然、人のこと言えないんで」

『でも、せっかく猛勉強して大学に合格したのに、ほんの半年しかお小遣いをアップしてもらえず、問答無用で金額を元に戻されてしまったわけだろう？』

「ああ……まあ、そうですけど」

『金銭トラブルの内容が何であれ、お父さんには一度、自分の不満をきちんと伝えて、よくよく話し合ってみたほうがいいよ。増額の交渉をしろという話ではなく、まずは互いの理解のためにね。今後岩西さんが二年生や三年生になる頃までにコロナの感染状況が改善すれば、今よりもっと、お金を使う機会は増えるわけだし』

お金の話は大事だよ、とってもね、と正木が肩を揺らした。

「……改善、しますかね」

『ん？』

「僕が、二年生や、三年生になるときには……また、普通に暮らせるようになりますかね」

『なると信じるしかない、というのが私の考えだ』

正木が堂々と言った。

『窮すれば通ず』

「……え？」

『状況が行き詰まったときにこそ、予想もしていなかった道がぽっかりと開けたりするものだ。そういう心持ちでいれば、苦しさ以外の何かが、目の前に見えてくるかもしれないね』

相談枠の終わり時間を気にして強引に話を畳みにかかったのか、カウンセラーとして何かしら助言しなければならないと思ったのか、それともその考え方は真に、正木の信ずるところだったのか。

無言でこちらを見つめている晴川の横で、正木が最後にしみじみと発した言葉は、相談室とのビデオ通話が終了してからも、創の耳に長く残っていた。

苦しさ以外の何かが――ぼんやりとした形を持って、今、目の前に見え始めている。

＊

『オートマチックG-1、こちらはもう待ちくたびれた！　部屋の窓から飛び出て、《駅前公園》でいざ決闘だ。今日の午後一時半に君を待つ。レッツテイクオフ！』

三通目のメールが届いたのは、土曜日の正午過ぎのことだった。

創はいつもどおり、自室で過ごしていた。父は先ほど、母や妹との食事会に出かけていったから、家に一人きりだ。休日の昼間に父がいないのは、なかなか珍しい。

机に手をついて立ち上がり、窓から外を見下ろした。

ここは角部屋だから、マンションのすぐ隣にある小さな公園がよく見える。遊具ははるか昔に撤去されたのか、それとも最初からなかったのか、奥にベンチだけがぽつんと置いてある、公園というより空き地と呼ぶべき長方形の空間だ。眺めていても特に面白いことはない。この間まではホームレスの中年男性が住み着いていたのだが、どこかへ引っ越していったらしく、ここ半月ほどは見かけていなかった。

今度はあそこか、と口の中で小さく呟いた。

初めが市役所で、次が駅の反対側で、今度はマンションの九階にある自室の窓から見える範囲。だんだん創の自宅に近づいてきている。まるで都市伝説のメリーさんだ。

しばらくしてから机に戻り、中断していたオンデマンド授業動画を見始めた。再生が終わった頃、息抜きでもしようかと、スマートフォンでSNSのアプリを開く。天気のいい土曜日ということもあってか、『表』アカウントのタイムラインには、生活の充実ぶりをアピールするような写真の数々が、いつも以上の勢いで流れていた。自分の日常を実況する投稿など一度もしたことのない創にとっては、どの写真も遠い世界の出来事に思える。

そのうちの一つが、ふと目に留まった。

『日本最長のお化け屋敷、ただいま脱出！　まじ怖かったぁ！　四十五分かかったわ。死ぬっ！』

今から三十分前に、高校の同級生が投稿したものだった。創が教室の床に落とした『グラロボ』のボールペンを見て鼻で笑った、例の元バスケ部の男子だ。お化け屋敷の出口の前で友人たちと撮影した写真が添えられている。

画面上部の現在時刻を見る。午後一時十分。ということは、投稿されたのが十二時四十分で、彼らがお化け屋敷に入ったのは十一時五十五分——。

やっぱりな、とため息をつく。

あの同級生はシロだ。いくらなんでも、お化け屋敷の中からメールを送ってくるはずがない。送信予約機能を使った可能性はなくもないが、今この瞬間に遊園地にいるのなら、いずれにしろ二十分後の呼び出し時刻には間に合わない。どうでもいい存在であるはずの創相手に、そこまでしてアリバイを作ろうとする意味もない。

ということは——と、再び椅子から立ち上がり、窓の外を覗いた。

誰もいない公園に、ちょうど黒い傘を差した人物が入っていくのが見えた。迷いのない足取りで公園の奥へと歩いていき、ベンチに腰かけている。素性はまったく分からなかった。この角度からだと、ほぼ真上から見下ろす形になるため、傘に隠れて姿が見えないのだ。《犯人》はそこまで計算した上で、こんなよく晴れた日に、わざわざ大きな傘を持参して、〝決闘〟しにやってきたに違いない。

謎の人物の正体を確かめるには、直接対決しに下りていくほかないようだった。指定された時刻まで律儀に待つ意味もなさそうだ。少し考えたのち、部屋着よりはましと思われるTシャツとジーンズに着替え、家の鍵を持って玄関から外に出た。

エレベーターで一階に移動し、エントランスを出て歩道を進む。公園に入ると、黒い傘を差している人物が、弾かれたようにベンチから立ち上がった。

「……やっぱりお前か」

創が先に口を開くと、かすかな緊張を顔ににじませていた《犯人》は、きょとんとして目を瞬いた。

「えっ……バレてた？　なんで？」

「ヒントはいろいろあったけどさ」

そう答えながら近づいていき、久しぶりに会う相手の姿を上から下まで眺める。薄い水色のワンピースは、彼女が中学生の頃から大切に着ているものだった。

岩西ゆり――じゃない、白戸ゆり。

もう両親が離婚してから四年以上も経つのに、妹の苗字が変わったことには未だに慣れない。

創はむず痒《がゆ》くなってきた後頭部を掻きながら、傘を慌てて閉じようとしている妹を見下ろした。

「思いっきりボロが出てたのは、さっき送ってきたやつな」

「ええっと……この公園に呼び出した、メールのこと？」

「そう。『部屋の窓から飛び出て』って書いてあったろ。つまり《犯人》は、俺の部屋の窓から公園が見えることを知ってたってわけだ。いくら俺の住所を把握してて、角部屋だと予想がついたとしても、中に入ったことがなければ具体的な間取りまでは分からないよな？　それっぽい文章にしようとして、無意識に書いたんだと思うけどさ」

「あっ……」

「で、ゆりも知ってのとおり、俺には家に呼ぶような関係の友達はいない。窓からの景色をSNSなんかに上げたこともない。俺の部屋に足を踏み入れたことがあるのは、一緒に住んでるお父さんと、ここに引っ越してきた頃に何度か遊びにやってきたお前だけなんだよ」

「たったそれだけのことで、二人に絞られちゃうなんて……」と悄然《しょうぜん》と呟いたゆりが、ふと思いついたように反撃してきた。「あ、でもそれなら、実は私じゃなくてお父さんの仕業でした、って可能性もあるよね？」

「お父さんは、あんな幼稚なことはしない」

「幼稚……」

「それに、何も『グラロボ』は選ばないさ」

「どうして？　お兄ちゃんの一番好きなアニメでしょ？」

「今は違うんだよ。『グラロボ』のグッズは全部売り払って、今俺の部屋には別のアニメのグッズが並んでる。お前は四年前に来たきりだから、俺の趣味が変わってたことに気づかなかったんだろうけど」

「嘘！　あんなにハマってたのに！」

ゆりが悔しそうに天を仰ぎ、大げさに肩を落とした。

「だけど……お兄ちゃんの部屋からこの公園が見えるのって、マンションの窓を外から双眼鏡で見張ったりすれば、別にお父さんや私じゃなくても分かることだよね？」

「誰がそんな大がかりなことをするんだよ」

「……ストーカー？」

「俺に？　そんなバカな」

「やっちゃったなぁ……さっきのメールをもう少し気をつけて書いてたら、気づかれずに済んだのかなぁ」

「実はその前から分かってたけどな」

「えっ！　なんで？」

「勘だよ、勘」

何それぇ、とゆりが不満げに眉を寄せた。

まあ、さすがに勘だけではないが——と心の中で呟きながら、ジーンズの尻ポケットからスマートフォンを取り出し、メール画面を突きつける。

「いつもみたいにメッセージで連絡してくればいいのにさ。なんで匿名？　しかも『グラロボ』？」

「相談室に行こうよとか、外に出ようよとか、私が普通に言っても、たぶん素直に聞いてもらえないんじゃないかなと思って……」

「それでアニメファンを装ったわけ？」

「装ったというか……そのほうが、お兄ちゃんが興味を持ってくれるかなって。ただ匿名で送ったら迷惑メールだと思われちゃうかもしれないけど、大好きなアニメのキャラクターから呼びかけられれば、無視するわけにはいかなくなるでしょ？」

「それにしては台詞がちぐはぐだったけどな」

主人公の決め台詞を用いて主人公に呼びかける、という矛盾した構図になっていたことを説明すると、ゆりは途端に顔を真っ赤にした。アニメそのものをきちんと見たわけではなく、インターネットで調べた情報の断片を掻き集めたせいで、ああなってしまったらしい。

真面目で控えめな性格の妹だとばかり思っていたが、意外な一面があったようだ。それとも、幼い頃から一緒に遊んできた兄に対してだからこそ、つい童心に返ったような振る舞いをしてしまったのだろうか。

「ってことは」創はベンチに腰かけ、妹にも隣に座るよう態度で促した。「最初のメールで、俺を市役所に呼び出そうとしたのは……〝引きこもり〟の兄を無理やり外に連れ出して、専門家のカウンセリングを受けさせるため？」

「うん……ごめんね。迷惑だった？」

再びベンチに腰を下ろしながら、ゆりはためらいがちに尋ねてきた。

カウンセリングのための、相談室。

もっとこじれた動機を想定していただけに、あまりにストレートな目的に拍子抜けする。

昔から、創とは正反対に、まっすぐな性格の妹だった。ただ、常識人のようでいて、たまに大真面目に変なことをするきらいがあったっけ。それも純粋さの裏返し、というべきなのかどうか。

「実はね、私も最近すごく落ち込んじゃった時期があって、『こころの相談室』にお世話になったんだ。そのときはまだ開設されたばかりでガラガラだったんだけど、いつの間にかすごく人気になってたんだね。お兄ちゃんの名前で予約を取ろうとしたら、空いてる枠が少なくてびっくりしちゃった」

「自分がカウンセリングを受けてよかったから、俺にも勧めようとした、ってわけか」

「だって……引きこもりになっちゃったって聞いて、きっと何かつらいことがあったんだろうなって思ったから。家族や友達に言えなくても、カウンセラーさんにになら、お兄ちゃんも悩みを吐き出せるかもしれないな、って……」

「それ、誤解だからな」

「え？」

「そもそも俺、引きこもりなんかじゃないし」

創が短く告げると、妹の大きな両目がいっぱいに見開かれた。

「そんな！　私、お父さんから聞いたんだよ？」

「コロナでリモート授業ばっかになったせいで、ずっと部屋に閉じこもってるように見えただけだろ。俺だってたまには、コンビニに昼飯を買いにいったり、気晴らしに散歩したりもするさ。いちいち行き先を訊かれるのが面倒で、お父さんが仕事に行ってる間とかにこっそり出かけてるから、そう思い込んだんじゃねえの」

「知らなかった……」妹の小さな身体が、みるみるうちに縮こまっていく。「じゃあ、全部私の勘違いだったってこと？」

「ま、自粛生活のせいでストレスは相当に溜まってたから、予約枠はありがたく使わせてもらったけどな」

「本当？　よかった！」

「でも、めちゃくちゃ気味悪かったぞ。何の説明もなく、俺の名前で予約だけ取ってあるなんて」

「ちゃんとその場で待ち構えてるつもりだったんだよ！　だけどその日に限って、帰りのホームルームが長引いちゃって。相談終了時間には間に合うかもと思って急いで市役所に駆けつけたんだけど、探してもどこにもいないみたいだったから、呼び出しのメールを無視されちゃったんだと思ってた。相談、早く終わったの？」

「ああ、そうじゃなくて、現地には行ってないんだよ」

相談室に連絡したところリモートでの相談を提案され、そのまま電話でカウンセリングを受けたことを話すと、「だから会えなかったのかぁ！」とゆりは両手で顔を覆った。この時代にオンライン相談の可能性を考慮しなかったなんて、まったく穴だらけの計画だ。

お父さんのせいだ、とか、お兄ちゃんのことが心配だっただけなのに、とか、そんな独り言を恨めしげに呟いている妹に向かって、創はさらに疑問を投げかけた。

「一通目のメールについては一応納得したけどさ……二通目と三通目は、結局何が目的だったわけ？　もはや相談室は関係なさそうだったけど」

「お兄ちゃんに……とにかく、家の外に出てきてもらいたくて」

「それだけ？　下手な芝居を打ってまでやることか？」

「下手って！」と妹が頬を膨らませる。

「ああもう、分かったよ、ゆりが俺の〝引きこもり〟脱却のために一生懸命動いてくれてたってことは。でも土曜の今日はともかく、二通目の呼び出しは、思いっきり平日の昼間だったろ。学校はどうするつもりだったんだよ」

「あの日は、創立記念日でお休みだったの」

「なるほどな」

「だからチャンスだと思って」

「俺を油断させて呼びだすチャンス？　なんでわざわざ？」

思わず詰問口調になる。すると妹は怒ったように眉間にしわを寄せ、だってさ、とこちらを見上げてきた。

「お兄ちゃん、私とお母さんに会うのをずっと避けてたでしょ？　お父さん経由で食事に誘っても断られるし、手作りご飯を食べにきてってメッセージを送っても流されるし、そのことにちょっとでも文句を言うと、既読スルーしたり、『何か用があるならスマホで連絡すればいいだろ』とか返してきたりするし。こういう大事なことはさ、直接会ったときにちゃんと自分の口から報告したほうがいいと思ったし、お母さんにもそうしなさいって言われたのにさ、全然その機会がないから、何とかしてお兄ちゃんに部屋から出てきてもらうしかなかったんだよ。確かに変なやり方だったかもしれないけどさ、大好きなアニメのキャラクターに言われればさ、どうにかさ、お兄ちゃんも態度を変えてくれるかなと思ってさぁ」

「大事なこと？　報告？」

柄にもなくやさぐれたような口調になっている妹に向かって、わけも分からず問いかける。

ゆりが一瞬俯き、気持ちを整えるように深く息を吸った。

「そう。お兄ちゃんにも、関係のあることだから」

「だから何だ――」

「私もね、行くことにしたの。大学」

妹が告げた言葉に、創は静かに目を見張った。

コロナで希望の就職先が全然なくなっちゃってね、と、ゆりが寂しそうに付け加える。

「大学って……学費はどうするんだ？」

奨学金を借りるのか、という言葉が、喉に引っかかって止まった。四年前に両親が離婚することになり、どちらの親についていくか決めろと言われたとき、進学希望だった創は、母より収入が安定しているという理由で父を選んだ。高卒で就職を予定していた妹は、父より仲のよかった母と暮らすことにした。親権を持った子どもの養育費はそれぞれ賄う。所得が多い分、父は創が大学を卒業するまでの教育費を全額出す。そういう取り決めで、両親は協議離婚したはずだった。

十日ほど前に、ゆりが『大学ってどんな感じ？』などと探りを入れるようなメッセージを送ってきていたことを思い出した。やりとりしていない時期が長かったのに、最近になって連絡が頻繁にくるようになったのは、ゆり自身が進学を意識していたからだったのか、と気づく。

しかし、彼女を大学に行かせるだけの金銭的余裕は母にないはずだ。

「実はね――お父さんが、出してくれることになったんだ」

「お父さんが？」

「最初はね、断られたんだって。お母さん、すっごく怒ってた。でもしょうがないよね。お父さんだって、お兄ちゃんの学費で手一杯のはずだもん」

「まあ、そうだろうな」

「で、仕方がないから、学費の半分はおじいちゃんが負担して、もう半分は和美おばちゃんに借りるってことで、いったん話がまとまったんだけどね。それを聞いたお父さんが、『親戚に払わせるくらいなら、やっぱり俺が出す』って言い始めて。だからごめんね、これからお金の面で、お兄ちゃんにもいっぱい迷惑かけることになると思うんだけど……」

父の勤め先はホームセンターだ。介護施設で事務員をしている母よりは収入が多いといっても、お世辞にも裕福とはいえない。

その父が、妹の学費まで捻出することにした、ということは。

「まさか……それだったのか、急に大金が必要になった理由って！」

「あ、もうお父さんから聞いてた？」

「いや、理由は全然。詐欺に遭ったか、借金の連帯保証人でも引き受けたのかと思ってたよ。もしくは、今さらお母さんが慰謝料を要求してきたのか、とか」

「えっ、そんなわけないじゃん！」

「何か月前だったか、お母さんが突然うちに来て、何やら険悪なムードで話し込んでたことがあったからさ」

「それ、たぶん、お母さんが私の学費の交渉をしにいったときだよ」

すべての点が、一本の線で繫がる。

創はベンチの背もたれに上半身を預け、鱗雲《うろこぐも》の浮かぶ青空を見上げた。

「訴えられたにしちゃ変だなと思ってたよ。最近お母さんとよく連絡取り合ってるみたいだし、久しぶりに四人で食事にいこうとか提案してくるし」

「お父さん……私が直接お兄ちゃんに話すのを、ずっと待ってたのかな」

「事情の説明くらい、先にしてほしかったな」

「子どもと一対一で、大事な話をするのが嫌いなんだよ。できれば本人同士でやりとりしてほしいって思ってる。お父さんって、そういう人でしょ」

「ああ、めんどくせえ」

そう吐き捨てつつも、思い当たる節があった。

創も、妹や母に話さなければならないことがある。

父による伝言は期待できない、大事なこと——。

お兄ちゃん、と改まった口調で呼ばれる。創は思考を中断し、隣に座る妹に目を向けた。

「食事会……今からでも来てくれる？」

あっ、と声が漏れる。妹と話し込むうちに、すっかり忘れていた。父が昼前に、母と妹と食事をすると言って出かけていったことを。

「……お前、途中で抜けてきたのか？」

「うん！　お兄ちゃんを連れてくるって言って。デザートはまだ頼んでないよ」

「あいつら、二人きりにして大丈夫なわけ？」

「どうかなぁ」

「無責任な」

「でも、大丈夫だと思うよ」

ゆりが小さく微笑んで、スニーカーの先で足元の砂を軽く蹴った。その自信はいったいどこからくるんだ、毎晩夫婦喧嘩を繰り返した末にストレスが爆発して離婚した奴らだぞ、とため息をつきそうになる。

「俺はいいよ。あいつらがギクシャクして気まずいだけだろうし、デザートなら冷凍庫にアイスがあるし――」

「お母さんがね」ゆりが強い口調で、創の言葉を遮った。「今住んでるアパートのダイニングに、ずっと同じ写真を置いてるの。フォトフレームに入れて、すごく大切にしてる」

「……写真？」

「お母さんと、私と、お兄ちゃんの三人で、ハイキングに行ったときの。覚えてる？」

気が強くて、口うるさくて、何かとそりの合わない母親だった。心の底から嫌いというわけではないが、両親のどちらかを選べと言われたとき、収入面の不安を抱えてまでついていきたいとは到底思わなかった。

その母が、従順な妹だけでなく、何かと反抗ばかりしていた創まで写っている写真を今も飾っていると聞き、心の奥底が落ち着かなげに揺れ始める。

「お母さんがね、この間、その写真をじっと眺めながら、電話してるのを聞いちゃったんだ」

「電話って、誰と？」

「お父さんと」

――世の中がこんな状況じゃ、創も孤独だろうし、ゆりも突然受験生になったし……やっぱり、子どもたちが無事に社会人になるまでは、家族は一つにまとまっているべきじゃないかしら。

母とどこか似た声質で、母のしみじみとした口調を再現した妹を、創は穴の開くほど見つめた。

「……嘘だろ」

ようやく言葉を絞り出す。ゆりはそっと目を閉じて、「嘘じゃないよ」と首を左右に振った。

「お父さんは……何て答えたんだよ」

「分かんない。でも、その電話の最後に、今日の食事会の約束をしてたよ」

それが答えなんじゃないかな――と、妹が真剣な目をして言う。

「だからお願い。一緒に来てほしいの。今日、もし家族四人が揃ったら、きっと何かが起こる。それはたぶん、お兄ちゃん次第なんだ」

自分たち以外は誰もいない公園に、建物の隙間を縫うようにして、昼下がりの金色の日光が降り注いでいる。

妹の言葉を、頭から信じたわけではなかった。ゆりは俺より楽観的な性格だから。聞き間違いかもしれないから。母の思いが本当だったとしても、父がどういう反応をしたかは不明なのだから。子どもの気持ちを蔑《ないがし》ろにして勝手に家族を分裂させたあいつらが、いくら年月の経過とともにほとぼりが冷めたからといって、簡単にやり直そうなどと考えるはずがないのだから。

そう懸命に自分に言い聞かせる傍ら、冷凍ピザや冷凍チャーハンには飽きたから久しぶりに母の手料理を食べたいなぁとか、そういえばゆりも秋の味覚の炊き込みご飯を作ったなんて言ってたなぁとか、かといってただでは食べさせてもらえないだろうから俺も料理を習わないといけないよなぁとか、男二人暮らしで家事の習慣が身についた父は女性陣に見直してもらえるかなぁとか、そんな皮算用を、さっそく頭の片隅で始めている。

気がついたときには、創はベンチから立ち上がり、公園の出口へと歩き出していた。

後ろから追いついてきた妹が、白いマスクからはみ出しそうなほどの満面の笑みを浮かべ、黒い傘を持っていないほうの手で、あっちだよ、とレストランの方向を指差している。

「あ、でも待てよ」

「なあに？」

「ちょっと、家に戻りたい」

途端に、妹の顔が曇る。「そういう意味じゃなくて」と創は慌てて弁解した。

「急いで出てきたから、玄関の鍵を閉め忘れたような気がしてさ」

「ああ、そういうことね」

首を縦に振ろうとした妹が、創がジーンズの尻ポケットから引っ張り出した家の鍵を見るなり、はっとしたような顔をして足を止めた。

「お兄ちゃん……それ！」

「ん？　これ？」

なぜそんなに大仰なリアクションをしているのだろう、と訝しみつつ、創は家の鍵を目の前に掲げて説明した。

「この間、人にもらったんだよ。鞄にでもつけようかと思ったんだけど、こんなご時世じゃ、荷物を持って外に出かける用事なんてまずないし、とりあえずキーホルダー代わりに使おうかなって」

家の鍵を、柔らかい手触りのストラップごと振ってみせる。個人的には案外気に入っていたのだが、ゆりが幽霊でも見たような顔で凝視するものだから、だんだん恥ずかしくなってきた。やはり男がつけるには、少々可愛らしすぎたようだ。

手間取りながらストラップを外し、妹に差し出した。

「ゆりにあげるよ」

「えっ……」

「学業のお守りなんだって。俺にこれをくれた人の、遠い親戚が使ってたらしい。元の持ち主は難関大学に受かったって話だから、けっこう御利益あるかもよ。『N』っていうのがよく分からないけど、その子のイニシャルなんじゃないかな」

妹はなぜだか、不思議そうに首を傾げていた。細い親指と人差し指でつまみ上げるようにして受け取り、手作りと思しきお守りの表と裏を交互に観察している。

「お兄ちゃん」

「ん？」

「これ……相談室でもらったんじゃないの？」

「相談室って、市役所の？　違うけど。俺、リモート相談しかしてないし」

「あ、そっかぁ……そうだよねぇ」

ゆりは小さな巾着型のお守りを思案げに眺めていたが、やがて綺麗なレモン色をしたそれを、愛おしそうに握った。

妹の表情が笑顔に変わったのを見て、はるか昔の記憶が蘇る。

お兄ちゃんすごいね！　こんなにブロックを高く積めて。すごいね！　こんなにピースの多いパズルを完成させられて。すごいね！　こんなに速く分数の計算ができて。

たったそれだけのことで、兄の自分を素直に尊敬してくれていた、二つ年下の妹。

もしまた家族に戻れるのなら、同じ家に住むことになるのなら、カッコ悪い部分を嫌というほど見せることになるかもしれない。幻滅させてしまうかもしれない。それでも。

妹と向き合ったまま、創は一つ、大きく深呼吸をした。

「俺、実はさ――」

緊張しながら、〝あの事実〟を告げる。

ゆりはひどく驚いた顔をしたが、やがて両手を背中に回し、「だからかぁ」と脱力したように笑った。

「そのことを知らなかったのって、もしかして私だけ？」

「ゆりと、あとはお母さんもだけど……さっきの、お父さんと電話してたって話を聞く限り、さすがにもう伝わってるのかもな」

「じゃあやっぱり私だけじゃん。もー、私の計画、何から何まで甘々だったなぁ」

ゆりが苦笑して、気を取り直したように背筋を伸ばす。先ほど渡したお守りのストラップにほっそりとした人差し指を通し、左右に小さく揺らしながら、これは二人で使おっか、と噛み締めるように言ったのが聞こえた。

「私、受験、頑張れる気がするな」

「それはよかった」

「今さらだけど、一ついい？」

「何だよ」

「お兄ちゃん、髪伸びすぎじゃない？」

「いいだろ別に。床屋に行く時間がもったいないんだよ」

「引きこもりだからしょうがないか」

「だから違うってのに」

自分たちの間に流れた四年の月日を埋めるように、大して中身のない会話をしながら、どちらからともなく歩き出す。

妹と二人並んだ短い影が、創の足元をモノクロに彩っていた。

立倉市役所　２０２０こころの相談室　～昼休みのひととき～

十月も半ばに差し掛かり、窓を開けるだけで快適に過ごせる日が続くようになってきた。感染対策と熱中症対策の板挟みになった役所が、換気しながら冷房をつけていることに対する一般市民のクレーム電話に悩まされる季節がようやく終わり、ここ立倉市役所の三階にも、心なしか平穏な空気が漂っている。

３０９会議室では、晴川あかりと正木昭三が、アクリル板を挟んで昼食を取っていた。『こころの相談室』の利用者増加に伴い、来週からは新しいカウンセラーが加わる予定のため、この二人だけで過ごす昼休みは残すところあと数回だ。

弁当を食べ終わると、正木がさっそくスマートフォンを取り出し、週末に初めて会ってきたという生後七か月の初孫の写真を披露し始めた。ほっぺたが落ちそう、二の腕が柔らかそう、などと晴川が相好を崩しながらコメントするたび、すでに緩み切っていた老人の頬が、マスクの上からでも分かるほどにとろけていく。

ひとしきり孫自慢を終えて満足した様子の正木が、昼休み明けのリモート相談に備えてノートパソコンを引き寄せながら、ふと思い出したように言った。

「晴川さん。先週カウンセリングをした、記念すべきオンライン相談第一号の彼――ええと、名前は何と言ったかな」

「岩西創さん、ですか？」

「そうだ、そうだ。今の今まで忘れていたんだが、岩西さんの背後に映っていた壁に、家や自転車の鍵を引っかけるフックのようなものがあってさ。そこに気になるものを見つけたんだよ。覚えているかい？」

「いいえ。あのときはパソコンを少し離れたところに置いていたので、背景までは……何があったんですか？」

「例のお守りだよ。オレンジ色の糸で『N』と刺繡されている、あれ。この相談室が開設された頃に、高校生の女の子が置いていってしまった――ああ、あの子の名前は何だっけ」

「白戸ゆりさんですね」

　正木さんって目がいいんですね、晴川さんの記憶力には敬服するよ、と互いを褒め称《たた》えあった二人が、同時に廊下の方向へと目を向ける。

「そういえば白戸さん、この間――」

「ん？　あの女の子がどうした？」

「あ、いえ。二週間ほど前に、そこの廊下で姿を見かけた気がしたんです。声をかける間もなく、階段を下りていっちゃったんですけど」

「もしかして、やっとあれを取りにきてくれたのかな」とつぶらな瞳を輝かせた正木が、弱ったように額に手を当てた。「もう一か月早ければなぁ。それまではちゃんと、廊下の掲示板にぶら下げてあったのに」

「いつの間にか、なくなってましたもんね」

「こっそり彼女がやってきて持ち帰った可能性に賭けていたんだが、どうやら違ったようだね。いったいどうやって、あのお守りがオンライン相談の彼の手に渡ったのか……」

顔をしかめて考え込んだ正木が、ものの数秒で両手を上げて降参のポーズを取った。

「七十近い老人には、難しすぎる謎のようだ」

「何言ってるんですか、まだまだお若いですよ」

「岩西さんは、確か大学生だったね」と、正木が長机の上に両手を重ねて続ける。「いったい何の目的で、お守りを持っているんだろう。交通安全祈願？　でもおかしいな、あまり外には出ていないみたいだったし。無病息災祈願？　コロナを気にしているようだったから、こっちかな」

「合格祈願、だと思います」

晴川が真面目な顔で言うと、正木が意外そうに目を瞬いた。

「合格？　というと、ご兄弟か誰かの？」

「いいえ。ご自身の、です」

「司法試験か公務員試験といったところかな？　まだ入学したばかりなのに、感心だね」

「そうではなくて」と、晴川が一瞬言葉を切る。「彼はまだ大学に受かっていません。おそらく、二浪中の予備校生なのではないかと」

正木が口を半開きにした。ややあって、「二浪?」と晴川の言葉をおうむ返しにする。

「考えてみてください。浪人中の予備校生の生活は、このコロナ禍において、大学生とほぼ変わりません。対面授業の再開判断は、いずれも各予備校や大学に委ねられていて、リモート授業がすでに定着しつつあります。違いがあるとすれば、勉強の内容くらいでしょうか。大学生は講義を履修し、配布されたレジュメを参照しながら教授の話を聞き、単位を取得するためにレポートなどの課題に取り組みます。ですが、そのいずれの単語も、岩西さんは口にしませんでした」

「ううむ、そうだったかな……」

「お小遣いを減額されたからカラオケに行けない、という話もしていましたよね。『いったんアップした小遣いを、何の説明もなしに高校の頃の金額に戻すなんて』と、親御さんへの不満を抱えていました。ですが、この論理は少しおかしいです」

「……どこが?」

「駅前に専門店ができた当初からひとりカラオケに通っていた、と岩西さんは話していました。店がオープンしたのは三年前ですから、当時、彼は高校生です。お小遣いの金額は同じはずなのに、なぜその頃はカラオケに頻繁に通えて、今は難しくなってしまったのでしょうか」

「ああ……言われてみれば、ちょっと変だね。カラオケ以外の出費が増えたのか……いや、そんな話はしていなかったしなぁ」

「学割料金が格安のお店、なんですよね」晴川が正木に確認するように言った。「一口に予備校といっても様々な形態があって、運営元が学校法人でないと公的には学割の対象にならず、通学定期なども購入できません。カラオケなら見逃してもらえそうな気はしますけど、自分の通う予備校の学生証が正式な身分証明書ではないことを知っていた岩西さんは、浪人生には学割料金が適用されないと考えたのではないでしょうか。だから、高校生の頃と同じ額のお小遣いでは、カラオケに行く費用が捻出できなくなってしまったわけです」

納得とも抗議ともつかぬ呻き声を上げ、正木が白い眉を寄せた。

「もし、晴川さんの言うとおりだとすると……岩西さんは見栄を張って、わざわざ大学生のふりをして相談してきた、ということになるのかい？　ここにやってくる人々は秘密を抱えていることが多いと、以前晴川さんに言われたけれども……こう嘘ばかりつかれていると、カウンセラーとして自信を失いそうになるよ」

その言葉に、晴川はゆっくりとかぶりを振った。これまでの相談事例を思い出したのか、複雑そうに目を伏せている。

「いいえ。岩西さん自身、途中まで分かっていなかったのではないでしょうか。私たちに、大学生だと思われていたことを」

「……どういうことだい？」

きちんとお伝えしていなかったかもしれませんね、と前置きしてから、晴川は岩西創が相談に至った経緯を改めて説明した。通常はこの場で本人に記入してもらう『相談シート』の項目を、創の知り合いと思われる人物がウェブ上で入力し、その情報をもとにカウンセリングを行ったことを。

「名前の漢字や年齢、居住地が合っているようだったので、職業欄に書かれた『大学生』という肩書きも正確であるという前提で相談を始めてしまったんです。それがすべての間違いでした」

「こちらは岩西さんを大学生だと思い込んでいたが……岩西さんはそう認識されていることに気づかずに、正直に我々とやりとりしていた、ということかい？」

ええ、と晴川が小さく首肯した。

「振り返ってみれば、会話にところどころ違和感がありましたよね。サークルやアルバイトについて尋ねたときの返答が心なしか遠回しだったり、気晴らしにカラオケに行くことを勧めると不審そうな顔をされたり。あれは、彼があくまで浪人生としての立場で、これから進学する予定の大学について答えていたからだったんです」

浪人生も大学生も、抱えている悩みは共通していたのですね——と、晴川が呟くように言った。

志望校合格を目指して勉強漬けの生活を送っていたところにコロナ禍が直撃し、華やかなキャンパスライフが幻と消えた。大学に行ったらやりたいこと、関わってみたい人、入ってみたい団体、挑戦したい夢、その多くが実現不可能となり、多額のお金や時間を費やしてまで大学に通う意味が急に分からなくなった。狭い部屋でひとり、同年代の仲間と一切顔を合わせずに、何か月も画面とばかり向き合って勉強し続けている彼らが、出口の見えない日々に心を消耗し、将来に希望を持てなくなるのは当然のことだ。

「岩西さんはいつ、我々とのすれ違いに気づいたんだろうね。相談の最後のほうに、お父さんへの怒りを急に引っ込めたときかな」

「かもしれませんね。彼を大学生だと思い込んでいた私たちに話を合わせようとしたのか、いくつか矛盾したことを言っていましたから」

「……矛盾、とは？」

「彼、正木さんの言葉を一切否定しなかったでしょう？『ほんの半年しかお小遣いをアップしてもらえず』とか『今後岩西さんが二年生や三年生になる頃までに』といった、現役で大学に入った一年生であることが前提の台詞を。だから、そのときにはもう、気づいていたんだと思います」

「あれ？　岩西さんは確か十九歳で……カラオケの話になったときに、誕生日は今月末だと……あっ」

思い込みは禁物《きんもつ》だな、と正木が反省したように頭を掻いた。

「二浪というのは、それでか」

「ええ」

「気のせいかもしれないが……」と正木がそっと目をつむる。「ビデオ通話を切る間際、それまでずっと暗かった岩西さんの顔がね、なんだかとても晴れやかに見えたんだ。私の『窮すれば通ず』の助言が効いたものだとばかり思い込んでいたんだが――残念ながら、そうではなかったのかな」

「たぶん、相談室を岩西さんの名前で予約した人物が特定できて、安心していたのではないかと」

素敵なアドバイスをされていた正木さんには申し訳ないですけど、と付け加え、晴川が小さく笑った。

「名前や住所は完璧に把握しているのに、職業の欄にだけ『大学生』という誤った情報を記載してしまう人物——そうした知り合いに、心当たりがあったのではないでしょうか」

「その点について岩西さんが嘘をついていた相手は、限られていたということだね」

「はい、きっと」

「つい自分をよく見せたくなる相手、か。あの明るい表情からして、彼にとって大切な存在だったのかもしれないね、その人は」

アクリル板越しに、二人が頷きあう。

突如、正木が大きく目を見張り、長机に身を乗り出した。

「ちょっと待てよ……岩西さんは、浪人生なんだね？　で、緑町という住所からすると、駅のそばに住んでいる。もしや……あのお守りを彼に渡したのは——」

「岩西さん、お父さんの寝入りばなのいびきがうるさいから家にいたくない、寝る時間をずらしている、って言ってましたものね。お父さんが眠ってからこっそり家を抜け出して、夜な夜な駅前の公園でスマホ片手に勉強していた——なんてことも、もしかしたらあるかもしれません」

そう言いながら、晴川が古びた会議室の天井を見上げた。反対に正木は机に目を落とす。きっと二人は、同じ中年男性に思いを馳せている。

やがて正木が腕組みをし、遠い目をして言った。

「とある受験生が、とあるホームレスの男性に力を与えたように――これから先、誰かが岩西さんに寄り添ってくれるといいんだが」

「ともに頑張れる仲間、とか？」

「まさに理想だね」

「……もう、いる気がします」

「なぜそう思う？」

「なんとなく」

晴川が壁の時計を見て立ち上がり、午後の相談の準備を始めた。その微笑みをたたえた横顔は、相談者に与えるべき光と、相談者から分け与えられた光の両方に満ちあふれている。

昼休みの終了を告げるチャイムが、市役所に響いた。

『こころの相談室』への来訪者は、まだまだ絶えない。

初出

第一話　白戸ゆり(17)　「ジャーロ」80号（二〇二二年一月）
第二話　諸田真之介(29)　「ジャーロ」81号（二〇二二年三月）
第三話　秋吉三千穂(38)　「ジャーロ」82号（二〇二二年五月）
第四話　大河原昇(46)　「ジャーロ」83号（二〇二二年七月）
第五話　岩西創(19)　「ジャーロ」84号（二〇二二年九月）

辻堂ゆめ（つじどう・ゆめ）

1992年神奈川県生まれ。東京大学法学部卒。2015年、第13回『このミステリーがすごい！』大賞優秀賞を受賞し、『いなくなった私へ』でデビュー。2021年、『十の輪をくぐる』が第42回吉川英治文学新人賞候補となる。'22年、『トリカゴ』で第24回大藪春彦賞を受賞。同作は第75回日本推理作家協会賞（長編および連作短編集部門）の候補にもなる。他の著作に『卒業タイムリミット』『あの日の交換日記』『二重らせんのスイッチ』『君といた日の続き』など多数。

答《こた》えは市役所《しやくしょ》3階《かい》に　2020心《こころ》の相談室《そうだんしつ》

2023年1月30日　初版1刷発行

著　者　辻堂《つじどう》ゆめ

発行者　三宅貴久

発行所　株式会社 光文社

〒112-8011　東京都文京区音羽1-16-6
電話　編　集　部　03-5395-8254
　　　書籍販売部　03-5395-8116
　　　業　務　部　03-5395-8125
URL　光　文　社　https://www.kobunsha.com/

組　版　萩原印刷

印刷所　萩原印刷

製本所　ナショナル製本

ISBN978-4-334-91505-6